EL TEMPLO
DE LOS SUEÑOS

EL TEMPLO
DE LOS SUEÑOS

Clara Tahoces

Papel certificado por el Forest Stewardship Council®

MIXTO
Papel | Apoyando la
silvicultura responsable
FSC® C117695

Penguin
Random House
Grupo Editorial

Primera edición: marzo de 2024

© 2024, Clara Tahoces
Autora representada por Silvia Bastos, S. L. Agencia literaria
© 2024, Penguin Random House Grupo Editorial, S. A. U.
Travessera de Gràcia, 47-49. 08021 Barcelona

Printed in Spain – Impreso en España

ISBN: 978-84-666-7749-3
Depósito legal: B-625-2024

Compuesto en Comptex & Ass., S. L.

Impreso en Rotoprint By Domingo, S.L.
Castellar del Vallès (Barcelona)

BS 7 7 4 9 3

Filemón y otras figuras de la fantasía me llevaron al convencimiento de que existen otras cosas en el alma que no hago yo, sino que ocurren por sí mismas y tienen su propia vida. Filemón representaba una fuerza que no era yo. Tuve con él conversaciones imaginarias y él hablaba de cosas que yo no había imaginado saberlas. Me di cuenta de que era él quien hablaba, y no yo.

CARL G. JUNG
Recuerdos, sueños, pensamientos

Si el sueño es un reflejo del estado de vigilia, el estado de vigilia es asimismo un reflejo del sueño.

RENÉ MAGRITTE

Nota de la autora
(Mi experiencia con los sueños lúcidos)

No es un secreto que mi interés por el mundo de los sueños se inició siendo muy joven a raíz de una serie de experiencias oníricas de gran calado emocional que no viene al caso describir aquí. Con el tiempo y fruto de mis investigaciones nacieron dos libros: *Sueños. Diccionario de interpretación* y *50 sueños esenciales*.

Sin embargo, no fue hasta 2021 cuando comencé a practicar los sueños lúcidos con asiduidad, aunque ya los había experimentado espontáneamente en algunas ocasiones de manera desordenada y sin un control adecuado. Pero aquel año me propuse tenerlos con regularidad y explorar ese otro lado de la mente humana, de modo que empecé a llevar un diario en el que reflejaba mis progresos.

El 19 de marzo obtuve mi primera captura y desde entonces no he dejado de tener sueños lúcidos de todo tipo. De hecho, tiempo después, me apunté a un curso del psicólogo Miguel Gasca (a quien desde estas páginas agradezco su ayuda) para incrementar el número de sueños lúcidos, algo que conseguí practicando diversas técnicas e implicándome de lleno. No soy una excepción, ya que existe una amplia comunidad onírica que emplea parte de sus días y noches en procurarse esta clase de sueños.

Podría relatar mis experiencias con un personaje recurrente llamado Lufero, que dijo ser mi guía espiritual y con el que he podido mantener largas conversaciones en el transcurso de mis sueños lúcidos. Pero en vez de eso me gustaría hablar del gran potencial que encierran dichos sueños que, con algo de paciencia y empeño, todos podemos experimentar.

Pese a lo que se narra en esta novela, no me gustaría dar la impresión de que soy una detractora de los sueños lúcidos. Todo lo contrario. Como en todo, siempre hay que buscar la justa medida y aprender a combinar el estado de lucidez con la vigilia.

Desde aquí invito a todo el mundo a practicar la lucidez para saber lo que se siente al volar libre en nuestros propios sueños. Es esa clase de libertad que pocas veces he sentido, incluso estando despierta.

PRIMERA PARTE

Sueño ligero

1

El silencio es total a esa hora especial, envuelta entre las luces y las sombras, antes de que ambas se toquen para dar paso a un nuevo día. Una suave brisa recorre las calles en un barrio pudiente de Madrid formando pequeños remolinos con las hojas secas del suelo. Si alguien hubiera observado el hotel a vista de pájaro, solo habría divisado unas pocas luminarias en el entorno de la gran mole que compone el edificio.

De pronto, la quietud se rompe. La puerta de un balcón, en el segundo piso, se abre de golpe y permite que la brisa se interne en la habitación. Una sombra se desliza entre los cristales arropada por las gruesas cortinas que evitan que la luz de las farolas penetre en las habitaciones del hotel. Pasan varios segundos. Luego un cuerpo cae a plomo contra el pavimento. Un toldo del edificio frena, en parte, su caída, aunque no impide que la tela se rasgue y la mujer se precipite contra el frío suelo.

Un perro ladra en la lejanía.

A aquella hora no hay nadie en la calle, pero el ruido despierta a algunos huéspedes del hotel y el recepcionista que hace el turno de noche sale para averiguar qué ha ocurrido.

Una mujer yace en el suelo.

2

Ginés Acosta aparcó su vehículo en un reservado del hotel Harmony Centro, próximo a la zona de Azca, y dio la última calada a su cigarrillo antes de arrojarlo al suelo. Carraspeó un par de veces e hizo un ademán de peinarse; una manía suya, porque apenas conservaba pelo que doblegar. Era alto, pero siempre iba un poco encorvado, y el escaso cabello que le quedaba era castaño oscuro, a juego con sus ojos, penetrantes y cansados. Lucía un bigote espeso en el que ya se apreciaban numerosas canas. Y sus ojos, hartos del mundo. Ojos experimentados.

No había dormido bien la noche anterior. Le costaba coger el sueño. Le rondaban demasiados pensamientos en la cabeza a la hora de acostarse y no eran buenos consejeros. A veces le daban las tres o las cuatro de la madrugada sin poder pegar ojo. Pero lo prefería al otro tipo de insomnio, que también había padecido, y que consistía en acostarse a una hora normal y despertarse en mitad de la noche con los ojos como un búho. Eso sí que era una tortura.

Echó un vistazo al edificio. En concreto, a la segunda planta desde donde, al parecer, se había arrojado la hija de los dueños de la cadena hotelera para la que trabajaba como jefe de seguridad desde hacía poco más de un año. Era un inmueble blanco y elegante con terrazas y balcones casi en el centro de la ciudad, que junto a otros cinco formaban la cadena hotelera Harmony. El propietario, además de amigo suyo desde hacía más de veinte años, le había convocado para una reunión de urgencia. No imaginaba por qué querría verle, aunque esperaba que no estuviera relacionado con la seguridad del recinto. Allí se cumplían todos los protocolos reglamentarios y lo que había ocurrido, una desgracia, nada tenía que ver con ello.

Atravesó el vestíbulo, luego la moderna recepción y se dirigió a la primera planta, donde había una sala de reuniones bastante grande. Su amigo Ricardo Solana ya lo esperaba allí con una botella de agua en las manos.

—¿Cómo sigue Conchita? —preguntó Ginés después de abrazar a su amigo.

—Pues ha tenido mucha suerte. Aún no damos crédito —dijo Ricardo, dueño de la cadena Harmony, visiblemente afectado—. El toldo ha frenado en parte la caída y gracias a eso sigue viva. Pero ella no está bien del todo. Tiene una pierna rota por tres sitios, eso ya lo sabes. Y se la ve desorientada, aturdida. No recuerda nada. Dice que no sabe por qué se tiró, ni siquiera si se tiró. En fin, que no está bien. —Hizo una breve pausa para tomar aire—. De hecho, en las primeras horas de su ingreso intentó escapar del hospital en dos ocasiones. ¡Con una pierna rota! ¿Te imaginas? Ahora permanece vigilada y medicada.

—Comprendo —apostilló Ginés con semblante serio.

Había visitado a Conchita en el hospital en cuanto se enteró de lo ocurrido y ya sabía que tenía una pierna rota, pero no que estuviera tan aturdida. Esa clase de visitas le removía recuerdos amargos relacionados con su hija, por lo que había procurado que fuera lo más breve posible.

—Los médicos dicen que es normal que no recuerde nada del último año, pero yo no pienso resignarme. No entiendo por qué ha intentado suicidarse. Ya sabes que estos meses atrás la relación con ella no era del todo fluida. Pero esto… esto me ha superado. Necesito… Necesitamos, Marcia y yo —se corrigió—, saber qué ha ocurrido.

Marcia era su esposa, la madre de Conchita, una mujer encantadora a la que Ginés conocía bien.

Por lo que tenía entendido, Conchita era una joven como cualquier otra, veintipocos años, algo caprichosa quizá. Lo habitual procediendo de una familia adinerada, pero en apariencia normal. Sin embargo, un desengaño amoroso la había apartado de sus progenitores hacía más o menos un año. Su novio, con el que pensaba casarse, la había dejado por otra. Algo que Conchita no encajó bien. Seguía obsesionada con él y, pese a que había dejado embarazada a una chica del trabajo, se resistía a aceptar la realidad: que no la quería. O que, si la quiso, había dejado de hacerlo. Eso, además, había generado fricciones con la familia, que insistía en que no fomentara más el dolor con acciones que únicamente contribuían a rebajar su autoestima. Por eso había pasado un tiempo sin hablarse con sus padres y el contacto se había limitado a algunos mensajes de móvil a la madre. Así que no habían sabido nada de su vida durante un tiempo. Nada… hasta el día en que se arrojó por un balcón del Harmony. ¿Qué la habría llevado a tan autodestructivo comportamiento?

—¿Se sabe por qué estaba en el hotel? —preguntó Ginés.

—No, sabemos lo mismo que tú. El recepcionista dice que se registró esa misma tarde. Tratándose de mi hija les pareció normal, aunque ella tenga su casa, claro. —Ricardo hizo una pausa para beber un poco de agua—. Ginés, te lo pido por favor, averigua qué ha pasado. Ella no lo recuerda y podría volver a intentarlo. Sé que tú mejor que nadie me entiendes.

Estaba en lo cierto. Ginés había perdido a su única hija cuando esta tenía una edad similar a la de Conchita, veintitantos. Y, aunque habían transcurrido ocho años, aún le daba vueltas a si se había tratado de un accidente o un suicidio. Su hija Elisa estaba enganchada a las drogas cuando sucedió el fatal desenlace e ingirió una sobredosis. Ginés había perdido a su pequeña sin poder hacer nada para evitarlo. O tal vez hubiera podido hacerlo si hubiera estado más pendiente de ella en lugar de dedicarle tantas horas al trabajo. Esta duda lo corroía y le torturaba desde entonces.

Antes de entrar en la cadena hotelera de Ricardo Solana, había sido inspector de policía, una ocupación absorbente que apenas le dejaba tiempo libre. No le gustaba recordar lo ocurrido, pero por desgracia lo hacía a diario. Imposible olvidarlo. Aquello le había costado, además, su matrimonio. Una historia terrible de la cual nadie querría ser protagonista.

Ginés tragó saliva y carraspeó antes de contestar. Con todo lo expuesto y su propia historia de fondo, ¿cómo negarse ante la petición desesperada de su amigo?

—Lo intentaré —dijo al fin.

Su amigo suspiró largamente, como si se hubiera quitado un peso de encima.

—La neuróloga que la trata —prosiguió con voz neutra— dice que es bueno ayudarla a recordar, así que cualquier dato que puedas averiguar será positivo para ella. Quiero saber qué hacía en el hotel y sobre todo por qué intentó suicidarse. Eso sí —hizo una pausa y le miró con fijeza—, te pido discreción. Ya sabes que no es una buena publicidad para la cadena.

En efecto, el propio Ginés se había encargado de que el incidente trascendiera lo menos posible en prensa y que quedara como una nota de un simple accidente en lugar de un intento de suicidio. No era bueno para el negocio ni para nadie.

—No te preocupes, actuaré con discreción —dijo Ginés.

3

Tras reunirse con Ricardo Solana, Ginés fue directo a la recepción del hotel y solicitó ver al empleado que había cubierto la guardia la noche del incidente. Este no se hallaba en el inmueble, no tenía turno aquel día, así que tuvo que conformarse con hablar con él por teléfono. Para ello se dirigió al bar, pidió un café solo y lo llamó.

El recepcionista le confirmó que Conchita se había registrado la misma tarde del suceso pasadas las ocho y media aunque, eso sí, al parecer se trató de un registro un tanto irregular: la joven se presentó sin su carnet de identidad. Sin embargo, ya la conocían. Sabían sobradamente que era la hija del dueño de la cadena e hicieron la vista gorda.

Después de excusarse por su falta de previsión y el olvido del documento, convino con el recepcionista en que le llevaría el carnet al día siguiente y por eso la dejaron quedarse. Ginés no pudo evitar pensar que ese comportamiento podría ser perfectamente el de una suicida que no lleva encima el DNI porque en realidad lo que está buscando es un lugar para acabar con su vida y el resto le da igual. Aunque le extrañó que no solicitara una habitación en las plantas más altas del hotel. Si quería suicidarse, ¿por qué conformarse con un segundo piso?, se preguntó Ginés. Para asegurarse de que su acción fuera efectiva, lo más lógico habría sido pedir una habitación en la octava planta. Eso le desconcertó. Por ello le preguntó si había pedido expresamente alojarse en alguna planta, pero el trabajador respondió que no, que la instalaron en la segunda planta por azar.

A ojos de Ginés, otro dato para tener en cuenta es que tampoco llevaba equipaje, solo un bolso. Este detalle inclinaba la balanza hacia el suicidio. ¿Para qué llevar una maleta si lo único que pretendía era suicidarse?

En la mesilla de noche, el personal del hotel había encontrado un botón dorado desgastado. Pidió verlo. Era como si de tanto tocarlo, hubiera perdido parte de su brillo. Ginés lo anotó en su cuaderno y sacó una fotografía del botón. Acto seguido se lo guardó en el bolsillo.

Asimismo, el recepcionista le refirió algunos detalles sobre su estancia en el Harmony Centro. Según pudo averiguar, el personal la había notado nerviosa, preocupada y algo esquiva. No es que la conocieran mucho, pero solía ir al hotel de vez en cuando para comer con sus amigos o para reuniones de otra naturaleza. Y, por lo general, era una persona amable, simpática y cariñosa con todos. Así que esta actitud también les extrañó.

Luego Ginés habló con la camarera que había atendido a Conchita durante la cena. Después de registrarse, la joven se dirigió al bar y pidió un sándwich mixto, que devoró con avidez, una Coca-Cola y un café doble. A la empleada le llamó la atención que, además, quisiera un Red Bull para subírselo a la habitación. «Demasiada cafeína en tan poco tiempo», pensó. Pero a fin de cuentas no era cuestión suya ni ella era quién para afearle la conducta.

No la vieron hacer llamadas telefónicas ni tampoco se reunió con nadie. Es más, según la camarera, estaba como absorta y miraba a un punto fijo sumida en sus pensamientos.

Después de cenar se retiró a la habitación en la segunda planta y ya no volvieron a saber nada de ella hasta que ocurrió el incidente de madrugada. El recepcionista escuchó un ruido atronador en la calle. Salió para averiguar qué había pasado y se la encontró en el suelo inconsciente.

4

Tras su conversación con la camarera, Ginés solicitó una entrevista con Mireia Sampedro, la neuróloga y psiquiatra que estaba tratando a Conchita en el hospital. Quería saber cuál era su estado y, en la medida de lo posible, entrevistarse con la paciente. Aunque inicialmente Sampedro lo desaconsejó.

Es más, fue complicado que Mireia accediera a hablar de Conchita con Ginés. De hecho, para lograrlo se vio obligado a esperar un par de días. Al parecer, no quería romper la confidencialidad que debe existir entre paciente y médico, así que Ricardo Solana tuvo que mediar para que lo hiciera. Una vez obtenido el permiso, Ginés fue a visitarla a su consulta en el hospital.

—No puede verla en este momento —sentenció la doctora con un gesto grave en el rostro—. Es preferible que espere unos días. Aún se encuentra muy confusa —explicó abriendo una carpeta que contenía los informes de Conchita—. Como sabe, normalmente no aceptaría compartir esta información con usted ni con nadie, pero tratándose de un amigo del padre de Conchita y sabiendo que se le ha encargado una investigación sobre ella, haré una excepción. A fin de cuentas, puede que sea bueno para su proceso de recuperación de la memoria.

Ginés se quitó la cazadora y se sentó frente a la neuróloga. Mireia Sampedro tendría unos cincuenta y cinco años; el pelo rubio, recogido en una cola de caballo, y ojos azules. Su nariz era un poco chata y su porte, elegante. Su despacho era impersonal, como la mayoría de las consultas médicas de un gran hospital, excepto por el detalle de las dos cintas que adornaban su mesa y que pedían a gritos que alguien las regara.

—Le agradezco que haga una excepción —repuso Ginés consciente de que no era el proceder habitual—. ¿Qué le ocurre exactamente a Conchita?

—Aparte de las lesiones físicas, de las que podrá darle más detalles el traumatólogo, en lo que respecta a su estado mental, ha perdido la memoria de manera parcial. Ha olvidado los acontecimientos más recientes, como el que le llevó a intentar quitarse la vida. Dice que no recuerda haberlo hecho. Según he podido comprobar, tampoco recuerda situaciones desde hace un año —dijo poniéndose unas gafas azules de pasta—.

Cuando despertó, la joven pensaba que aún seguía con su novio y fue por el que preguntó primero. Luego su madre me comentó que ya no estaban juntos.

—¿No recuerda que rompieron?

—Dice que no. Además, se encuentra muy agitada. Le desaconsejo que hable con ella por el momento. ¿Sabe que intentó escapar del hospital?

—Sí. Me lo dijo su padre.

—De acuerdo con Psiquiatría, hemos tenido que medicarla. Sufre mucha ansiedad, le cuesta dormir o más bien no quiere hacerlo. Dice que no se siente segura, pero no sabe por qué. No está en condiciones de que se le realice un interrogatorio —sentenció.

—¿Se sabe si había consumido drogas?

—¿Drogas? No. El informe toxicológico no ha revelado consumo de drogas.

—¿Alcohol?

—Tampoco.

—¿Y a qué puede deberse ese comportamiento?

—No lo sé. Tal vez simplemente siga desorientada a causa de la caída. A fin de cuentas, uno no se cae todos los días desde un segundo piso. Pero también es posible que le ocurriera algo que está bloqueando.

—Algo anterior a su intento de suicidio, supongo.

—Así es. —La doctora hizo un gesto con la mano para colocarse bien las gafas—. Aunque no lo sabemos con certeza y ella no lo recuerda. Lo que sí puedo decirle es que está muy agitada y se siente intranquila. Eso y que tenemos que seguir haciéndole pruebas. Debe entender que esto puede ser cuestión de días o quizá mucho más tiempo.

—¿Meses?

—O años. O incluso que nunca llegue a recuperar esa parcela de su cerebro.

—¿Me avisará cuando sea posible entrevistarse con ella?

—Por supuesto.

Ginés se marchó de la consulta con más dudas si cabe. Tenía la esperanza de que la doctora le aclarara determinadas cuestiones, que todo fuera más sencillo, pero la conclusión a la que había llegado es que tal vez a la joven le ocurrió algo que le había llevado a intentar quitarse la vida. Tendría que remontarse a un año atrás y rastrear los pasos de Conchita hasta llegar al momento en que se presentó inesperadamente en el hotel Harmony.

5

Aunque ya no estuvieran juntos, Ginés pensó que era buena idea realizarle una visita al exnovio de Conchita. Hasta donde sabía, para algunas personas un desengaño amoroso podía ser una razón para quitarse la vida. Una ruptura no superada y obsesionarse con la persona amada, un cóctel explosivo. Aunque había pasado un año desde entonces y eso le llevaba a pensar que la joven ya habría tenido tiempo de hacerse a la idea. Pero quizá no fuera la cuestión y hubiera seguido viendo al novio a escondidas de su familia y sus amigos. No sería el primer caso.

De cualquier modo, decidió hablar con él para saber cuándo se habían visto por última vez. Lo mejor era cogerle por sorpresa, así que averiguó dónde trabajaba y se presentó allí sin más. Resultó que Julio era directivo en una importante compañía de seguros y aunque al principio se mostró reticente, aceptó hacer una pausa y tomarse un café con Ginés. Pensó que era preferible resolver ese asunto con discreción a un posible altercado en plena oficina.

—Hablemos, pero no aquí —le dijo haciendo un claro ademán de invitación a que Ginés saliese de su despacho—. Bastantes líos he tenido ya por culpa de Conchita —masculló.

Sin hablar por el camino, Ginés siguió a Julio hasta el lugar escogido, un Starbucks de la calle Conde de Peñalver, en el barrio de Salamanca. A esa hora, las once y pico de la mañana, había poca gente, así que parecía reunir las condiciones idóneas para un encuentro discreto.

—¿Y quién decía que era usted? ¿Qué relación tiene con Conchita? —quiso saber Julio. Cuando escuchó el nombre de su exnovia, se sintió tan agobiado que apenas prestó atención a la presentación que Ginés había hecho de sí mismo.

—Soy un amigo del padre de Conchita y jefe de seguridad de la cadena Harmony. A ella la conozco poco —confesó Ginés dando un sorbo a su café. Había pedido el expreso más normal que tuvieran. Le espantaban todos esos pomposos nombres y tamaños variados de café que, según él, eran de todo menos café.

—¿Y qué quiere exactamente?

—Saber cuándo vio a Conchita por última vez.

—Hace aproximadamente un año, cuando lo dejamos. No entiendo a qué vienen ahora estas preguntas. No tendría que haber accedido a este encuentro —manifestó con semblante arrepentido.

Ginés le dirigió una de esas miradas heladoras que solo él sabía poner y que había utilizado en infinidad de ocasiones cuando era inspector de policía.

—Seguramente lo ignore, pero Conchita se cayó desde un segundo piso hace unos días.

—¿Qué? ¿Qué dice? ¿Ha... muerto? —El rostro de Julio se demudó.

—No, no, más bien ha sido un milagro. Solo tiene una pierna rota, pero ha perdido la memoria a corto plazo y al despertar lo primero que hizo fue preguntar por usted. Por eso pensé que quizá se habían visto recientemente.

Julio no ocultó un suspiro de alivio.

—Uf, ¡menos mal! —exclamó más calmado—. ¿Cómo se cayó? —inquirió luego, sorprendido. Después, por los nervios, tragó saliva y recuperó el hilo de la conversación sin esperar respuesta. En cualquier caso, Ginés le había dicho que fue un accidente, sin dar más detalles. Era preferible así—. No, claro que no. No acabamos bien. ¿Por qué iba a verla de nuevo? No le deseo ningún mal, por supuesto, pero todo quedó muy claro por mi parte y en ningún caso habría seguido viéndola.

—¿Ella no le llamó o se puso en contacto con usted de algún modo?

—Sí lo hizo, pero no en fechas recientes. Al principio, Conchita no llevó muy bien nuestra ruptura, ¿sabe? No la culpo. Sé que no me porté bien con ella. Pero me hizo la vida imposible por un tiempo. Me atosigaba con llamadas y mensajes cuando ya no estábamos juntos. Se presentaba en mi trabajo, escribía a mis amigos… ese tipo de cosas. Luego dejó de hacerlo y no he vuelto a saber nada de ella. Esto que me ha contado me ha pillado por sorpresa.

Dado que conocía los hechos, Ginés no quiso ponerle en un apuro preguntándole por el motivo de la ruptura. Tampoco venía al caso.

—Y, en los últimos meses, ¿ella se ha puesto en contacto con usted por algún medio? ¿Mensajes, llamadas quizá?

—No he sabido nada de ella desde que se marchó a Ibiza.

—¿Ibiza?

—Sí, para recuperarse de la ruptura, según tengo entendido. Creo que fue con unas amigas o al menos esa era su intención.

Ginés extrajo su libreta y tomó nota. Poco después dio por finalizada la entrevista. Se le abría un nuevo frente. Tendría que revisar su cuenta bancaria y enterarse bien de lo ocurrido en ese viaje. Tal vez le ayudara consultar sus movimientos bancarios. Dejó a Julio con su *caramel macchiato* y salió del establecimiento con un cigarrillo listo para ser encendido.

6

El pitido insistente y molesto de su móvil la despertó de un sueño profundo.

«Otro día de mierda», se dijo aun antes de abrir los ojos. Y es que para Cleo Gascó todos los días eran iguales. Igual de grises y anodinos. Levantarse, ducharse, desayunar algo a toda prisa y acudir a su centro de trabajo en una empresa de teletienda donde hacía de teleoperadora. Eso le absorbía gran parte de la jornada. Al salir del trabajo, con suerte, quedaba con alguna amiga, los fines de semana comía con su madre y poco más.

Odiaba su trabajo, a su jefe, todo lo que supusiera tener que pensar en el ahora, en aquello en lo que se había convertido su rutina en los últimos dos años. Odiaba al mundo y a sí misma por no haber sabido encauzar las riendas de su vida y haberlo echado todo a perder.

Apagó la alarma y se levantó a regañadientes tras salir del embrollo de sábanas en su cama. El piso era pequeño y estaba desordenado. Calcetines tirados por el suelo, ropa interior en el lavabo, el casco de la moto sobre la encimera de la cocina, restos de una pizza en el salón... No tenía mucho tiempo o, mejor dicho, lo que no tenía eran ganas de arreglarlo. «Poco atendido», diría su madre si lo viera en esos momentos.

Todavía era martes y aún le quedaban varias jornadas por delante antes de disfrutar de días libres, aunque para lo que le servían... Ni siquiera recordaba la última vez que tuvo una cita.

Se dio una ducha rápida y se miró al espejo. Su pelo, castaño claro, rizado y cortado a media melena, demandaba con urgencia una mascarilla. Sus ojos, color miel, se percibían cansados pese a su juventud. Acababa de cumplir los treinta y se apreciaban signos de hastío en su mirada, además de un buen par de ojeras que esperaba poder disimular con el corrector. Sus cejas, aunque bonitas, necesitaban un repaso. ¿Hacía cuánto que no iba a la peluquería? Su cuerpo era fino. De hecho, estaba demasiado delgada. Comía poco y mal, y estaba adelgazando.

Abrió la nevera buscando la leche, pero no la encontró. Se le había olvidado comprarla la tarde anterior y ahora se vería obligada a tomarse el café solo o no tomárselo. Por la tarde había estado bebiendo en vez de bajar al supermercado. Optó por pasar del café. Se hizo una tostada con mantequilla y mermelada de frambuesa, y se sirvió un zumo de naranja de bote que enseguida escupió al notarlo en mal estado. Luego salió corriendo a buscar su moto para dirigirse al trabajo.

Al llegar, su jefe directo, «don perfecto», ya la estaba esperando para echarle la bronca por algún motivo. Que si su sitio no estaba lo suficientemente ordenado, que si llegaba cinco minutos tarde, que si esto o aquello otro. Daba igual lo que hiciera. Él sabía que a ella no le gustaba aquel trabajo y su presencia en la empresa no era de su agrado, así que buscaba cualquier excusa para incomodarla, en espera de que ella renunciara o si acaso poder echarla en el momento oportuno. Así llevaba dos años. Y sí, no le gustaba, pero era lo que había y tenía que apechugar. Con algo tenía que mantenerse.

Por todo saludo su jefe señaló con un dedo hacia su reloj en la muñeca. Su cara agria lo decía todo.

—Llegas tarde —espetó, desabrido.

—Lo siento, la moto no arrancaba. —Cleo contraatacó con una excusa que había utilizado otras veces y que ya no colaba.

Cualquier día la echaba. Cleo se despojó de su cazadora y se sentó a la mesa junto al teléfono. Después se colocó los auriculares y comenzó su jornada.

Era cierto que no ponía suficiente interés, como decía su jefe. Pero ¿a quién le gustaba aquello? Se pasaba todo el día al teléfono intentando convencer a personas que no deseaban ser molestadas con estúpidas —y muchas veces engañosas— ofertas. Cleo podía ser muy convincente cuando le daban una oportunidad. Quizá por eso la habían contratado. Aún no lo tenía claro. El problema era que los potenciales clientes colgaban sin haber escuchado la oferta que tenía que hacerles. No les culpaba. Cleo también lo hacía antes de dedicarse a eso. En cuanto oía aquel «buenos días» tan característico, que presagiaba un sermón posterior, cortaba la comunicación. De seguir así la echarían antes o después, pero tampoco es que le importara mucho. Ya buscaría otra cosa. De momento se dedicaba a ello sin mucho ánimo esperando que las cosas cambiaran de manera mágica y misteriosa. Pero había que ser realistas, ¿de qué forma iban a cambiar si no hacía nada al respecto?

Ya habían pasado dos años desde que ocurrió el *incidente*. Cuando era feliz. Antes de que su vida laboral se trastocara. Y sí, lo que pasó había sido culpa suya y de nadie más. Pero tampoco se arrepentía de lo que había hecho. Quizá las formas habían dejado bastante que desear. No podía negar eso, pero lo haría de nuevo si fuera necesario. Ese malnacido se lo merecía. Poner una bomba en una gasolinera en el centro de la ciudad, en plena avenida de Ciudad de Barcelona... ¿A quién se le ocurría? ¿Y qué se esperaba de ella si tenía esa información? ¿Que no hiciera nada mientras todo saltaba por los aires? Por eso lo hizo. Y también por la exclusiva, claro. Sea como fuere, no le quedó más remedio. ¿Que si lo volvería a hacer? Sí, sin dudarlo. Aunque ya daba igual. No iba a enfrentarse a una situación semejante en su vida. Su carrera estaba acabada. Reducida a un trabajo que no le aportaba alicientes y apartada de la acción, que era lo que a ella le gustaba de verdad, por lo que había luchado desde que era una niña. Sin poder ejercer su verdadera vocación, el periodismo de investigación, se estaba marchitando día tras día. Había perdido el interés y la ilusión, y se limitaba a dejar que el tiempo se le escurriera entre los dedos. ¿Quizá había tirado la toalla demasiado pronto? Posiblemente. Pero el caso es que ahora se sentía atrapada en un mundo del que resultaba difícil zafarse. Era otra dinámica y no se acostumbraba, la aborrecía.

Aquella tarde, cuando salió del trabajo, pasó por el supermercado y compró, entre otras cosas, la leche que le faltaba. Al llegar a casa, se tiró en el sofá, apartó los trozos de pizza mordisqueados de la mesita y colocó el pack de cervezas de la tienda. Luego se bebió dos latas mientras miraba la televisión sin atender a lo que realmente se emitía. Cerca de las once de la noche, cayó rendida mientras una parte de ella se decía: «Otro día perdido».

7

No habría sido fácil acceder a los movimientos de la cuenta bancaria de Conchita a menos que alguien más tuviera firma, ya que la joven no recordaba sus claves y las gestiones con el banco para conseguirlas habrían sido interminables. Por suerte, el padre de la chica tenía firma, una medida muy sensata a la que el amigo de Ginés había recurrido por cautela, ante una posible eventualidad que imposibilitara a la joven su acceso. Algo que desgraciadamente se había cumplido tras su ¿intento de suicidio?, ¿accidente?

Ginés Acosta se despojó de la cazadora gris, depositó su café sobre la mesa y extrajo el paquete de cigarrillos y el mechero del bolsillo. No había sido una buena noche para él. De nuevo las pesadillas con su hija le habían impedido conciliar bien el sueño. Luego se sentó delante del ordenador que tenía en su despacho del hotel, una estancia impersonal que, a decir verdad, no usaba mucho. El ordenador que tenía en casa estaba viejo y obsoleto, algo que no le preocupaba en exceso, al menos no hasta el punto de comprar uno nuevo. Disponía de internet en el móvil, claro, y con eso se apañaba. Cuando trabajaba en la comisaría, antes de jubilarse, sí se veía obligado a utilizar el ordenador, pero no le gustaba.

Estiró bien los brazos y se preparó para una larga jornada con el trasero pegado al asiento. Con la clave que el banco —a través del padre de Conchita— le había proporcionado, extrajo sus movimientos bancarios desde el momento en el que la joven perdió la memoria, es decir, un año atrás. Rastreó minuciosamente sus pagos e ingresos. Esto le llevó varias horas, pero dio con el famoso viaje a Ibiza que había mencionado su exnovio. En efecto, se había producido poco después de la ruptura. Todos sus movimientos durante ese viaje parecían razonables o poco relevantes de entre la maraña de pagos con tarjeta: restaurantes, tiendas de moda, bares de copas, sesiones de manicura y un largo etcétera que a Ginés se le antojaron banalidades. Destacaba el pago del billete de avión y de un hotel de cinco estrellas en la isla, que no pertenecía a la cadena Harmony, pues no había ninguno de la compañía en Ibiza. Imprimió todo lo que consideró de interés y lo fue marcando con un subrayador. Lo primero que hizo fue centrarse en los gastos de ese viaje.

Además, con la ayuda del padre de la joven, quien le facilitó una lista de sus amigas, pudo localizar a las dos que habían viajado con ella a las Pitiusas. En esas vacaciones, según le relataron ellas, no había ocurrido nada anormal, todo había ido según lo previsto. Un viaje tras una ruptura sentimental en el que Conchita se había desahogado con sus amigas por su separación de Julio. Lloros, comidas en restaurantes caros, sesiones de masajes en el spa, discotecas y muchos lamentos e improperios contra el exnovio. Así habían definido sus amigas su estancia. No había ocurrido nada fuera de lo corriente, ni ella había hecho nada por hablar con él, ni mucho menos había manifestado intención alguna de desaparecer de este mundo, por muy deprimida que estuviera en esos días. Más bien quería «matar» al exnovio y lo que le recordara a él. Todo entraba dentro de lo que ocurre si eres joven —y tienes dinero— tras una traumática separación.

Sin embargo, había algo extraño en aquellos extractos bancarios, algo que llamó poderosamente la atención de Ginés porque se repetía. Después del viaje había varios movimientos periódicos a un lugar llamado Lucid Temple.

¿Qué demonios era eso? ¿Un club de copas? No, demasiado caro para ser un bar, por muy exclusivo que fuera. Lamentó no ser joven para tener una idea exacta de qué era aquello, pero lo solventó consultando internet. Y no, resultó que no tenía nada que ver con la edad, como erróneamente había supuesto.

Lucid Temple era un centro de estudio de los sueños lúcidos. Al menos, eso era lo que reflejaba su web. Cursos, conferencias, libros, material de aprendizaje, como vídeos y esas cosas. Todo relacionado con los sueños lúcidos, aunque Ginés desconociera qué era eso. Siguió buscando.

«¿Qué es un sueño lúcido?».

Según leyó, un sueño lúcido es aquel en el que el soñador es consciente de estar soñando. Cuando esto ocurre, previo entrenamiento, puede interactuar durante el sueño e incluso modificarlo. «Onironautas», llamaban a los soñadores lúcidos en la web. Pero ¿era eso posible? Es decir, ¿era factible convertirse en un onironauta o se trataba de alguna pamplina de la nueva era, una forma de sacar dinero a la gente? Por su parte, que él supiera, jamás había experimentado un sueño de esa naturaleza y lo veía francamente difícil por no decir imposible. Más aún, desconocía si aquello tenía base científica. Sus sueños, cuando los recordaba, se teñían de pesadillas con Elisa, su hija fallecida años atrás. En ellos trataba de ayudarla a salir del pozo en el que se encontraba, pero una gran corriente de aire impedía que llegaran a tocarse y Elisa caía a un abismo del que era imposible regresar. Un sueño recurrente para el que no hacía falta acudir a un intérprete. Hablaba por sí solo. Se sentía tremendamente culpable por la muerte de su hija y eso era algo que le punzaba el corazón a diario y pintaba de amargura su existencia. Tan pronto le vino ese pensamiento, Ginés lo desechó para no sumirse en la melancolía.

Se encendió un cigarrillo, pese a que estaba prohibido fumar en las instalaciones del hotel, pero para eso era su despacho, pensó. No había nadie más y el humo no molestaría al personal. Abrió un poco la ventana y observó el exterior desde el que se divisaba el Pirulí y se quedó envuelto en pensamientos sobre lo que acababa de leer en la web.

El caso es que Conchita gastaba allí una respetable suma de dinero de forma recurrente. ¿Por qué?

Intentó contactar con el centro por teléfono. Pensó que una llamada serviría para aclararlo todo, pero no figuraba ningún número en su web. Les escribió un correo electrónico y pocas horas después recibió un mensaje, que no contestaba a sus preguntas; más bien anunciaba nuevos cursos y charlas que estaban por iniciarse. Algunos eran online y otros presenciales. Tendría que hacerles una visita. Pensó que seguramente no sacaría nada en claro en esa pesquisa y le fastidiaba perder el tiempo de aquella manera, pero había que comprobar las pocas pistas que fueran surgiendo, aunque esta pareciera tratarse de algo rutinario y de escaso interés.

Lo más extraño —y lo que de verdad llamó la atención de Ginés—fue que aparte de esos pagos, que casi siempre figuraban como LT, o sea, Lucid Temple, no había nada más. Quitando eso, era como si de pronto Conchita hubiera desaparecido de la faz de la tierra; no constaban otro tipo de cargos como restaurantes, hoteles, masajes o compras. Y, en cierto modo, así había sido. Sus padres perdieron el contacto con ella después de la gran bronca que tuvieron y solo la madre, de tanto en cuanto, recibía algún SMS diciendo que todo estaba bien. La mayoría del tiempo tenía el teléfono apagado o fuera de cobertura. Había pasado de comer con ellos con cierta periodicidad a perderse en la invisibilidad más absoluta. Aquello, al principio, no alarmó a los padres. Conchita era impulsiva, orgullosa. Pensaron que no daría su brazo a torcer tras la discusión.

Por otra parte, entre las pertenencias halladas en el hotel, curiosamente no estaba el móvil de la joven, ni su cartera con su documentación.

Ginés sabía que Conchita había abandonado su trabajo al poco de volver de la isla. Un puesto bien cotizado en un bufete de abogados de postín en la avenida de Alberto Alcocer, al que también realizó una visita. Allí le confirmaron que decidió dejar el trabajo por su propia voluntad, algo que muchos no entendieron, pero que achacaron a un posible bajón anímico por lo de su novio.

Asimismo, realizó una inspección en la casa de la joven. Había conseguido las llaves a través de su madre, que tenía copia por si algún día las perdía o era necesario entrar para algo.

Vivía en un dúplex en una zona exclusiva de la capital, cerca de la plaza del Marqués de Salamanca. Sin duda, un piso de lujo. Decorado en colores claros y oscuros, disponía de varios ambientes, y se percibía la mano de un decorador profesional con un gusto exquisito. Ginés pensó en su propia vivienda, que nada tenía que ver con aquello que se abría ante sus ojos. Todo impecable. Nada de paredes desconchadas por el tiempo, como en su casa, ni de humedades que cada día se hacían más grandes. Conchita no vivía nada mal. Pero había algo extraño flotando en el ambiente y Ginés lo percibió de inmediato. El piso estaba lleno de polvo, ordenado, pero rebosante de polvo, como comprobó al pasar un dedo por la superficie de una mesa de caoba que había en el comedor. Era como si no hubiese estado allí en mucho tiempo.

De pronto, le volvió a la cabeza su anómala aparición en el Harmony la noche del suceso. ¿Qué pintaba la joven allí? ¿Por qué no había ido a su apartamento si lo que pretendía era suicidarse? A fin de cuentas, vivía en un quinto. Mucho más adecuado para una acción así. ¿Para qué llamar tanto la atención en un lugar público? Quizá le daba todo igual o tal vez quería castigar a sus progenitores por no haberla apoyado durante su ruptura.

Revolvió entre sus cosas y encontró una foto con su exnovio rasgada por la mitad. No le extrañaba. Se había tomado fatal la ruptura. Por lo visto, después de enterarse de que Julio la había abandonado por otra y que además estaba embarazada, no se resignó y durante un tiempo se presentó en su domicilio, en su lugar de trabajo e incluso en algunos locales que solían frecuentar cuando salían juntos. Ese había sido el motivo de la discusión con sus padres. A ellos no les parecía bien que Conchita se rebajara de ese modo. Julio nunca les gustó y lo ocurrido solo confirmaba sus sospechas: que no era el yerno que ellos esperaban y que, por lo tanto, era mejor acabar cuanto antes con esa situación sin prolongar la agonía ni humillarse. Básicamente, lo que le demandaban a su hija es que dejara de hacer el ridículo.

En su vestidor, ropa cara, zapatos de marca, lo habitual en un armario de alguien de clase acomodada. Algunas prendas se hallaban esparcidas encima de la cama, como si la joven hubiera dudado sobre qué ropa ponerse o tal vez llevarse a algún sitio. Le resultaba incomprensible que la joven hubiera estado viviendo con ese polvo en el ambiente teniendo medios para contratar a alguien que lo limpiara o que ella misma no lo hubiese hecho.

No, a juzgar por el polvo acumulado, Conchita había pasado tiempo fuera de casa, meses por lo menos, pero ¿dónde estuvo hasta su aparición en el Harmony?

Se dirigió a su estudio. Un Mac de veinticuatro pulgadas sobresalía encima de una mesa de madera blanca que, desde luego, no era de Ikea. Las paredes estaban forradas con estanterías llenas de volúmenes de arte y decoración, y también algunos de leyes. En el escritorio, sin embargo, había acumulados varios libros, como si los hubiera estado consultando. Miró los títulos y observó que tres de ellos versaban sobre sueños lúcidos, lo que demostraba cierto interés por el tema. A su ordenador no pudo acceder, ya que estaba protegido con contraseña. Y esta vez, nadie más la tenía. Una lástima. Le hubiera gustado echarle un vistazo a su historial de búsqueda.

8

—¿No podría quitarle esas correas? —preguntó
Marcia, la madre de Conchita. Con mano temblorosa
señaló las ligaduras que atenazaban a su hija.

—Me temo que no estoy autorizada —contestó una
enfermera de rasgos asiáticos—. Enseguida vendrá la
doctora. Ella hablará con usted y con su hija.

Conchita permanecía inquieta, pero somnolienta.
Su cuerpo, delgado y esbelto, estaba inmóvil a causa de
dos grandes correas que le bloqueaban los brazos. Tenía una de las piernas rota, escayolada y en alto. Su
pelo, rubio y largo, se veía alborotado, como si no se
hubiera peinado en varios días, y enormes ojeras surcaban su rostro, que se apreciaba contrariado.

—Me hacen daño —suplicó Conchita, que tenía la
mirada perdida en un punto fijo que solo ella podía alcanzar.

La joven se sentía aturdida. Todo se le hacía extraño, desconocido. Recordaba el golpetazo contra el toldo, un hombre gritando y a continuación la llegada de la ambulancia. Notaba su cuerpo como si le hubiera pasado un camión por encima. Su madre insistía en que había tenido suerte de no matarse, pero ella no podía acallar esa terrible inquietud que la atenazaba. ¿Por qué estaba en esa situación? Decían que se había arrojado al vacío, que había intentado suicidarse. ¿De verdad lo había hecho? No lo recordaba. Era como si un ladrón se hubiera introducido en su mente para llevarse sus recuerdos. Y luego estaba esa sensación de peligro constante. «Descansa», le repetían. Pero ella, por algún motivo que desconocía, necesitaba permanecer alerta. ¿Descansar? No quería dormir. No quería hacerlo, pero la obligaban con medicamentos. Cuando se quedaba dormida veía retazos de viejas películas. Escenas que le eran ajenas y al mismo tiempo familiares, y se angustiaba porque no sabía de qué modo interpretarlas. Todo era tan difuso que había llegado a un punto en el que confundía los recuerdos con sueños.

La doctora Mireia Sampedro irrumpió en la habitación quince minutos después. Llevaba su habitual cola de caballo, muy apretada. Tras la bata se intuía su porte elegante y un aire sapiencial, el de una mujer experimentada.

—Doctora, ¿de verdad son necesarias estas correas? —preguntó Marcia de nuevo.

La doctora tomó aire antes de contestar.

—Sé que no es lo deseable, pero de momento vamos a mantenerlas. Al menos hasta que tengamos la seguridad de que su hija no va a volver a intentar escapar del hospital —repuso la doctora despojándose de sus gafas de presbicia. Estas quedaron colgando de un cordón plateado sobre su pecho—. En tu estado —prosiguió dirigiéndose a la joven—, con la pierna así, ni debes ni puedes moverte. ¿Cómo te encuentras hoy? ¿Has recordado alguna cosa? ¿Por qué te tiraste del balcón del hotel?

—No volveré a escaparme —contestó la joven ignorando sus preguntas—. Y no, no voy a intentar suicidarme, si es eso lo que piensa.

«Es una posibilidad, sí. Por eso estás amarrada a la cama. No hay otra solución de momento».

La doctora Sampedro se tragó sus pensamientos y esbozó una sonrisa. Cogió una silla y la acercó a la paciente.

—No puedo arriesgarme hasta pasados unos días —le dijo con voz dulce—. Hasta que te estabilices. La medicación hará efecto y muy pronto te las quitaremos. Ahora dime, ¿has recordado algo?

Conchita dudó unos instantes. Recordaba una luz

blanca y brillante, una estancia azul y limpia, pero no sabía si era producto de un sueño o un recuerdo real. Todo era tan difuso... Decidió omitirlo.

—Ya se lo dije —protestó la joven—, no recuerdo nada. No sé por qué estaba en el hotel ni por qué acabé así.

—¿Y por qué has intentado escapar del hospital? Eso al menos lo sabrás.

—No lo sé. Supongo que no me siento segura del todo aquí —fue su respuesta.

—Eso no debe preocuparte, no vas a estar más segura en ningún otro sitio que en este hospital. Tienes que relajarte. Lo más importante ahora es que te pongas bien, que intentes que tus recuerdos fluyan para que podamos comprender qué te llevó a tomar esa drástica decisión. ¿Fue por tu novio?

—No quiero saber nada de él —dijo la joven volviendo la cabeza hacia la ventana de la habitación—. No recuerdo bien qué ocurrió, pero me han dicho que está con otra; que él... —su voz tembló levemente— ya no me quiere.

—Eso fue hace un año aproximadamente —repuso la doctora con desconcierto—. ¿No lo recuerdas? ¿No recuerdas lo que pasó con él?

—Lo último que recuerdo es que él quería hablar conmigo, contarme algo importante. Pero nada de lo que ha pasado después viene a mi memoria. Solo tengo pequeños *flashes*, pero no sé si son sueños o cosas que he vivido.

—¿Y la discusión con tus padres? ¿La recuerdas?

Conchita negó con un gesto de cabeza.

—Voy a dejarte esta libreta y un lápiz —comentó extrayéndolos del bolsillo de su bata—. Quiero que anotes todo lo que se te pase por la mente, por nimio que sea. Luego intentaremos buscarle un sentido. No te preocupes. Todo irá bien.

9

Ginés Acosta detuvo su viejo vehículo junto a la verja del edificio próximo a Aravaca, en las afueras de Madrid. Tenía que cambiarlo, sí, pero no estaba por la labor. Le tenía cariño, pese a que más de una vez le había dejado tirado en la carretera. Podía comprar uno a plazos, pero le daba pereza meterse en papeleos, así que seguía con su antiguo Volvo.

Una especie de chalet blanco de grandes dimensiones, más parecido a una clínica, se abría ante sus ojos. El recinto disponía de un amplio jardín muy cuidado y de otras instalaciones que Ginés solo pudo intuir desde su posición a las puertas del centro.

Le fastidiaba tener que haber ido hasta allí seguramente en vano, pero no tenía otra opción. Aplastó con rabia su cigarrillo con la bota derecha, se ajustó la cazadora y se peinó con la mano el poco pelo que le quedaba como queriendo adecentarse antes de entrar.

De momento, no había descubierto gran cosa, o más bien, los descubrimientos que había realizado no le habían conducido a ninguna parte. Seguía sin saber qué impulsó a la hija de su amigo a tirarse por el balcón y la chica continuaba sin recordar nada. Su amigo lo llamaba a diario para conocer sus progresos y él aún no tenía nada interesante que contarle.

Accedió por las escaleras y una vez dentro preguntó por el director del centro. No estaba, le dijeron. La secretaria, o quien fuera que estaba en la recepción, intentó zanjar ahí la conversación, pero Ginés insistió en ver al encargado, así que le condujeron a una salita donde permaneció veinte minutos esperando a que alguien acudiera a atenderle.

De camino a la sala, por un pasillo largo, se percató de las estanterías con libros y carteles sobre los sueños lúcidos. También se fijó en el ventanal que daba a un estanque. Pensó que se trataba de un sitio muy ostentoso para ser un simple lugar donde se imparten cursos. Parecía más un hotel de cinco estrellas o una clínica de alto copete. Dedujo que allí se manejaba dinero.

Pasado ese tiempo, el encargado se presentó con fría cortesía y le hizo pasar a un despacho bien iluminado por varios ventanales con vistas al jardín. Ginés se acomodó en una silla de madera blanca, como casi todo el mobiliario del centro. El encargado le explicó que el director estaba de viaje, pero que él podía atenderle en su ausencia.

—Pregunto por esta chica —dijo Ginés al tiempo que le mostraba una foto de Conchita—. ¿La conoce?

—¿Y quién decía que era usted...? —fue su cortante réplica.

El hombre que le atendía tenía el cabello rizado y oscuro, la nariz aguileña. De mediana edad. Más joven que él, desde luego. Dijo llamarse Ernesto.

—Me llamo Ginés Acosta y soy un amigo de la familia de Concha Solana.

El hombre puso cara de no entender nada, pero asintió con gesto solemne.

—¿Y qué es lo que desea?

—Tengo entendido que la señorita Solana acudió a este centro —especuló Ginés—. Tuvo que ser hace unos meses. Sus padres están muy preocupados por ella.

—¿Qué le ha pasado?

—Ha desaparecido —mintió Ginés. Por precaución, el viejo policía no era partidario de revelar más información de la necesaria a desconocidos.

—¡Cuánto lo lamento! Pero me temo que no podemos ayudarle. No la he visto nunca —afirmó devolviéndole la foto.

—¿Está seguro? Mírela bien. Adquirió varios libros sobre sueños lúcidos y tal vez acudió aquí a comprarlos.

—Si hubiera venido la recordaría. Es muy guapa —comentó al tiempo que consultaba su ordenador con desgana—. Disponemos de material sobre el tema, pero pudo adquirirlo por internet. Como comprenderá no conocemos a todos nuestros alumnos —remachó el hombre con convicción.

—¿A qué se dedican aquí? —quiso saber Ginés.

—Somos un centro de estudio de los sueños lúcidos. Impartimos cursos, conferencias, seminarios... esas cosas.

—¿Registra usted personalmente la entrada de todos los alumnos? Tal vez fue otra persona quien la atendió.

—Lo dudo. Me encargo yo mismo de la recepción de nuevos alumnos. Queremos que se sientan cómodos en nuestras instalaciones y nos desvivimos por que así sea. Creo que está buscando en el lugar equivocado, aunque desde luego deseo que aparezca pronto —matizó con una gélida sonrisa.

Estaba claro que Ginés no podía rascar mucho más en ese lugar. Sus respuestas eran contundentes y todas indicaban que Conchita había realizado los pagos vía internet. Demostrar que había estado físicamente allí sería complicado. Sin embargo, eran cantidades elevadas y periódicas. Unos pocos libros no justificaban esos pagos tan abultados. Tuvo que recibir algún curso.

—¿Y los cursos? ¿Son todos presenciales o también se realizan vía digital? —insistió.

—Tenemos cursos online, si se refiere a eso, principalmente para alumnos que están fuera de España o en otras ciudades, pero la verdad es que nuestra actividad se centra en los cursos presenciales. Suelen ser mucho más prácticos. Los alumnos aprenden mejor y más rápido.

—¿Y no pudo esta chica hacer algún curso online?

—Es posible, pero esa información está reservada por la ley de protección de datos. No puedo facilitársela. Es todo cuanto puedo decirle.

Frustrado, Ginés se dirigió hacia la salida con la intención de marcharse, aunque su olfato de viejo policía le decía que había algo extraño en ese hombre. Esa sonrisa que a Ginés se le antojó falsa, esos correctos modales, pero fríos igual que el hielo… todo indicaba que estaba a la defensiva.

Entonces lo vio.

No se había fijado al entrar, más preocupado por encontrar a alguien que le atendiera. Un gran logo colgaba de una de las paredes de la recepción. Su motivo principal era un botón de oro y debajo se leía claramente Lucid Temple. Aunque el que hallaron en la habitación de Conchita estaba más desgastado, apostaba a que se trataba del mismo botón. Con disimulo extrajo su teléfono móvil y le sacó una fotografía para poder compararlo después.

A Ginés no le cupo duda: Conchita había estado allí. Aquel hombre ocultaba algo. Pero ¿por qué? ¿No deseaba meterse en problemas y simplemente negaba la presencia de la chica en el centro o había algo más?

10

Eran las dos y media de la tarde. Ginés esperaba a su amigo Ricardo Solana en el comedor del Harmony Centro. Quería ponerle al tanto de sus pesquisas. Este llegó poco después y tomó asiento. El comedor, luminoso y amplio, estaba decorado con mesas de madera oscura y cuadros abstractos muy coloridos. Un camarero se apresuró a acercarse a la mesa donde estaban los hombres para atender cualquiera de sus necesidades. Era el jefe mismo el que iba a comer en el restaurante, nada podía fallar.

—¿Qué tomarán los señores?

—Agua —dijo Ricardo.

—Yo también —señaló Ginés—. Y una copa de vino blanco, por favor.

Una vez que se hubo retirado el camarero, el dueño del hotel tomó la palabra.

—¿Cómo va la investigación? —preguntó sin preámbulos.

Ginés le explicó que creía haber dado con una pista. Le contó lo sucedido en Lucid Temple y también le mostró el botón desgastado de su hija y la foto que había sacado al logo del centro de estudios.

Ricardo le escuchó en silencio con sumo interés.

—El parecido es asombroso, desde luego —dijo Ricardo tras ver las fotos—. Pero no sé si esto nos lleva a alguna parte.

El camarero apareció con las bebidas y Ginés esperó a que se marchara para continuar hablando.

—¿Alguna vez manifestó Conchita interés por los sueños lúcidos?

—No, que yo sepa. Mi hija tiene otras inquietudes mucho más mundanas. Nada que ver con sueños lúcidos ni cosas por el estilo. Dudo que sepa siquiera lo que son. De hecho, yo tampoco lo sé.

—Nos ocultan información —dijo Ginés con énfasis—. Estoy casi seguro de que Conchita estuvo allí. Lo que no comprendo es por qué lo niegan. Eso da que sospechar.

—Tal vez es una cuestión de mala prensa. Si como les dijiste ellos piensan que Conchita ha desaparecido, es comprensible que no quieran verse envueltos en algo así.

—Es posible, sí. Pero sus movimientos bancarios terminan poco después, excepto los pagos de LT. Y en su piso no ha estado viviendo en mucho tiempo. A vosotros os esquivaba. No habéis sabido nada de su vida en meses. Todo se pierde allí y de momento es la mejor pista que tenemos. Puede que conociera a alguien en ese lugar. No sé, tendría que investigarlos a fondo. Por eso quería verte. —El tono de su voz cambió haciéndose más profundo—. A mí ya me conocen y no me van a allanar el camino. Creo que sería recomendable contar con la ayuda de otra persona.

El camarero sirvió el primer plato. Ambos se habían decantado por el menú especial del día y habían pedido alcachofas con jamón.

—Por supuesto. Puedo hacer que alguien del equipo de seguridad se ponga a tu disposición —dijo Ricardo cogiendo su tenedor dispuesto a pinchar una alcachofa.

—Preferiría hacerlo de otro modo.

—¿En qué habías pensado?

—En una amiga periodista de investigación. Ella sería perfecta. Da el perfil de Conchita, aunque es algo más mayor. Podría apuntarse a alguno de los cursos e indagar un poco, al menos hasta tener la certeza de que tu hija estuvo allí. Además, podría ayudarme a investigar ese centro a fondo para saber si realmente se dedican a lo que proclaman. No sabemos nada de ellos.

—Me preocupa el hecho de que sea periodista. Ya

sabes que no quiero que esto trascienda —apuntó Ricardo dejando su vaso sobre la mesa.

—Eso no será un problema. El nombre de Conchita no saldrá a relucir. Puedes estar seguro. Además, no sé si querrá... —dudó Ginés—. Aún no he hablado con ella, antes quería comentártelo a ti. Pero desde luego es la persona a la que yo contrataría, aunque tú decides.

Ricardo se quedó pensativo. Pasados unos instantes añadió:

—Contrátala. Ya sabes que mi confianza en ti es total. Si tú crees que ella es la persona adecuada, adelante. Pero que sea discreta.

Ginés vaciló unos segundos.

—Hay algo más. Algo que no sé si procede, pero que puede ser de utilidad —dijo bajando un poco la voz.

—Tú dirás.

—La doctora Sampedro aún no me deja ver a Conchita. Y lo entiendo perfectamente. No querrá que se vea abrumada con preguntas en esta fase de su recuperación. Pero ¿no podría alguien, tú mismo, enseñarle el botón? Quizá al verlo recuerde algo.

Ginés depositó el botón encima de la mesa para que su amigo pudiera cogerlo.

—Se lo comentaré a la doctora. A ver qué dice ella. No creo que sea contraproducente. De momento, Marcia ha empezado a mostrarle fotografías de los álbumes familiares. Conchita sí recuerda las vivencias de años atrás. Es la memoria reciente la que tiene bloqueada. La doctora opina que se trata de eso, de un bloqueo más que de una pérdida de memoria.

—¿Y ha notado mejoría?

—Aún es pronto para saberlo. Sigue muy inquieta y está medicada. Temen que pueda intentarlo otra vez. Esto es un infierno, Ginés. Un infierno. No sé qué hubiera pasado si llega a morir —reveló con voz temblorosa—. Pienso en ti y en lo que tuviste que pasar con Elisa.

«Aún estoy pasando por ello. Este dolor no se va. Es como una brecha perpetua en el corazón».

En vez de manifestar sus pensamientos, intentó infundirle ánimos a su amigo.

—Lo importante es que está viva, amigo Ricardo. Que recobre la memoria es solo cuestión de tiempo. Todo va a salir bien.

11

Ginés subió las escaleras asfixiado. Tenía que dejar de fumar, pero no veía el momento adecuado para hacerlo. Siempre había una buena excusa. Y ahora el pretexto era terminar con la investigación de Conchita. Tal vez después lo intentara.

Tosió con violencia al llegar al rellano y se vio obligado a hacer una pausa para recuperar el aliento.

Pero ahora lo que le preocupaba era otra cosa. Le tocaba dar un paso necesario, pero incómodo y difícil para él. ¿Cómo le recibiría? ¿Le cerraría la puerta en las narices? No quiso pensar en ello y tocó el timbre. Su moto estaba abajo, así que esperaba que ella estuviera en casa.

Al poco, una joven con un chándal gris y unas zapatillas marrones de andar por casa abrió la puerta sin quitar la cadena.

—Vaya, vaya… si es el gran policía —dijo la mujer al verlo.

—¿No me vas a dejar entrar? —preguntó Ginés.

—No debería. La verdad, no sé qué haces aquí —contestó molesta.

«No se le ha pasado, aún sigue enfadada conmigo».

—Cleo, por favor, abre la puerta. Solo serán unos minutos.

Tras pensarlo bien, Cleo cerró del todo, quitó la cadena y lo dejó entrar con gesto de fastidio, sin mirarle a los ojos.

—No esperaba verte más —dijo ella con tono poco amigable.

—Pues, ya ves… Oye, ¿te estás mudando o qué?

—No. ¿Por qué lo dices?

—Por esas cajas arrinconadas ahí —especificó Ginés señalando cuatro cajas junto a la esquina en el salón.

—Son de la anterior mudanza. Aún no he tenido tiempo de desembalarlas.

—¿Cuánto llevas aquí, un año?

—Año y medio —precisó.

—Ya veo… Pues sí que te has dado prisa en instalarte —ironizó—. Veo que has cambiado de estatus. Ahora ya no tienes ascensor.

La joven le cortó. No le hacían gracia sus bromas.

—Ginés, ¿qué coño quieres?

Anteriormente vivía en un barrio de clase media

alta, pero ahora se había mudado a Aluche, así que, dedujo Ginés, su situación económica había empeorado.

—Hablar contigo. Solo eso. ¿Puedo sentarme?

Cleo apagó el televisor y recogió una camiseta y un sujetador que había en el sofá para que pudiera acomodarse. Luego retiró las sobras de comida china que había encima de la mesita y sin preguntar se dirigió a la cocina para traer dos cervezas.

—¿Cómo te va? ¿Qué tal el trabajo nuevo? —gritó Ginés desde el salón.

—Supongo que no has venido hasta aquí para preguntarme por mi empleo de teleoperadora —dijo Cleo con desgana al tiempo que le tendía una lata de cerveza—. ¿Qué quieres?

—Me preguntaba cómo te iba porque quiero proponerte algo, un trabajo.

—¿Un trabajo? —Su rostro reflejaba incredulidad.

—Sí, un trabajo, una investigación. Eso a lo que solías dedicarte antes, al periodismo de investigación.

—Ya te dije en su momento que no volvería a trabajar contigo nunca más —resopló.

Cleo y Ginés habían colaborado muchas veces juntos. Él como policía y ella obteniendo datos para sus reportajes. Su relación había sido fructífera para ambos durante años hasta que todo se truncó.

—Veo que aún sigues dolida por lo que pasó.

—¿Tú qué crees?

Su tono era desafiante, pero no le miraba a los ojos.

—Mira, Cleo, si me dices que todo te va estupendamente y que estás contenta con tu trabajo actual, me levantaré y me marcharé. Pero te conozco y sé que no es así. Mírate, ¡pareces un alma en pena! ¿Cuánto has adelgazado desde la última vez que nos vimos?

«Todo me va mal por tu culpa, cabronazo».

—No es asunto tuyo —repuso cortante—. ¿De qué trata esa investigación?

Ginés la puso al tanto haciendo un breve resumen de lo ocurrido con Conchita y sus posteriores averiguaciones.

Cleo dio un trago a su cerveza y le espetó:

—¿Y para eso me necesitas a mí? Cualquier otro podría ayudarte.

—Pero me gustaría que fueras tú. Sabes que te tengo especial aprecio y confío en ti. Además, creo que te lo debo.

Ginés se sentía un poco culpable debido a los acontecimientos que se habían producido en el pasado con Cleo.

«Pues ya que lo dices, sí. Me lo debes».

—Pero resulta que yo no confío en ti. Me traicionaste. ¿Lo recuerdas? —dijo ella, con gesto desabrido.

—Joder. ¿Y qué querías que hiciera? Le pegaste una

buena paliza a ese hombre. Algo así no se puede ocultar. Y yo era policía, te recuerdo.

—¿Ese hombre? Terrorista, querrás decir.

—Sí, pero te saltaste todos nuestros acuerdos y la pura legalidad. Tu papel allí era observar y tomar notas, y no lo respetaste. No tuve más remedio que contárselo al inspector jefe. De otro modo me habría convertido en tu cómplice.

—Por tu culpa perdí mi trabajo —le cortó—, lo que más me importaba.

—Lo sé y lo siento. Pero tenía que hacerlo. Sabes que te quiero y que siempre he cuidado de ti como si fueras mi hija, pero aquello… aquello era demasiado. Se te fue la olla. No pensaste en las consecuencias —le reprochó.

Cleo le recordaba a su hija. Sentía debilidad por ella desde siempre y todo había ido bien hasta que la fastidió.

—Pensé en la gasolinera saltando por los aires en el centro de la ciudad. ¿Qué hiciste tú? Nada. Al menos podrías haberte mantenido al margen.

—Y en tu posible exclusiva, eso no puedes negarlo. Cleo, lo iban a descubrir tarde o temprano. Más bien temprano. Por Dios santo, ¡si le dejaste la cara como un cuadro de Miró! Él mismo te iba a denunciar.

«Se lo merecía», pensó la joven.

—Y gracias a eso pudimos localizar la bomba. ¿Se te ha olvidado?

—Lo sé, lo sé, y todavía me culpo por haberte fallado, pero no podía hacer otra cosa en esas circunstancias. Sabes de sobra que me quedaba poco para jubilarme. No podía verme envuelto en eso.

—Me echaron del periódico. Ya nadie confía en mí para encargarme ni un publirreportaje o una necrológica. No hablemos ya de trabajos de investigación.

—Lo que hiciste no estuvo bien, pero estoy seguro de que las presiones políticas influyeron en tu despido. No era bueno para un medio tener en sus filas a una camorrera. No me hagas responsable de tus decisiones erróneas —rogó con gesto suplicante—. Aún podemos trabajar juntos. Tengo una buena oportunidad para ti, y pagan bien.

—Martínez, mi jefe, me tenía entre ceja y ceja. Y gracias a que me delataste le pusiste en bandeja mi despido.

Eso era cierto, Martínez la aborrecía. Detestaba su juventud y sus maneras, y aprovechó la ocasión para desquitarse. Ginés mismo intentó mediar con Martínez, pero él arguyó que era un asunto demasiado grave para dejarlo correr.

Ginés se quedó callado, sin saber qué decir.

—¿Y qué quieres que haga? Si puede saberse.

El hombre se incorporó un poco en el sofá para mirarla de frente y a los ojos, un contacto que ella había evitado desde su llegada.

—Que vuelvas a ser periodista de investigación, que vayas a ese centro y te apuntes a uno de sus cursos para entablar contactos. Quiero que averigües si Conchita estuvo allí. Y si lo hizo quiero saber con quién habló, qué comió y cuándo respiró. Es nuestra única pista por el momento. Llámame loco, pero se me ha pasado por la cabeza que aquello sea un grupo sectario. Creo que allí puede haber una buena historia para ti. A mí solo me interesa saber qué ocurrió con esa chica. Los dos saldríamos ganando, como antes.

Cleo permaneció en silencio. Dudaba qué hacer. Claro que quería volver a la acción, además le iban a pagar bien, según Ginés, pero la idea de trabajar de nuevo con él le repelía. Ese hombre le había destrozado la vida. Bueno, si era justa, en realidad no había sido él. Ginés tan solo le había dado la puntilla.

Aquella tarde, cuando todo sucedió, estaban juntos. Él era como un padre para Cleo. La relación era inmejorable. La había ayudado muchísimo con su experiencia y buen hacer, y dándole chivatazos en los momentos clave. Eso le había permitido escribir buenos reportajes y adquirir cierto prestigio en los medios periodísticos. Todo iba bien. El tándem funcionaba a la perfección. Sin embargo, aquel ser inmundo había colocado una bomba en una gasolinera y amenazaba con hacerla estallar por los aires. Cleo no lo dudó. Aprovechando un descuido de Ginés, y con el sospechoso esposado, lo condujo a un callejón y le empezó a golpear con fuerza al tiempo que le preguntaba dónde estaba la bomba. El detenido se negaba a hablar, así que siguió golpeándolo hasta que por fin lo reveló. En ese instante llegó Ginés y la apartó de él. Casi lo mata, la verdad sea dicha. De no ser por el policía se habría metido en un lío aún más gordo.

En cuanto se filtró la noticia, que una periodista se había visto envuelta en un episodio de violencia, la despidieron. Todo había acabado para ella, su carrera también. Martínez, su jefe, la tenía en el punto de mira. Le dijo que no podían amparar la violencia, aunque hubiera evitado la explosión de la bomba y conseguido una gran exclusiva para el periódico, que nunca llegaron a publicar. Que esas no eran las formas. Su mundo se vino abajo. Pero no se arrepentía. Volvería a hacerlo si fuese necesario.

—Por si te interesa ahora tengo una vida provechosa —mintió sin mucha convicción—. Estoy bien en mi trabajo, mis compañeros me aprecian y mi jefe me adora. Sinceramente, estoy mejor que antes. ¿Por qué iba a dejarlo todo por un trabajo temporal?

Sin embargo, el leve temblor en su voz y su rostro revelaban lo contrario, y Ginés lo sabía. La conocía demasiado bien. A él no podía mentirle.

—Si no quieres dejar tu magnífico trabajo, pide vacaciones o invéntate una enfermedad... qué sé yo. Pero si en ese centro, como sospecho, pasa algo y accedes a la historia en exclusiva, recuperarías tu prestigio y cualquier medio querría contratarte. No podrías publicar el nombre de Conchita, eso debe quedar claro desde el principio, pero sí todas tus averiguaciones sobre ese grupo. Aunque si todo te va tan bien como dices... En fin, piénsatelo. Tienes un par de días para darme una respuesta. Te espero pasado mañana en el bar de siempre a las nueve y media de la mañana. Así tendrás tiempo de arreglar tus asuntos. —Ginés hizo una pausa para tomar aire, como si le doliese lo que iba a decir a continuación—. Si no apareces, entenderé que has rechazado el trabajo y prometo que no volveré a molestarte. Pero si vienes, me harás el hombre más feliz del mundo.

«Chantaje emocional, se llama eso».

Cleo no contestó. Se limitó a abrir la puerta y a invitarlo a salir de su casa.

12

Un día más, la doctora Mireia Sampedro se internó en la habitación de Conchita. Marcia, su madre, dormitaba tapada con una manta en el butacón que había junto a la cama. Tenía una almohada cervical de viaje colocada bajo la cabeza. La pobre mujer apenas se separaba de su hija desde que la ingresaron en el hospital.

Conchita permanecía con los ojos entrecerrados, pero sin dormir. Su situación era un poco mejor. Al menos ya le habían quitado las correas que le oprimían los brazos y se sentía más calmada. No había habido más intentos de fuga, aunque aún la vigilaban constantemente por si decidía culminar lo que había empezado en el hotel.

En cuanto la vio aparecer por la puerta, Marcia se incorporó expectante. Tenía la esperanza de que la doctora trajera buenas noticias. Pero desde su percepción, todo iba demasiado lento, aunque se sentía bendecida por tener con ella a su hija. Marcia era una mujer menuda y delgada a la que la edad comenzaba a pasarle factura con algunas patas de gallo y arrugas en la comisura de los labios, aunque aún conservaba rasgos que indicaban que había sido una gran belleza. En esos instantes no iba muy arreglada y su pelo entrecano, recogido en un moño, no resultaba muy favorecedor. Con un gesto de cabeza Mireia la saludó y Marcia le devolvió el saludo acompañado de una sonrisa.

—¿Qué tal te encuentras hoy, Conchita? —preguntó la doctora.

—Estoy mejor, gracias.

La joven estaba harta del hospital, pero al menos ya no la tenían atada. Las horas se le hacían interminables. Lo peor de todo era esa sensación de abotargamiento que la invadía y de la que no podía zafarse. Aún reinaba la confusión en su mente y se sentía incapaz de pensar con claridad. Creía que sería a causa de la fuerte medicación que le suministraban por la noche, ya que todavía se negaba a dormir.

—¿Has anotado algo en la libreta que te di? Déjame ver —dijo la doctora estirando el brazo para cogerla.

Luego se sentó en una silla, que aproximó a la cama, se puso sus gafas de cerca y leyó lo que Conchita había escrito en la libreta.

—«Luz blanca y brillante. Habitación azul». —Alzó

la mirada en dirección a la joven—. Muy bien. Algo es algo. ¿Qué puedes decirme de esa luz?

La joven hizo un esfuerzo por responder a su pregunta, pero no lo consiguió. Las palabras no llegaban con claridad a su boca.

—No sé si es parte de un sueño —balbuceó—, pero como me dijo que apuntara todo lo que se me pasara por la cabeza...

—Has hecho muy bien. ¿Qué hay sobre esa luz? Cuéntame qué has visto.

—Me envuelve. Es como una habitación grande y azul de donde emana esa luz desde el suelo, como luz de velas, pero no sé si esa estancia existe o es parte de un sueño —insistió con voz confusa.

La doctora dudó unos segundos.

—Hum, vamos a hacer una cosa —comentó dirigiéndose a Marcia—. ¿Podría traerle una grabadora?

—Claro. Mi marido tiene una en casa.

—Tráigala y désela. —Y luego hablándole a Conchita, añadió—: Quiero que grabes los sueños que tengas con pelos y señales. Puede que eso te haga recordar. En ocasiones, cuando se ha sufrido un fuerte trauma, queda impreso en nuestro subconsciente y surge por la noche en forma de sueños, aunque de día no podamos recordar nada. Puede ser una buena manera de saber si lo que ves son recuerdos o sueños.

La joven la miró con recelo.

—Pero me da miedo soñar, doctora. Preferiría no tener que recordar mis sueños.

—¿Por qué?

—No lo sé. Ya se lo dije. No me gusta quedarme dormida. Es como si todo empezara de nuevo.

—¿Qué empieza de nuevo?

—La pesadilla.

—¿Qué pesadilla?

—Todo esto. No sé…

—Bueno, tranquila, iremos poco a poco, no quiero que te alteres más de lo necesario. Ahora me gustaría que vieras algo que te he traído —dijo extrayendo el botón dorado que el padre de Conchita le había entregado unos minutos antes.

La doctora Sampedro se acercó a la cama y sin decir nada lo depositó en su mano derecha.

Se hizo un silencio.

El rostro de Conchita se demudó en una expresión de temor, pero siguió callada sin saber qué decir.

—¿Lo recuerdas? —preguntó la doctora, animándola a hablar.

La reacción de la joven fue de rechazo. Tan pronto lo tuvo en su mano lo soltó y el botón salió rodando por el suelo de la habitación.

—¡No! No… no —musitó—. El tótem no.

«¿Qué tótem? ¿De qué habla?».

—¿El tótem? No te entiendo. ¿A qué te refieres?

—El tótem no —repitió la joven, temerosa—. Llé-veselo. No quiero verlo. ¡Por favor!

—Pero si es solo un botón. ¿Tiene algún significado para ti? —La doctora no comprendía la reacción de terror ante lo que acababa de mostrarle.

—El tótem tiene la culpa —dijo al fin Conchita—. No quiero verlo.

La doctora recogió el botón del suelo y se lo guardó en el bolsillo de su bata. Estaba claro que aquel objeto despertaba en ella un temor irracional, pero de momento no había forma de saber por qué y lo último que necesitaba su paciente era alterarse, así que decidió aparcar el tema.

—Ya me lo llevo, no te preocupes —dijo para calmarla.

La doctora Sampedro salió de la habitación confundida. Al llegar a su despacho hizo unas anotaciones: «Rechazo hacia el botón. Un botón que es un tótem. ¿Y qué es un tótem para ella? ¿Por qué le asusta tanto? Posible trauma revivido».

13

Tan pronto se marchó Ginés, Cleo le dio una patada a la silla del salón hasta derribarla.

«¡Mierda!».

No tenía suficiente aquel hombre con haberle destrozado la vida, sino que ahora pretendía que dejara su empleo para ayudarlo en una extraña investigación que se le antojaba disparatada.

Luego, más calmada, se sentó en el sofá y meditó sobre las palabras de su antiguo amigo. No quería reconocerlo abiertamente, pero algo se le había removido por dentro. Notaba un gusanillo en el estómago que no había sentido en mucho tiempo.

«Una investigación. ¿No es eso lo que querías?».

Sí, anhelaba volver a la acción, dejar su trabajo de teleoperadora y regresar con fuerza a la vida que realmente quería llevar, pero había algo que se lo impedía. Aún le guardaba rencor. En el fondo sabía que lo ocurrido no era culpa suya, que él, a fin de cuentas, había cumplido con su obligación. Aun así, tenía dudas. Pensó en llamar a su madre y consultarle, pero sabía bien qué le diría, que se quedara con el trabajo actual que era lo seguro y se olvidara de todo lo demás. Lo cierto es que ella nunca había querido que Cleo fuese periodista de investigación. «Demasiado riesgo», decía. ¿Es que no había otra rama del periodismo a la que dedicarse sin jugarse el cuello?

No, no la apoyaría.

¿Qué habría dicho su padre? Intentó imaginárselo, pero no se le ocurrió nada.

Cleo apuró la cerveza y luego, como impulsada por un resorte, se puso a recoger el pequeño apartamento, algo que no había hecho en semanas. Limpiar y ordenar las cosas le ayudaba a aclarar sus ideas.

Aún resonaban en su cabeza las palabras de Ginés: «Recuperarías tu prestigio y cualquier medio querría contratarte». Eso supondría un cambio en su vida laboral, un regreso a lo que más amaba.

Pensó en pedir unas vacaciones. Aún le debían algunos días. Tampoco creía que fuera a necesitar mucho tiempo para averiguar algo en ese tal Lucid Temple. Pero quién sabía. El asunto, desde luego, olía mal. Una joven que se arroja desde la terraza de un hotel, posiblemente a causa de una ruptura sentimental, a quien meses antes se le había perdido la pista y que tenía la memoria bloqueada... sonaba extraño, más propio de la crónica rosa. Pero ¿y si no era así? Ginés sospechaba que había algo más y el viejo policía sería muchas cosas, pero su instinto de sabueso no solía equivocarse.

Cleo se sentía inquieta. No estaban los tiempos para perder un trabajo, por muy desquiciante que fuera. ¿Y si después se quedaba sin nada, con una mano delante y otra detrás? Aunque, bien pensado, quizá pudiera tomarse algunos días de vacaciones y según fuera la cosa, sobre la marcha, ya decidiría qué hacer con su empleo de teleoperadora.

No es que le entusiasmara la idea de volver a trabajar con Ginés, pero debía reconocer que era un buen tipo. Siempre la había respaldado. A falta de un padre, había ejercido como tal en su vida y nunca le había fallado... nunca hasta esa maldita tarde en la que ella misma se cargó su futuro. No, no podía culparle de lo ocurrido. Solo ella era la responsable.

Aunque le costara reconocerlo, le echaba de menos, le había echado de menos todo ese tiempo. Cuando pasó el *incidente* la mayoría de sus compañeros le dieron la espalda. Por una parte, a escondidas, la felicitaban, pero cuando hubo que mojarse para echarle una mano, ninguno lo hizo excepto Ginés. Le constaba que este había hablado con Martínez para tratar de evitar su despido, pero su jefe no quiso escucharlo y aprovechó la circunstancia para quitársela de encima.

Lo peor fue dejar la calle, convertirse en un fantasma, ver que todo por lo que había luchado se iba a pique en un minuto. Eso sí dolía, y le atormentaba pensar que nunca más volvería a sentirse tan viva como antes.

Quizá la propuesta de Ginés no fuera del todo descabellada. Al menos estaba intentando enmendar la situación y eso le honraba. Podría haber cogido a cualquier otra persona para ese trabajo, pero la había elegido a ella. ¿Por qué? ¿La echaría de menos tanto como la periodista a él? Siempre había sido su protegida. Puede que fuera porque su hija había muerto de una sobredosis años atrás. Cleo sabía que, aunque él jamás hablara de eso con ella, en su corazón anidaba un hueco hondo como la noche. Y sí, la había protegido y cuidado como un padre. No estaba siendo justa con él.

Cleo terminó de recoger la casa y se tiró en el sofá, satisfecha. Ahora parecía verlo todo más claro. Quizá sería bueno aceptar ese trabajo. Tampoco creía que fuera a durar mucho y puede que consiguiera dejar atrás los viejos fantasmas. Sin embargo, la realidad era que por primera vez iba a tener que enfrentarse a ellos cara a cara.

14

A las nueve y media de la mañana, Ginés ya estaba sentado a una de las mesas de la terraza que solía frecuentar cuando era policía, cerca de la Gran Vía. Todavía iba allí de vez en cuando para quedar con algún compañero y cuando trabajaba con Cleo en algún caso de investigación acudían casi todos los días a desayunar. El local, un poco antiguo y deprimente, se hallaba muy cerca de su antigua comisaría y era muy frecuentado por los colegas del cuerpo.

Pidió un café solo, encendió un cigarrillo y decidió esperar a la periodista. No las tenía todas consigo. ¿Y si no aparecía? Resultaba evidente que ella aún le guardaba rencor y no sabía si su oferta laboral habría surtido el efecto deseado, que saliera de su abatimiento y continuara adelante pese a todo.

En caso de que no se presentara, tendría que echar mano de otra persona, pero tenía la esperanza de que

Cleo recapacitara y diera su brazo a torcer. Le vendría bien un poco de acción.

La echaba de menos. Muchísimo. Pero ella se había negado a verle desde que ocurrió el *incidente*. Cleo era como una hija para Ginés y este era partidario de las segundas oportunidades. Su error no debía ser un obstáculo para que la joven volviera a hacer lo que le gustaba, que, por cierto, se le daba muy bien. De hecho, no solo había apostado por ella por sentirse culpable por lo que pasó en el momento más decisivo de su carrera, sino porque consideraba que Cleo era buena en lo suyo, la persona idónea para ese trabajo. Había realizado numerosos reportajes de investigación con gran éxito y era una pena que ese talento se desperdiciara por un fallo aislado en el pasado.

Cinco minutos más tarde, apareció la joven en su moto, una Yamaha SR250 negra, que aparcó en la misma acera en la que se ubicaba la terraza.

—¿Aún sigues con esa mierda del tabaco? —le espetó mientras se despojaba del casco.

—Sí, ya sé que tengo que dejarlo. Cuando termine con este caso quizá lo haga —contestó un Ginés sonriente al verla llegar.

«A ver si es verdad, que siempre dices lo mismo».

Cleo pidió un café con leche y un dónut, y se sentó junto a Ginés al tímido sol de la mañana. Hacía un poco de frío; el verano había quedado lejos. Pero allí con sus rostros bañados al sol aún se estaba bien.

—Entonces ¿lo has pensado? ¿Aceptas trabajar conmigo?

—Después de darle muchas vueltas, he decidido que sí —contestó, enérgica—. Me he pedido unos días de vacaciones. He tenido que pelearme con mi jefe, que no puede vivir sin mí. Pero aquí estoy. Si no son suficientes, ya veré qué hago.

La verdad es que había tenido que enzarzarse en una discusión con su jefe porque este para fastidiarla no quería concederle las vacaciones y amenazó con despedirla, aunque finalmente llegaron a un acuerdo.

—Genial. Pues aquí tienes todos los elementos del caso y lo que sabemos hasta ahora —dijo tendiéndole una carpeta marrón—. Además, está el teléfono de Marisa, de Administración de la cadena hotelera. Ella te comentará los detalles para tu incorporación.

¿Y qué sabían de momento?, rememoró Cleo. Que una chica se había precipitado por un balcón en la cadena hotelera de sus padres, con los que en los últimos meses no había tenido apenas contacto; que había perdido parcialmente la memoria. Además, por sus movimientos bancarios, sospechaban que había acudido a un lugar llamado Lucid Temple, una especie de escuela para soñadores lúcidos. Que en ese sitio negaban conocerla, pero Ginés creía que mentían y era posible que algo turbio se cociera entre sus muros. Y finalmente que el viejo policía la conocía tan bien como para ofrecerle un trabajo que ella no podría rechazar.

—¡Qué cabrón! —dijo al coger la carpeta—. ¿Es que no pensaste ni por un momento que fuera a rechazar tu oferta?

—No lo tenía claro, la verdad. Pero confiaba en que entraras en razón.

El camarero sirvió el café y el dónut, y Cleo comenzó a mordisquearlo con ganas.

—Ya sabes, la familia quiere discreción. No desea que el nombre de Conchita trascienda. El suceso ha quedado como un accidente de cara a los medios y de momento eso es lo que vamos a defender ante quien sea. Los del centro piensan que es una desaparición. Mejor así. No sabemos lo que hay detrás de ese grupo. —Ginés apuró su café y prosiguió—. Con esto quiero decir que tienes que actuar con prudencia. Nada de montar pollos ni cosas por el estilo. Limítate a averiguar si Conchita estuvo allí. Y si, como sospecho, fue así, quiero que te enteres de con quién habló, si conoció a alguien y qué pudo pasar ahí dentro.

—Sí, Ginés. Ya sabes que puedo ser discreta y hasta parecer inocente cuando me lo propongo. Te recuerdo que he estado metida en situaciones peores. Por cierto, ¿sabías que yo he tenido algunos sueños lúcidos?

—¿En serio?

—Sí, no sabía que se llamaran así, pero cuando me lo contaste lo busqué en Google e hice memoria y sí, los he tenido en varias ocasiones. Es una sensación maravillosa, aunque en mi caso fue fugaz.

—Pensaba que era algún rollo de la nueva era, de esos cursos que te prometen el oro y el moro y luego no ocurre nada.

—Pues eso no lo sé, pero te aseguro que yo los he tenido. Y son maravillosos. Imagino que con un entrenamiento es posible experimentarlos con más frecuencia o que sean más intensos y duraderos. No sé. Ya que voy a hacer el curso me enteraré.

—Me parece genial, pero tú vas a lo que vas, no lo olvides —dijo Ginés mirándola fijamente—. Hay algo más. Algo que no está en el informe que te he dado. Me acabo de enterar. He hablado con la doctora Sampedro, que lleva el caso de Conchita, y me ha dicho que, al mostrarle el botón dorado que le di a su padre, la joven reaccionó fatal, con sumo rechazo. Eso no puede ser una casualidad y la doctora está cada vez más convencida de que a Conchita le pasó algo traumático más allá de su ruptura sentimental, algo que la llevó a intentar quitarse la vida.

—¿Algo como qué?

—No lo sé. Eso es lo que tenemos que averiguar. Pero ¿no te parece raro que la chica tuviera ese botón entre sus pertenencias y que ahora lo rechace como si hubiera visto al demonio?

—Un poco sí. Pero, si quieres mi opinión, creo que a esa chica se le cruzó un cable y que hizo lo que hizo sin pensarlo mucho. Entiendo que su padre esté preocupado y que no quiera aceptar el intento de suicidio de su hija. Pero...

Ginés la interrumpió.

—En ese sitio pasa algo raro. Créeme. Deberías haber visto la cara de ese tal Ernesto. Te quiero bien alerta ahí dentro.

—Bueno, eso déjalo en mis manos. Si hay algo turbio en todo esto lo averiguaré. Hablaste de grupo sectario. ¿A qué te referías?

—Es una hipótesis de trabajo. Se cumplen algunos parámetros: desaparición de la joven durante varios meses, falta de movimientos bancarios, excepto los pagos a LT, trauma no resuelto... No sé. ¿Has visto la web de Lucid Temple? En ella todo es demasiado perfecto. Aunque no lo digan claramente, al final lo que te están ofreciendo es la felicidad, la autorrealización, la sintonía con el universo.

—Sí... Es un poco *happy ending*.

—Lo consulté con un antiguo compañero que ha tratado el tema de las sectas y cumple los parámetros, aunque aún no esté catalogada como tal. Yo creo que Conchita estuvo viviendo con ellos un tiempo y puede que le hicieran algo. Eso es lo que quiero que averigües. Pero debes tener mucho cuidado. Si es una secta pueden ser peligrosos. Ándate con ojo, por favor.

—A cosas peores me he enfrentado —dijo Cleo con convicción—. ¿Recuerdas cuando íbamos detrás de ese pedófilo, con el que conseguí quedar y se presentó armado? Ahí lo pasé regular. Menos mal que tú me diste cobertura y pudiste detenerlo a tiempo.

—Sí, claro que me acuerdo. Y por eso mismo no quiero que te veas implicada en una situación parecida.

—No te preocupes, de verdad. De momento, no sabemos nada de este grupo. Pero, si hay algo, lo descubriré. Te aseguro que yo no voy a caer en las redes de una secta, y menos sabiendo que lo es. No soy tan estúpida.

—No es una cuestión de estupidez. Esos grupos actúan de forma sibilina. La gente que cae en una secta no es tonta precisamente. Saben cómo tocarte las emociones.

—Despreocúpate, anda. He vivido situaciones mucho más jodidas y siempre he salido bien parada. Además, no sabemos si es una secta. Eso es una suposición tuya.

Ginés sonrió, pero no pudo evitar pensar que tal vez Cleo estaba a punto de meterse en la boca del lobo.

15

Cleo estaba sentada en una silla con un brazo que servía para tomar notas, como las que había en su instituto cuando estudiaba. Le habían hecho pasar a un aula moderna, como todo en aquel centro, decorada con carteles sobre los sueños lúcidos y pósteres de grandes paisajes que evocaban el mundo de lo onírico. En ellos se apreciaban imágenes icónicas y muy potentes visualmente, como un fondo marino, el sistema solar o una enorme montaña nevada.

Había solicitado inscribirse en un curso sobre sueños lúcidos y le habían tomado los datos. Le explicaron que había tres niveles: botón de cobre, botón de plata y botón de oro, como el que portaba Conchita la noche que apareció en el hotel propiedad de sus padres antes de tirarse por el balcón. Cleo pidió asistir al botón de oro, directamente, pero le dijeron que eso no era posible sin haber completado el resto de los niveles.

«Mierda. Esto me va a llevar más tiempo del que imaginaba».

Después la secretaria, una tal Nuria, una mujer de mediana edad, de pelo rizado y oscuro, le pasó un cuestionario. «Es algo rutinario», aseguró. Pero a Cleo aquella prueba en absoluto se lo pareció. Entremezcladas había preguntas inocentes con otras de carácter personal. No entendía en qué medida era necesaria esa información tan privada para recibir un simple curso de sueños, pero, con paciencia, fue contestando una a una las preguntas. Si iba a hacer aquello, lo haría bien.

«¿Ha tenido alguna vez un sueño lúcido? En tal caso, descríbalo».

«¿Está casado/a? ¿Tiene pareja?».

«En una escala del uno al diez ¿cuál es su grado de interés por los sueños lúcidos?».

«¿Tiene familia, padres, hermanos?».

Al llegar a esta pregunta, Cleo se quedó bloqueada. ¿Debía decir la verdad? ¿Que su padre la había abandonado siendo un bebé y que no tenía recuerdo alguno de él? Que no sabía si estaba vivo o muerto. Decidió saltarse esa pregunta. Si luego le llamaban la atención, fingiría un descuido.

«¿Ha experimentado viajes astrales o experiencias extracorporales?».

«¿Tiene hijos?».

«¿Recuerda sus sueños habitualmente?».

«¿Consume drogas y/o alcohol? ¿Con qué frecuencia?».

«¿Tiene pesadillas? ¿Con qué frecuencia?».

«¿Padece alguna enfermedad mental y/o hay antecedentes en su familia de trastornos psíquicos?».

Cleo siguió leyendo el cuestionario y fue contestando las preguntas formuladas, aunque no pudo evitar sentirse un poco invadida. ¿Era así como funcionaban los grupos sectarios? Obteniendo información sensible de sus futuros adeptos para descubrir sus puntos débiles.

Después, con la excusa de conocer el centro donde iba a desarrollarse el curso, se dio una vuelta por el edificio acompañada de la secretaria.

—¿Por qué hay que pasar por dos niveles antes de acceder al botón de oro? —aprovechó para preguntarle.

—Es sencillo. No podrías seguir la dinámica del último curso sin haber estudiado los dos anteriores. Los sueños lúcidos requieren de práctica para su desarrollo y es fundamental pasar por ese aprendizaje y conocimiento del tema.

Cleo pensó que, si Conchita tenía el botón de oro en su poder, forzosamente tuvo que haberse inscrito en los otros dos cursos. Eso significaba que en la secretaría debían haberla visto a menudo. Pero ¿por qué lo negaban? Sin embargo, también cabía la posibilidad de que nunca hubiera asistido a esos cursos y alguien que sí hubiera participado en ellos le regalara ese objeto, alguien a quien hubiera conocido durante los meses que estuvo desaparecida.

Pensó que los días que había pedido en el trabajo, que tanto le había costado que le concedieran, no serían suficientes y que tal vez tuviera que abandonarlo. Pero evitó seguir dándole vueltas a la cabeza. Ya vería cómo se desarrollaban las cosas y si era necesario llegar a ese punto.

—Entonces ¿todos los alumnos en el nivel botón de cobre son nuevos?

La secretaria pareció extrañarse un poco ante tantas preguntas, pero continuó luciendo una amplia sonrisa, de esas que te dan confianza.

—La mayoría sí. Puede que haya algún repetidor, pero casi todos suelen pasar al siguiente nivel.

Eso dificultaba su labor. A Cleo le interesaba relacionarse con los alumnos botones de oro, que eran los que podían conocer a Conchita.

No quería parecer excesivamente insistente en aquel primer encuentro, pero era el momento de hacer preguntas con la excusa de la novedad. Luego sería más difícil.

—¿Existen otras sucursales de Lucid Temple? —dijo haciéndose la tonta.

—En España, no —señaló la secretaria—. Pero nuestra intención es abrir más en diferentes países.

—¿Y quién dirige el centro?

—Eduardo Harris. Pero todos le llamamos Eddie. Tendrás ocasión de conocerlo cuando empiece el curso. Te va a encantar. ¡Es un crac! —afirmó Nuria guiñándole un ojo.

«Eduardo Harris. Habrá que investigarlo».

Le habían explicado que, en ese curso, además de la parte teórica, se realizaban prácticas para aprender a desarrollar los sueños lúcidos. Pero que los alumnos pernoctaban en sus casas. Sin embargo, en los cursos más avanzados se quedaban en el centro para hacer prácticas nocturnas. Eran cursos más caros y más exclusivos, porque se convivía allí con el resto de los participantes a dieta completa.

Mientras iban hablando Nuria le enseñó el centro. Había varias aulas parecidas a la que había estado antes rellenando el cuestionario, un comedor muy amplio con una gran mesa de madera que daba a los ventanales y al jardín, un pasillo lleno de habitaciones a las que solo pudo echar un vistazo de lejos, una sala de esparcimiento, otra blanca rodeada de sillas y una biblioteca. Intuía que había más estancias, tipo despachos o dependencias privadas, pero de acceso solo para el personal y la secretaria no se las mostró. Asimismo, observó que había un estanque y un extenso jardín perfectamente cuidados con bancos esparcidos por el césped.

—Aquí vienen los alumnos a relajarse en los descansos. Y bueno, esto es todo de momento —dijo Nuria dando por finalizada la visita—. Este curso empieza el lunes a las seis de la tarde. Dura dos meses y al acabar se te hará una evaluación para saber si estás preparada para acceder al siguiente nivel, el de plata. Las clases son los lunes, miércoles y viernes. —Después, como si se hubiera acordado de algo fundamental, le tendió un botón idéntico al de Conchita, pero de cobre, o al menos imitaba a ese metal—. Guárdalo. A partir del lunes se convertirá en tu mejor compañero.

—Ah. Y… ¿para qué sirve? —preguntó Cleo cogiéndolo con su mano derecha.

—Es mejor que te lo explique Harris. Pero no lo pierdas. Te aseguro que vas a necesitarlo.

Tras salir del centro llamó a Ginés para contarle sus avances. Y luego, cuando llegó a casa, se metió en internet para tratar de conocer más detalles de Eduardo Harris.

No había mucho. Solo lo que figuraba en la web del centro. Ginés tendría que rastrearlo a fondo con sus contactos en la comisaría.

Harris era un neurocientífico que había estudiado en Harvard, lo que prometía una carrera brillante. Procedía de una familia adinerada. De padre estadounidense y madre española poseía doble nacionalidad. Había vivido varios años en Estados Unidos, México y Colombia, y después se había afincado en España para fundar Lucid Temple. Era cierto que tenían pensado implantar otros centros en diferentes países, pero aún se trataba de un proyecto incipiente.

Cleo se preguntaba qué hacía un científico brillante dirigiendo un centro de sueños lúcidos. Era extraño que tras haberse formado en Harvard no se hubiera dedicado a trabajos de investigación en vez de abrir una escuela.

Más tarde fue a ver a su madre y le contó lo que estaba haciendo. Ella, por supuesto, no lo aprobó. Prefería que siguiera de teleoperadora, aunque se alegró de que su hija pareciera más contenta.

—Hija, ¿y no es mejor que sigas con tu trabajo estable? Esto será temporal y temo que acaben despidiéndote. Además, después de lo que pasó, creí que no volverías a trabajar con Ginés.

Su madre era una mujer de mediana estatura y delgada, como Cleo. Tenía el pelo canoso. No cuidaba mucho su imagen, pero aún era joven. Sin embargo, se comportaba como si tuviera mucha más edad. Los golpes de la vida eran los culpables. El mayor había sido el abandono del padre de Cleo, quien desapareció de la noche a la mañana sin dar ningún tipo de explicación. Era un tema que le dolía y sobre el que evitaba hablar, al menos en presencia de su hija. Esto exasperaba a Cleo, quien deseaba conocer más detalles acerca de su progenitor. Quería saber por qué la había abandonado, qué le había llevado a tomar esa drástica decisión. Muchas veces había estado tentada de buscarlo, aunque su madre siempre se había opuesto y se negaba a darle información.

Aquella tarde no discutieron. Cleo le dijo que ya estaba embarcada en la nueva investigación y que pensaba seguir adelante, y su madre aceptó su decisión resignada.

Al llegar a casa, cenó algo y antes de irse a la cama, extrajo del bolsillo de la cazadora el botón de cobre que Nuria le había dado. Lo observó detenidamente. ¿Para qué serviría? En aquel momento, ni siquiera podía imaginar el uso que acabaría por darle a ese objeto.

16

Primera semana en Lucid Temple

Cleo llegó veinte minutos antes de la hora fijada para el inicio del curso. Aparcó su moto en la entrada y, una vez que accedió a las instalaciones, observó una nube de alumnos que revoloteaba cerca de las aulas. Se les veía a casi todos sonrientes y emocionados por el comienzo de las clases. Había gente de edades variadas. A la periodista le sorprendió el interés que el tema despertaba en personas de toda condición.

Sonó un timbre y todos los botones de cobre se dirigieron al aula correspondiente. Nadie se quedó en los pasillos, así que dedujo que esa era la única clase que se impartía a esa hora. Cleo optó por sentarse al fondo. Así podría observar todo lo que ocurriera ante sus ojos.

Eduardo Harris, el director de Lucid Temple, llegó

acompañado por la secretaria que atendió a Cleo cuando fue a inscribirse y por un hombre llamado Ernesto, de pelo rizado y nariz aguileña, que aún no sabía bien qué papel desempeñaba en el curso. Por su descripción, Cleo dedujo que se trataba del mismo hombre que había despachado fríamente a Ginés cuando fue al centro a preguntar por Conchita.

—Buenos días. Estoy encantado de que estéis todos aquí —comenzó Harris luciendo una amplia sonrisa al tiempo que abría las manos a modo de bienvenida.

Harris era bastante atractivo. Era alto e iba perfectamente ataviado con un traje caro de color hueso y una camisa azul, sin corbata. Tenía el pelo rubio entrecano y lucía una barba y un bigote bien recortados. Su tez bronceada hacía que sus ojos azul claro destacaran más. Así, de primeras, a la investigadora le pareció una persona carismática y seductora.

—Antes de empezar —prosiguió Harris—, me gustaría que vierais este vídeo introductorio al tema de los sueños.

Harris se sentó y el otro hombre apagó las luces de la sala donde más de una veintena de alumnos expectantes miraban hacia una gran pantalla en la que comenzaron a surgir imágenes.

El vídeo introductorio hablaba sobre el sentido de los sueños en diferentes culturas. Una voz en off abrió la exposición diciendo que los sueños habían sido relevantes en multitud de culturas antiguas: Mesopotamia, el antiguo Egipto, China, la India, Grecia, Roma... El documental mostraba distintas imágenes ilustrativas en un buen montaje de vídeo.

Después, se habló de la importancia de los sueños en todas las religiones y se decía, por ejemplo, que el hinduismo creía que nuestro mundo, el de la vigilia, era un sueño del dios Vishnu, que sus fieles consideraban que existían tres formas de consciencia: estar despierto, soñar y el sueño profundo. Es más, para ellos, la forma de consciencia menos importante era el periodo en el que estamos despiertos.

Se explicó también que, en el Tíbet, en su tradición escrita en la religión Bön, se hacía referencia a los sueños lúcidos hace ya mil años.

Los alumnos permanecían en absoluto silencio y miraban embobados hacia la pantalla siguiendo las explicaciones de la voz en off.

Se habló también del budismo tibetano y de sus prácticas para alcanzar los sueños lúcidos; del judaísmo, de cómo la cultura hebrea había dado gran importancia al mundo onírico. Del cristianismo y de cómo se recogían numerosos sueños tanto en el Antiguo como en el Nuevo Testamento, donde la palabra «sueño» aparecía al menos cien veces. Asimismo, se comentaron datos sobre el islam. Mahoma, su fundador, había protagonizado varios sueños en los que recibió supuestos mensajes divinos. Se aseguraba que el profeta, todas las mañanas, preguntaba a sus discípulos por sus sueños para posteriormente hacer una interpretación.

Cleo empezaba a aburrirse. Aunque el tema era interesante, su cometido allí era otro bien diferente y eso le impedía centrarse en las explicaciones del vídeo. Sin embargo, antes de que llegara a bostezar, el documental finalizó y se encendieron las luces.

Eduardo Harris se puso en pie, se dirigió a un atril con micrófono y comenzó a hablar de forma pausada y clara para la veintena de alumnos que había en el aula. Tenía un acento indeterminado. Su castellano era casi perfecto, pero se distinguía un ligero matiz que indicaba que no era su lengua materna.

Los cursos duraban dos meses, en el caso de los botones de bronce, y se admitía una veintena de alumnos por grupo. Había varios grupos y las enseñanzas se impartían tanto por la mañana como por la tarde, según las necesidades de los participantes. Los precios para los novatos no resultaban muy elevados. Esto, según decían, era porque no querían que se quedara nadie fuera y que pudieran acceder personas con diferentes niveles económicos.

—Espero que no se os haya hecho muy ardua esta parte histórica —dijo Harris sonriendo—. Tenéis todos los detalles en los apuntes que os hemos facilitado. Pero ahora quiero haceros una pregunta a la que sí debéis prestar atención: ¿qué es un sueño lúcido? —Harris no esperó respuesta y prosiguió—. Un sueño lúcido, como hemos visto en el documental que acabamos de proyectar, se produce cuando la persona es consciente de que está soñando, es decir, que es capaz de despertarse dentro de su sueño y tomar consciencia de ello. Esto le permite alcanzar la lucidez y desarrollar acciones en ese lapso, hasta que despierta. ¿Cuántos de vosotros habéis experimentado un sueño lúcido alguna vez? —preguntó, enérgico.

Algunas manos se alzaron en la sala. Entre ellas la de Cleo, quien había protagonizado algunos en diferentes etapas de su vida. A la investigadora no se le escapó el detalle de que Nuria, la secretaria, apuntó sus nombres en un papel.

—Veo que tenemos un buen caldo de cultivo por aquí —dijo Harris esbozando una sonrisa—. Quiero transmitiros que experimentar un sueño lúcido completo es algo maravilloso, es como entrar en un mundo nuevo en el que seréis capaces de hacer cualquier cosa: hablar con seres fallecidos, viajar a la Luna, mantener sexo con la persona deseada, practicar con un instrumento musical y que luego esa práctica os sirva en la vigilia, hablar con vuestros guías espirituales, viajar a otros mundos... En fin, la lista sería interminable porque todo es posible durante un sueño lúcido y cada persona tiene unos intereses diferentes a la hora de enfrentarse a la lucidez. Lo que sí puedo deciros es que un mundo mágico se abrirá ante vuestros ojos y seréis los únicos protagonistas. ¿No merece la pena el esfuerzo de entrenarnos para tener sueños lúcidos? Yo creo que sí, y vosotros a medida que tengáis sueños de esta naturaleza veréis cómo vuestra vida, la de los sueños y la vigilia, cambia de un modo asombroso. Puedo afirmar que estas técnicas os servirán y que después os sentiréis agradecidos por haber accedido a este nuevo universo por conquistar. Experimentaréis bienestar, felicidad plena y tranquilidad.

En la clase se extendió un murmullo. Muchos alumnos se sentían emocionados ante el nuevo y excitante panorama que Harris les relataba.

—Pero por si alguno aún duda de la realidad de los sueños lúcidos —dijo acercándose un poco más al micrófono—, ya que entiendo que puede parecer cosa de ciencia ficción si no se conoce el tema o no se ha experimentado nunca, es importante que sepáis que este tipo de sueños está demostrado por la ciencia desde el 12 de abril de 1975. Sí, sí, habéis oído bien. He dicho «por la ciencia» —apostilló enfatizando sus últimas palabras—. No se trata de una superchería. Fue el departamento de Psicología de la Universidad de Hull, en el Reino Unido, el encargado de mostrar al mundo una realidad que muchos ya sospechaban desde la Antigüedad.

Entonces les relató cómo se había producido el descubrimiento. Ese día el investigador y psicólogo Keith Hearne conectó a un soñador lúcido, llamado Alan Worsley, a un polisomnógrafo. Worsley afirmaba que tenía sueños lúcidos con cierta periodicidad y que podía controlar lo que ocurría dentro de un sueño, y a Hearne se le ocurrió una idea ingeniosa para demostrarlo. Sabía que los únicos músculos que no se paralizan durante la fase REM son los movimientos oculares y el diafragma. Y consideró que los movimientos oculares podían servir para mandar señales externas, como un código de aviso, cuando se produjera un sueño lúcido. Pero para eso había que experimentar durante cierto tiempo.

Tras haber pasado cincuenta noches en el laboratorio, aquel día de abril, a las 8.07 de la mañana, el sujeto experimental, es decir, Alan Worsley, hizo ocho señales oculares desde un sueño lúcido y Hearne comprobó con el polígrafo que coincidían con la fase REM. Esto quería decir que se había comunicado durante un sueño lúcido y ahora podía corroborarse que aquello no era un simple relato del pasado recogido por diferentes culturas y religiones. Posteriormente, otros investigadores que trabajaban en paralelo llegaron a las mismas conclusiones.

—Pero la gran pregunta que nos hacemos es la siguiente: ¿es menos real el mundo de los sueños? Si podemos sentir, movernos, decidir... —dijo Harris tras una pausa—. ¿Lo que estamos viviendo ahora mismo en esta sala es más real o lo es ese otro mundo de los sueños en el que nos sumergimos cada noche? ¿Alguien se atreve a contestar?

Esta vez nadie alzó la mano.

—¿Nadie? Bien, os daré mi visión sobre el tema. Ambos mundos son reales. El problema es que tendemos a olvidar esa parcela que acontece por las noches cuando estamos en la cama y eso nos hace pensar que la vida de la vigilia es la única realidad. Sin embargo, por algo estamos hoy reunidos, para activar esa parte que muchos desdeñan por considerarla irrelevante. Si habéis llegado hasta aquí es porque tenéis interés en el tema, un punto a vuestro favor para lograrlo.

El timbre que anunciaba el receso sonó y Harris les indicó que disponían de quince minutos para descansar antes de continuar con la clase. Cleo aprovechó para acercarse a algunos de sus compañeros e indagar. Pero

comprobó que no iba a resultar fácil averiguar si conocían a Conchita. Todos con los que habló eran nuevos.
Una chica, que dijo ser esteticista, le comentó que los
botones más avanzados solían tener otros horarios y
que algunas personas que ya habían alcanzado el botón
de oro vivían en el centro durante el curso. Tendría que
hacerse con esos horarios si es que quería descubrir algo
sólido.

Después, al regreso del descanso, Harris les habló
del poder de la intención. Lo hacía con soltura interca-
lando bromas al estilo americano para ganarse a los
alumnos.

Al parecer, en muchos casos las personas tenían su
primer sueño lúcido justo después de saber que estos
existían. En otros casos, estos sueños eran naturales y su-
cedían de manera espontánea. Pero para poder desarro-
llarlos había que tener la intención de experimentarlos.

—Cuando ya sabemos lo que buscamos es más
sencillo encontrarlo, ¿verdad? —planteó el director—.
Pues bien, lo que vamos a hacer nosotros en este curso
es desarrollar la intención de tener sueños lúcidos. ¿Y
qué es una intención?

Harris mostraba claridad en sus explicaciones y tenía, a juicio de Cleo, cierto talante de seducción. Se notaba que se gustaba a sí mismo y que le encantaba saberse el centro de atención.

En la pantalla se proyectó la palabra «intención».

—Una intención es un objetivo que nos trazamos, un pensamiento focalizado hacia algo en concreto. Durante la vigilia nos pasamos gran parte de la vida teniendo propósitos o intenciones: dejar de fumar, llevar una vida más saludable, acudir al gimnasio, aprender otro idioma, etcétera. Pues bien, lo que os pido ahora es que utilicéis el poder del pensamiento para activar el caudal de los sueños lúcidos.

Eduardo Harris les puso un ejemplo. Muchos deportistas ensayan sus movimientos antes de acudir a las competiciones. Y, según contó, se había llevado a cabo un estudio con esquiadores a los que se les pidió que realizaran mentalmente su recorrido de descenso por la nieve. Previamente, se les había conectado un electromiógrafo, un aparato que mide la actividad de las ondas eléctricas asociadas a los músculos del cuerpo. De este modo pudieron descubrir que cuando los deportistas hacían sus ensayos mentales, los impulsos eléctricos de los músculos eran iguales a los que desarrollaban cuando esquiaban de verdad.

—Es decir —prosiguió Harris—, que el cerebro de los atletas mandaba las mismas instrucciones al cuerpo tanto si estaban esquiando como si no. Y nosotros vamos a hacerlo focalizándonos en los sueños lúcidos. Para eso es importante la manera de expresar nuestra intención. Con tal fin, deberéis crear frases cortas y concisas. Podéis empezar hoy mismo. Por ejemplo: «Estoy lúcido y consciente en mi sueño». Y repetiros esas frases antes de ir a dormir y durante el día, si os es posible hacerlo en algún rato libre.

Cleo observó cómo varios de sus compañeros tomaban notas a medida que Harris hablaba. Ella los imitó.

—Deberéis sentir de verdad vuestra intención. Es el segundo paso. Al manifestarla, el deseo se concreta y tiene más oportunidades de hacerse real. Y, por supuesto, eso os induce a crear una expectación. Deberéis iros a la cama con dicha expectación de buscar un sueño lúcido. —Harris hizo una pausa para tomar aire—. ¿Que os dispersáis? Entiendo que al principio puede resultar complicado mantener todas estas pautas, pero es importante que el sueño lúcido sea vuestro pensamiento dominante antes de quedaros dormidos. Que esos pensamientos sean lo último que recordéis. Por supuesto, está de más decirlo, pero olvidad hipotecas, facturas impagadas y otras preocupaciones del día a día para centraros en lo único que debe ser relevante en ese momento: tener un sueño lúcido.

Tras algunas explicaciones más, Harris dio por finalizada la clase, momento en el que les indicó que podían hacer preguntas o consultar dudas.

—Es la hora. ¿Alguien quiere preguntar algo?

Tímidamente, una mano se alzó en la sala. Era un chico pelirrojo con flequillo y barba de dos días de unos veintitantos años.

—¿Y para qué sirve el botón que nos han dado al inscribirnos?

—Ah, el botón. Sí, el botón. Eso lo descubrirás un poco más adelante. No tengas prisa, no la tengáis —dijo dirigiéndose a todos los alumnos—. Tenemos que introducir los conocimientos en pequeñas dosis para que sean efectivos. Ahora estáis en el botón de cobre, luego vendrá el botón de plata y finalmente, solo para algunos, el botón de oro. Son niveles de conocimiento y hay que pasar por ellos. No todos estaréis preparados para acceder al botón de oro, pero no os preocupéis. Pensad que es como el que corre más o el que corre menos. El que corre menos, llegará a experimentar sueños lúcidos, pero siempre habrá alguien que tenga mayor facilidad para hacerlo. Eso no debe causaros preocupación. Cada uno de vosotros alcanzará hasta donde le resulte posible.

17

Durante los primeros días, Cleo no advirtió nada anormal en el centro. Harris era simpático, carismático y atento, y sus clases resultaban sugestivas. La periodista acudía a clase lunes, miércoles y viernes por espacio de dos horas. Luego en casa practicaba las enseñanzas aprendidas. Llevaba casi una semana asistiendo a las clases del Lucid Temple y no había detectado anomalías dignas de mención. Al parecer, había otros horarios para los botones de plata y de oro, y en cada grupo había entre veinte y treinta personas, lo que arrojaba un saldo de casi un centenar de alumnos en el centro.

Harris no impartía todas las clases, a veces le tomaba el relevo Cassi, una doctora en Psicología que en realidad se llamaba Casilda y que Cleo aún no conocía, ya que los principiantes siempre eran tutelados por el propio Harris, a los que le gustaba introducir las nuevas enseñanzas él mismo. Afirmaba que el proceso era igual que el que seguía una gallina con sus polluelos. Para él, según decía, los botones de cobre eran sus «polluelos».

Harris les había pedido a sus alumnos que iniciaran un diario de sueños. Ese, según les contó, era el primer paso para desarrollar sueños lúcidos: poder recordarlos con nitidez. Cleo empezó a llevar uno, aunque realmente ella no estuviera haciendo el curso para tenerlos. Sin embargo, pensó que podría ser interesante y comenzó a anotar todo lo que recordaba, le podría venir bien para su futuro reportaje. Era una de las reglas de oro del periodismo de investigación: la implicación a todos los niveles.

Rápidamente, advirtió ciertos progresos. Cuantos más sueños apuntaba, más sueños recordaba. Muy sorprendida, había noches que era capaz de recordar hasta tres sueños diferentes con todo lujo de detalles.

Mientras tanto se hizo con los horarios de las clases de los botones de plata y de oro. Y acudió al centro con una excusa preparada por si alguien le preguntaba qué hacía ahí a deshoras.

El panorama con el que se encontró fuera de las aulas le llamó la atención. Los botones de oro parecían todos ensimismados, como idos, como si estuvieran mentalmente muy lejos de allí, nada abiertos a la conversación con otros alumnos o quizá es que se creían por encima de los demás.

No se introdujo en la clase porque podrían reconocerla, pero una vez que vio que los botones de oro entraban en el aula, se dirigió a la secretaría aprovechando la ausencia de Nuria, la secretaria. Quería descubrir si en el ordenador tenían una lista de alumnos de cursos pasados y si Conchita figuraba en ella. Pero comprobó que el ordenador de secretaría estaba protegido por una clave que obviamente desconocía.

Hizo tiempo hasta la hora del descanso en los jardines, en los que no había nadie que pudiera verla, y cuando el timbre sonó se unió al grupo de gente que empezaba a salir del aula. Fue así como advirtió esa especie de aureola que flotaba en el ambiente. La mayoría de los alumnos parecían como ausentes, absortos, como si no les importara lo que pasara a su alrededor. Observó que uno de ellos tenía un botón dorado en la mano y lo acariciaba sin parar. Se acercó a él con decisión. Al ver su cara lánguida estuvo a punto de preguntarle si se encontraba bien, pero prefirió utilizar otra fórmula.

—¿Te interrumpo?

Al oír sus palabras el joven pareció salir de una ensoñación. Luego sacudió la cabeza, como dejando atrás sus pensamientos que lo mantenían lejos de la realidad.

—Eh, no, no…

—Tú eres botón de oro, ¿verdad? —preguntó Cleo.

—Sí. ¿Por qué?

—Por saber si llevas mucho tiempo en el centro.

—Perdona, es que estaba haciendo mis ejercicios —se justificó guardando el botón en un bolsillo—. No, llevo poco. Ascendí de grado recientemente. ¿Y tú quién eres?

«¿De qué ejercicios habla?».

—Me llamo Cleo. Estoy estudiando en el centro. Soy nueva.

—Y si eres nueva, ¿qué haces en la clase de los botones de oro?

—No, no estaba en la clase. He venido a preguntar algo en secretaría —improvisó.

—Ah.

—¿Te suena esta chica? —Cleo le mostró una foto de Conchita.

—No sé. Por aquí pasa mucha gente.

—Fíjate bien.

—Podría ser, no sé qué decirte…

—Era botón de oro antes.

—¿Y ya no? —El joven hizo una pausa. Por la expresión de su rostro no parecía estar dispuesto a continuar con la charla—. Oye, perdona, pero tengo que seguir con mis ejercicios.

«¿De qué demonios habla?».

El chico se alejó y se sentó en un banco que había en el jardín. Luego extrajo de nuevo su botón dorado y lo acarició al tiempo que cerraba los ojos y decía algunas palabras para sí mismo, como una letanía.

Cleo se quedó extrañada, sin saber qué decir. Intentó abordar a otra joven, pero no pudo sacar nada en claro pues dijo no reconocer a Conchita. Enseguida sonó el timbre de regreso a la clase y todos se fueron al interior del aula.

Si solo hubiera sido ese alumno el que pareciera ido, Cleo no le habría dado mayor importancia, pero varios manifestaban un comportamiento errático que le hizo ponerse en alerta. ¿Ocurría algo en ese centro y se le estaba escapando?

Luego llamó a Ginés y le contó lo que había visto.

—Estaban como agilipollados —le dijo—. No sé ni cómo pueden seguir las explicaciones. No he sido capaz de averiguar nada. Y el ordenador está protegido con una clave.

—No importa, tú sigue ahí hasta que averigües algo. Los padres de Conchita están dispuestos a llegar hasta el final —remarcó el viejo policía.

—El problema es que se me acaban las vacaciones. Pronto tendré que tomar una decisión con respecto a mi trabajo.

—No sé cómo es de importante tu actual empleo,

pero sería una pena que ahora lo echaras todo por la borda. ¿No puedes pedir unos días más?

—No, mi jefe me mataría. Pero ya me las arreglaré. Llegado el caso, dejaré el trabajo de teleoperadora —dijo Cleo con determinación antes de colgar.

Esos días, desde que había abandonado su puesto de teleoperadora, Cleo se había sentido libre y liviana, como si le hubieran quitado un gran peso de encima y le hubieran inyectado una dosis de energía. La verdad es que no le apetecía nada volver a la rutina de un empleo que no la satisfacía. Decidió dejarlo. Quizá fuera un error, pero así valoró la situación después de darle vueltas al tema. El padre de Conchita le pagaba generosamente y a ella le gustaba hacer indagaciones. Eso le proporcionaba la adrenalina que le había faltado durante demasiado tiempo. Era lo mejor. Ella no había nacido para ser teleoperadora y se convertiría en una amargada, si es que no lo estaba ya.

Segunda semana en Lucid Temple

El curso continuó. Cleo llevaba dos semanas acudiendo a clase. Esa mañana Harris se centró en las señales oníricas.

—¿Lleváis ya vuestro diario de sueños? —preguntó a los alumnos.

Estos contestaron «sí» al unísono.

—Bien, no sé si os habréis dado cuenta ya, pero si repasáis el diario, vais a advertir una cosa muy curiosa: que soñáis cosas similares, que hay elementos que se repiten en vuestros sueños. Solo tenéis que releer el contenido y veréis que lo que os digo es cierto.

Harris hablaba con destreza, paseándose por el aula entre las sillas, pero sin mirar a nadie en concreto.

—Hay quien sueña con perros —prosiguió—, otros con su hermano, sus padres, su trabajo, su mujer... Da igual. El caso es que algunos elementos se repiten en nuestros sueños. A eso le llamamos «señales oníricas» y tenéis que empezar a descubrir las vuestras. ¿Por qué? Porque estos elementos recurrentes son herramientas poderosas para acceder a la lucidez. Una vez que las identifiquéis deberéis anotarlas y tenerlas muy presentes. De este modo cuando se manifiesten podréis reconocerlas y actuar en consecuencia para introduciros en un sueño lúcido.

Los alumnos tomaban notas mientras Harris hablaba. Cleo también. Aquello le parecía muy interesante y había decidido que al tiempo que hacía sus indagaciones podía tomarse aquello como una oportunidad de aprendizaje de nuevos conocimientos. ¿Por qué no hacerlo? Sin embargo, su principal motivación era averiguar qué ocurría allí dentro y su posible exclusiva, esa que la devolvería a la vida, que la rescataría de su absurda vida gris.

—Coged un marcador —prosiguió Harris con énfasis—, abrid vuestro diario de sueños y comenzad a subrayar aquellos elementos que se repitan. Ojo, son señales personales e intransferibles. Cada persona tiene las suyas. Nadie más que vosotros podréis hacer este trabajo. Señalad lugares, objetos, personas y temas que aparecen más de una vez. Luego haced una lista con ellos.

»Si descubrís que estáis soñando con vuestro exnovio o vuestra exnovia aprovechadlo como un activador, servirá para que os deis cuenta de que estáis soñando. Así sabréis que la próxima vez que veáis a vuestro antiguo novio en un sueño se tratará precisamente de eso: de un sueño.

»Y ahora vamos a hablar de otra cuestión muy importante: ¿cómo sabremos que estamos soñando? El problema de los sueños es que cuando se producen son tan auténticos como la realidad misma. Son sólidos y consistentes. Podréis decir que ahora estamos despiertos, que estáis aquí en clase, tomando notas, rodeados por vuestros compañeros y que nada os puede indicar que estáis soñando. Bien, es cierto, sí. Pero si esta noche soñáis lo mismo, que estáis en clase, las sensaciones que tendréis serán igual de auténticas. Es decir, la experiencia multisensorial de un sueño puede ser tan vívida como la propia realidad. Todos los elementos que aparecen en la vigilia pueden ser temas que perfectamente se reflejan en vuestros sueños. Ahora mismo a nuestro cerebro no se le ocurre la posibilidad de que esto que estamos viviendo sea un sueño. De ahí que resulte complejo alcanzar la lucidez. Pero no os preocupéis, hay formas de hacerlo.

Harris señaló al alumnado mientras fijaba su vista en un punto inalcanzable.

—Mirad a vuestro alrededor. ¿Es posible que esto sea un sueño? Por absurdo que os parezca, quiero que ahora mismo intentéis verificar si estamos soñando. ¿Podéis atravesaros la palma de la mano con un dedo? —Harris hizo una pausa deliberada, para hacerles pensar—. ¿Podéis traspasar un objeto sólido como el brazo de vuestra silla o una pared? ¿Son vuestras manos iguales o hay dedos de más o de menos?

Un murmullo se extendió por la clase al tiempo que los alumnos intentaban hacer lo que les pedía Harris.

—No, ¿verdad? No podéis. Y no podéis porque no estáis soñando. ¡Enhorabuena! Acabáis de hacer vuestra primera verificación de la realidad. Cuantas más pruebas de verificación de la realidad hagáis a lo largo del día, más acostumbraréis a vuestro cerebro a preguntarse si está soñando. Llegará un momento en el que esa pregunta se trasladará a vuestros sueños y seréis capaces de plantearos si estáis soñando durante un auténtico sueño. Y ese día la respuesta será «sí».

»Estas preguntas son muy importantes para el desarrollo de los sueños lúcidos. El truco es pararse a pensar si estamos soñando hasta que un día la respuesta sea «sí». Para ello podéis hacer comprobaciones. No basta con que os lo cuestionéis durante el día, tendréis que dar respuesta a esas preguntas de manera coherente, analizando vuestro entorno y lo que está pasando en esos momentos.

Los alumnos seguían con mucha atención las explicaciones de Harris.

—Os recomiendo que hagáis estas pruebas. Tomad nota si queréis. La primera es la prueba del dedo. ¿Podéis atravesar con un dedo la palma de vuestra mano? En sueños sería posible. En la realidad no. La segunda es la prueba de la mano. ¿Son mis manos normales? ¿Hay más o menos dedos de los que debería tener? Contad los dedos. ¿Se ven deformadas?

Como impulsados por un resorte los alumnos se miraron las manos al tiempo que comprobaban si estas eran normales.

—Probad esto también. La nariz. Tapaos la nariz y observad si seguís respirando. Pero que nadie se ahogue, por favor —dijo Harris entre risas—. También podéis utilizar un espejo. Ahora no, porque no tenemos ninguno a mano, pero hacedlo en casa. ¿El reflejo que os devuelve es normal o hay alguna anomalía? Y, por último, tratad de leer una frase dos veces. ¿Os es posible hacerlo sin cambiar el contenido?

Cleo leyó lo que había escrito en sus apuntes, ya dudando de si era real lo que estaba viviendo o formaba parte de un sueño. Pero comprobó que el texto no se alteraba. Estaba despierta. La verdad, todo aquello le resultaba divertido y apasionante. Pero no debía olvidarse de su cometido allí.

—La prueba del salto, mi favorita: si saltáis, ¿descendéis flotando o lo hacéis de golpe? En sueños es perfectamente posible flotar; en la vigilia, no.

Con esta prueba, Cleo pensó automáticamente en Conchita y su «salto» nocturno, el que casi le cuesta la vida. ¿Se trataría todo de una práctica mal enfocada por parte de la joven? En esos momentos era imposible saberlo. Tras unos segundos meditabunda, regresó a las explicaciones.

Los alumnos hacían pruebas alrededor de Cleo. Algunos intentaban atravesarse la palma de la mano con el bolígrafo que usaban para tomar notas, otros se contaban los dedos e incluso alguno se levantó y dio un pequeño brinco.

—Volveremos a hablar de la verificación de la realidad. Pero por hoy la clase ha terminado —dijo Harris dando por finalizada su intervención.

La mayoría de los alumnos se levantaron de sus asientos alterados, excitados ante las nuevas posibilidades que se les abrían en su camino a la lucidez. Cleo se quedó sentada un rato más. Aún tenía que digerir todo lo que acababa de escuchar. Pero una cosa tenía clara: quería continuar avanzando en su reportaje. Debería seguir las pautas de Harris si no deseaba quedarse atrás. De momento, aquello no le parecía sectario. ¿Habría realmente algo oscuro detrás de Lucid Temple?

18

Ginés Acosta apuró su café y se dirigió a la puerta principal del hospital donde permanecía ingresada Conchita. La doctora Sampedro le había dicho que al fin podía entrevistarse con la joven. Según le explicó, aún se sentía muy confusa, pero al menos reaccionaba bien al tratamiento y su progreso era bueno. La doctora estaba convencida de que su pérdida de memoria no tenía tanto que ver con la caída como con el hecho de que le hubiera ocurrido algo traumático las horas antes de arrojarse por la ventana, que hubiera un detonante. Era más un pálpito, una corazonada, pero el caso es que ese tipo de pérdida de la memoria no parecía estar relacionado con la caída, y la doctora intuía que había algo más. En cualquier caso, era pronto para saberlo. Lo frustrante era no poder averiguar los verdaderos motivos de su intento de suicidio, ya que podría volver a hacerlo.

Ginés salió del ascensor y caminó hasta dar con la habitación 616. Tocó brevemente con los nudillos en la puerta y sin esperar respuesta la abrió. Allí estaba su amigo Ricardo Solana, el dueño de la cadena hotelera, junto a su hija. Ginés le saludó con la cabeza y fue correspondido con un apretón de manos. Luego el investigador se acercó a la cama y se dirigió a la joven.

—¿Cómo te encuentras hoy, Conchita? Espero que me recuerdes. Soy amigo de tu padre.

Ella le miró fijamente y pasados unos instantes asintió. No se conocían mucho, pero lo recordaba de haberlo visto en casa de sus padres en algunas ocasiones.

—No deseo molestarte, pero quisiera hacerte unas preguntas, si no tienes inconveniente.

En ese momento apareció la doctora Sampedro.

—Buenos días —dijo dirigiéndose a los presentes—. Me gustaría escuchar la conversación por si se revela algún detalle de interés. Por eso estoy aquí.

—Claro —aceptó Ricardo—. Faltaría más. Pase.

Conchita, al ver allí a tanta gente, empezó a inquietarse y un leve temblor en sus manos la delató.

—Bien. Si les parece voy a comenzar con las preguntas —dijo Ginés esbozando una sonrisa—. Conchita, ¿te suena un lugar llamado Lucid Temple? Es una escuela de sueños lúcidos. Creemos que fuiste a hacer unos cursos o que quizá conociste a alguien que estudiaba allí.

—No sé qué decir… No lo recuerdo.

—¿Es posible que alguien que conocieras allí o en otro lado te diera este botón? —Ginés extrajo la pieza dorada que habían hallado en la habitación del hotel y que le había devuelto la doctora Sampedro.

—El tótem… —dijo ella—. No quiero verlo.

—Entonces ¿lo reconoces? ¿Es tuyo?

—Lo he tenido en la mano muchas veces. Pero no sé quién me lo dio.

—¿Y para qué sirve?

—Para soñar, pero yo no quiero hacerlo —dijo negando con la cabeza—. Por favor, lléveselo.

—Ya lo guardo. No te preocupes. ¿Y dices que sirve para soñar? ¿Recuerdas haber acudido a ese lugar para iniciar un curso de sueños lúcidos? En tu casa encontramos varios libros sobre el tema.

Su respuesta desconcertó a todos.

—No sé… ¿Ahora estoy despierta o estoy soñando?

—Claro que estás despierta, Conchita —intervino la doctora Sampedro para calmarla.

Ginés prosiguió.

—¿Recuerdas a alguien llamado Eduardo Harris? Míralo bien. Es este hombre —indicó tendiéndole una fotografía que el viejo policía había sacado de internet.

La fotografía no era muy buena ni tampoco actual. Los rasgos estaban desdibujados, pero no había logrado obtener otra de mejor calidad.

—No sé... Me resulta familiar. Pero no sé si le conozco. ¿Le conozco? ¿Seguro que esto no es un sueño?

El corazón de la joven empezó a latir con fuerza y tomó aire varias veces como si le faltara, comenzando a hiperventilar.

—A veces tiende a confundir sus sueños con la realidad —puntualizó la doctora Sampedro.

—¿Recuerdas lo que hiciste después de viajar a Ibiza? ¿Te acuerdas de ese viaje?

—Vagamente. Recuerdo estar en la piscina.

—¿Cuál es tu último recuerdo antes de arrojarte por la ventana?

—¿Me tiré? —protestó la joven—. No recuerdo haber hecho eso, pero seguro que no lo hice. No lo hice, ¿verdad?

—Eso es lo que pretendemos averiguar. Aunque no puedas hilarlas, ¿qué cosas recuerdas?

—Había una luz... —respondió—. Y en la pantalla hay rostros de personas, ¡pero no las conozco! Me pongo las gafas y... y... y... —Conchita empezó a alterarse más de lo aconsejable.

—Tranquila, tranquila —intervino la doctora Sampedro—. Estás a salvo. Aquí nada puede pasarte.

Luego miró a Ginés y a Ricardo y dijo:

—Creo que es suficiente por hoy. No es bueno que se inquiete tanto.

Ginés salió confundido por las respuestas de Conchita. A muchas no les veía sentido, pero estaba claro que algo se había removido en su interior al mostrarle el botón y la foto de Harris. Había tirado de sus contactos en comisaría para averiguar más datos sobre el director del Lucid Temple, pero aún no le habían dicho gran cosa. Al parecer, al haber residido en diferentes países, no era tan sencillo seguirle la pista.

19

Tres semanas en Lucid Temple

Aquel día Cleo llegó con la intención de averiguar algo más sobre la presencia o no de Conchita en el centro. No sabía de qué modo iba a hacerlo, pero estaba decidida a conseguirlo. Mientras tanto se acomodó en su silla y esperó la llegada de Harris. Observó que algunos alumnos estaban sentados en corrillo y decidió unirse a ellos para enterarse de qué se cocía.

—¿De qué habláis? —preguntó sin dirigirse a nadie en particular.

—¡Este! —contestó una chica con el pelo lacio y largo señalando al chico pelirrojo que solía hacer preguntas al final de las clases—. ¡Anoche tuvo un sueño lúcido!

—¿En serio? ¿Cómo fue? —quiso saber Cleo.

El chico estaba entre emocionado y cohibido. Se

notaba que le daba vergüenza ser el centro de atención. Pero varios compañeros le animaron y comenzó a relatar su experiencia nocturna.

—No sé, fue extraño. En el sueño estaba hablando con mi hermana. Falleció hace unos años de cáncer. —Hizo una pausa bajando la mirada—. Y desde entonces sueño mucho con ella. Será porque la tengo siempre en mi pensamiento. Lo curioso es que siempre me parece normal verla viva en mis sueños, rebosante de salud y sonriendo. Pero anoche, no sé cómo, empecé a sospechar que estaba muerta y le pregunté: «¿Tú no estabas muerta?». Ella me respondió que sí, y en ese instante pensé que tal vez se trataba de un sueño, así que hice la prueba de atravesarme la mano con un dedo ¡y funcionó! ¡De repente fui consciente de que estaba soñando y me emocioné! No sé si fue por la emoción o por qué, pero entonces me desperté. ¡Fue increíble! ¡En serio! Algo maravilloso el poco tiempo que duró. Me sentí poderoso y con el control absoluto de mi vida.

—Deberías decírselo a Nuria —apuntó la chica del pelo lacio—. Nos dijeron que les avisáramos cuando tuviéramos un sueño lúcido.

—Sí, ahí viene, voy a decírselo.

Nuria, la secretaria, justamente entraba en el aula, así que Cleo observó cómo el joven se acercaba a ella y le comentaba algo en voz baja. Nuria, rápidamente, tomó nota en su cuaderno y le indicó que podía sentarse.

Harris apareció un poco después. Esperó a que los alumnos se colocaran en sus asientos para comenzar la clase.

—Buenos días. Espero que hayáis descansado y tenido bonitos sueños. Y si son lúcidos, mejor aún —comentó con una amplia sonrisa.

Nuria se acercó a Harris y le dijo algo al oído. Después este se dirigió a los alumnos.

—Bien, parece que esta noche uno de vosotros ha tenido un sueño lúcido, lo cual me satisface enormemente. Como veis, el método funciona. Luego hablaré contigo —añadió dirigiéndose al joven pelirrojo—. Pero ahora quiero continuar con la importancia de verificar la realidad. Si nos hacemos la pregunta famosa de si estamos soñando un montón de veces al cabo del día, esta terminará por infiltrarse en nuestros sueños, como le ha pasado a Tomás, este joven compañero vuestro.

Harris se había retirado del atril y se había acercado al chico pelirrojo poniéndole una mano sobre el hombro. Él se sentía apocado, pero al mismo tiempo estaba orgulloso de haber sido el primero en la clase en tener un sueño lúcido.

—Pero ¿cuál es el problema que conlleva esta pregunta? Os lo diré. Que hay que convertirla en un hábito. ¿Y cómo lo conseguimos? He ahí la cuestión: debéis haceros la pregunta entre cinco y diez veces diarias. Sin embargo, lo más probable es que a lo largo del día se os olvide realizar este ejercicio. Pues bien, voy a daros algunas pautas para que esto no ocurra y podáis generar este hábito.

En la clase hubo un murmullo generalizado. Se oía el ruido de lápices y cuadernos tan característicos de un aula, dispuestos para tomar nota.

—Para que no se os olvide hacer la verificación de la realidad, por ejemplo, podéis programar una alarma en vuestro móvil cada hora más o menos. Cuando suene deberéis preguntaros si estáis soñando y hacer las comprobaciones de rigor como ya os he explicado anteriormente.

»También podéis realizar una verificación de la realidad en otras circunstancias. ¿Cuándo? Cada vez que suene vuestro teléfono, cada vez que suceda algo inusual en vuestro entorno, cada vez que veáis un gato, después de cada comida, cada vez que crucéis el umbral de una puerta o cada vez que suceda algo insólito ante vuestros ojos... Son ejemplos, claro. Pero os pueden servir. Os invito a escoger dos ejemplos que se adapten a vuestras necesidades para poder practicar.

Cleo acababa de comprender a qué se refería aquel

chico botón de oro cuando hablaba de que tenía que hacer sus ejercicios. Estaba haciendo verificaciones de la realidad. El problema es que parecía hacerlo de manera compulsiva, tanto como para no tener tiempo de mantener una simple conversación con otra persona. ¿Podría ser eso dañino a la larga? Al menos a él se le veía obsesionado.

Harris prosiguió.

—También podéis emplear las señales oníricas que habéis apuntado en vuestro diario, esas que se os repiten con frecuencia, para activar la lucidez. Dicho todo esto ahora voy a hablaros de una poderosa forma de recordar todas estas prácticas. ¿Tenéis el botón que os dimos al inicio del curso? ¡Es hora de sacarlo! —indicó Harris.

Cada alumno buscó el suyo y lo extrajo para tenerlo en la mano.

—Este botón es, en realidad, un poderoso tótem. —Harris sostenía un botón dorado en su mano y lo miraba como si de un diamante se tratara—. Para las culturas primitivas los tótems son emblemas protectores. Algo que une a la tribu y que es venerado por considerarse sagrado. Sin llegar a esos extremos, para nosotros el tótem es un recordatorio de nuestro trabajo como viajeros de los sueños. Y nos une a todos los presentes. Es una seña de identidad, de pertenencia a nuestro grupo de onironautas. Deberéis llevarlo siempre encima, en un lugar al que tengáis fácil acceso: un bolsillo, el bolso, colgado al cuello... Donde queráis. ¿Por qué? Porque cada vez que toméis consciencia de su existencia, ya sea por notarlo en el bolsillo o de cualquier otro modo, deberéis realizar una verificación de la realidad. Esto os ayudará a crear un hábito para saber si estáis o no soñando, y posteriormente se extenderá a vuestros sueños.

De modo que para eso servía el botón. Eso era un tótem. Y Conchita lo llevaba encima la noche en la que se tiró por el balcón del hotel. Solo cabían dos posibilidades: que fuera suyo, es decir, que hubiera estudiado en el centro y se lo dieran al inscribirse, o que alguien que hubiera estudiado allí se lo hubiera regalado. ¿Cómo averiguarlo?

—Y ahora que ya sabéis para qué sirve el botón, vamos a hablar de lo que le ha ocurrido a Tomás anoche —dijo Harris dirigiéndose al joven pelirrojo—. No seas tímido, sube al atril y cuéntanos tu vivencia. Les vendrá bien saberlo a tus compañeros. Pero antes déjame preguntarte algo: ¿sueles hablar en público?

El chico negó con la cabeza. De hecho, se le veía un poco turbado por la situación y Harris se había percatado.

—No, ¿verdad? —dijo Harris—. Pues ahora mismo deberías hacer una verificación de la realidad, dado que este es un acontecimiento inusual para ti. No todos los días hablas en público. Deberías preguntarte si estás soñando. Dilo en alto para que todos podamos escucharte.

—¿Estoy soñando? —preguntó tímidamente el joven.

—Eso es. Saca el botón y hazte la pregunta.

Tomás hizo lo que le pedía Harris. Luego intentó atravesarse la mano con un dedo y comprobó que no podía.

—Bien. Así es como se hace. De repente, ocurre algo inusual en nuestra vida y nos hacemos la pregunta. Esta vez estás despierto, pero ¿y si no fuese así? —Harris hizo una pausa deliberada para que todos los presentes pudieran reflexionar sobre ello—. Bueno, ahora cuéntanos tu experiencia.

Tomás contó de nuevo, esta vez para toda la clase, lo que le había sucedido la noche anterior.

—Y entonces me desperté —concluyó.

—¿Sabes por qué te ha pasado eso? —preguntó Harris—. ¿Lo sabe alguien?

Nadie contestó. Así que Harris prosiguió:

—Cuando tomamos consciencia de que estamos despiertos dentro de un sueño la experiencia se vuelve sublime. No hay mejor palabra para explicarlo. Y Tomás puede aseverarlo, ya que acaba de experimentarlo.

Pero no solo él, cualquier onironauta os dirá lo mismo. El caso es que cuando ocurre nos emocionamos tanto que, si desconocemos cuál es el siguiente paso que debemos dar, corremos el riesgo de despertarnos. Y eso es justo lo que te ha pasado, Tomás. Pero afortunadamente para ti y para todos hay formas de estabilizar un sueño lúcido, de impedir que nos despertemos o que caigamos en un sueño común. Y las iremos viendo. Por lo pronto, vamos a felicitar a Tomás por su aventura como onironauta la pasada noche, porque él ya está en el camino.

En el aula se oyó un murmullo de voces felicitándole.

Al terminar la clase, en vez de marcharse, Cleo se quedó por los pasillos para ver si podía averiguar algo. Aquello le estaba llevando más tiempo del esperado y se sentía frustrada. Tanteó algunas puertas, pero estaban cerradas. Se dirigió al comedor a ver si allí había alguien que pudiera servirle para su objetivo, pero no halló a nadie. Finalmente salió al jardín dispuesta a irse, con el fracaso reflejado en su rostro, pero antes de que pudiera alcanzar su moto, divisó a lo lejos a un jardinero que cuidaba de los setos que había en el recinto. Se acercó a él.

—Hola. ¿Qué tal?

El hombre, que estaba de espaldas, pareció sobresaltarse por la inesperada presencia de Cleo.

—Buenas tardes —respondió al fin con una sonrisa.

El jardinero le echó una mirada breve y luego prosiguió con su tarea.

—¿Lleva mucho tiempo trabajando aquí?

—Desde poco después de abrirse el centro —comentó sin dejar de podar el seto que estaba tratando de nivelar.

—Conocerá a muchos alumnos... —El comentario no podía tener más intención.

—Solo de vista. No suelo hablar con ellos.

—¿Puedo preguntarle si le suena esta chica? —dijo Cleo extrayendo el móvil de su bolso.

La investigadora le mostró una foto de Conchita. El jardinero hizo una pausa para mirar la imagen. Se quedó callado unos segundos y luego respondió:

—Tenía el pelo diferente, pero sí que la recuerdo. Pasaba aquí mucho tiempo. Creo que vivía en el centro.

Automáticamente, Cleo se puso en guardia. Al fin alguien reconocía a Conchita y podía certificar que había estado en Lucid Temple.

—¿Vivía aquí?

—Nunca le pregunté. No suelo relacionarme con

los alumnos, pero sí, pasaba mucho tiempo en la escuela, así que supongo que sería una alumna aventajada. Hace días que no la veo. Tal vez ya no está.

—¿Qué recuerda de ella?

—¿A qué vienen tantas preguntas? —inquirió el hombre extrañado.

—Es una amiga de una conocida. Me ha preguntado y, bueno, por saber. Yo no me la he cruzado. Puede que esté en otro horario... —improvisó sin saber bien qué excusa dar.

—Ah, pues no recuerdo nada en concreto. Solo la veía por el jardín haciendo eso que hacen casi todos con un botón.

—¿Qué hacía?

—¡Qué sé yo! Eso que hacen que tocan un botón y rezan o lo que sea que hagan. No sabría decirte. Y ahora, perdona, no quiero parecer grosero pero tengo mucho trabajo y, además, a los jefes no les gusta que nos mezclemos con los alumnos.

Sin más que decir, el jardinero se dio la vuelta y continuó con su labor ignorando la presencia de Cleo.

La periodista se quedó desconcertada, pero no quiso seguir indagando para no despertar sospechas. Parecía claro que si aquello era un grupo sectario no todos los trabajadores del centro estaban al tanto de las actividades que se desarrollaban en su interior. Ya sabía lo que necesitaba. Ginés estaba en lo cierto. Conchita había estudiado en Lucid Temple. Más aún, había pernoctado en la escuela. Por fin podía confirmarlo. Y usaba el botón, el jardinero lo había visto con sus propios ojos, así que debía de ser suyo. La hipótesis de que se lo hubiera regalado alguien quedaba descartada. Se lo habían dado en el centro, igual que a los demás.

Pero la cuestión era que allí negaban que eso hubiera ocurrido. ¿Por qué? ¿Qué le había pasado a Conchita en ese lugar?

20

Cleo llamó a Ginés para informarle de sus averiguaciones.

—¡Lo sabía! —exclamó el viejo policía—. Sabía que la chica tenía que haber estado en el centro.

—Sí, bueno. Es cierto. Conchita ha estado en Lucid Temple. Pero para mí no es suficiente. Hasta donde yo sé no es un delito apuntarse a un curso, por muy extraña que pueda resultar la temática. Hay cosas raras, pero nada que indique que se trata de una secta.

Ginés lo tenía claro.

—Ahora más que nunca quiero que sigas ahí dentro, que averigües con quién se relacionó y si le ocurrió algo anormal a la chica durante su estancia en ese sitio; algo que ella no recuerda y que en el centro no nos cuentan. Todo esto me da muy mala espina.

—No sé si servirá de algo. A fin de cuentas, lo que

ha pasado, ha pasado. Quiero decir que eso no podemos cambiarlo.

—Pero puede servir para conocer los motivos por los que Conchita se arrojó desde el balcón del hotel. Ya sé que para ti es un reportaje y que estás pensando en si habrá exclusiva. Pero considera esto: tal vez le hicieron alguna cosa que lo provocó. Ahí sucede algo raro y quiero saber de qué se trata. Y su padre está dispuesto a llegar hasta el final.

—Yo también. De hecho, quiero que sepas que he dejado mi maravilloso trabajo —su tono era irónico.

Era cierto. Cleo ya había abandonado su empleo como teleoperadora. Los días de vacaciones se le habían terminado y se había visto obligada a tomar una decisión. Así que ahora tenía todo el tiempo del mundo para seguir haciendo el trabajo de campo que se le demandaba y que ella consideraba que debía hacerse.

Si quería realizar un reportaje completo sobre esa gente, tenía que involucrarse hasta el fondo y eso suponía entrar de lleno en la dinámica del centro.

Por otra parte, aunque de esto no le dijo nada a Ginés, tampoco podía obviar el hecho de que el curso había despertado su interés y estaba practicando las enseñanzas que recibía.

—Me parece bien —asintió Ginés al otro lado de la línea—. Creo que ese trabajo te estaba machacando.

—Y tú, ¿has podido averiguar algo sobre Harris?

—Un viejo amigo de la comisaría está en ello. ¿Sabes? Parece que no hay muchos datos del tal Harris, y eso me escama. Sabe protegerse. En Harvard, de momento, guardan silencio. Lo estamos investigando. Te iré contando cuando sepa algo más.

Tal y como estaba planeado, Cleo continuó con las clases, pero cuando aquel día llegó al centro alguien le sorprendió antes de entrar al aula.

—Tú eres Cleo, ¿no?

Aquel hombre era serio y a ojos de Cleo un tanto lúgubre. Se había cruzado con él alguna vez en los pasillos, era Ernesto, el hombre de confianza de Harris, pero jamás lo había visto sonreír. Se le antojaba un poco siniestro y oscuro. No sabía por qué. Era solo una intuición. Realmente, no había intercambiado con él más de cinco palabras seguidas, pero lo envolvía una aureola densa que a la investigadora no le terminaba de convencer. Y tampoco entendía bien qué papel desempeñaba en el centro, solo que estaba muy cerca del fundador.

—Sí, soy yo.

—Harris quiere hablar contigo… si tienes un momento después de clase.

—¿Conmigo? ¿Para qué?

—Él te lo explicará —dijo sin aportar más detalles.

Cleo pasó toda la clase dándole vueltas a los motivos por los que Harris querría verla en privado. ¿Se habría enterado de que le estuvo haciendo preguntas sobre Conchita al jardinero? Por si acaso, preparó una excusa, aunque ni a ella misma le resultaba convincente. También cabía la posibilidad de que hubiera leído su diario de sueños, que les habían hecho entregar para, supuestamente, comprobar los progresos de los alumnos.

Una vez finalizada la clase le hicieron pasar al despacho de Harris.

—Siéntate, Cleo. —Harris la esperaba en una estancia amplia y blanca, como el resto del centro, con una mesa enorme en la que había un ordenador portátil y un monitor grande en el que, sin sonido, se reproducían los datos de la bolsa en tiempo real, cosa que le chocó y de la que tomó nota mental.

A un lado, cerca de un ventanal, había un sofá de cuero blanco, una mesita baja y una butaca a juego. Harris se sentó en la butaca y la invitó a que ella lo hiciera en el sofá.

—¿Quieres tomar algo? ¿Un té? ¿Café?

—No, estoy bien así.

Harris llevaba un traje gris oscuro y una corbata

azul. En su mano sostenía una carpeta verde y el diario de Cleo. Antes de que la joven pudiera decir nada, Harris extrajo un bolígrafo de plata del bolsillo de su americana y abrió la carpeta para sacar unas hojas.

—Supongo que te preguntarás por qué quería hablar contigo —dijo Harris.

—Pues sí.

—Verás, he estado leyendo tu diario y el cuestionario, el que rellenaste cuando te inscribiste en el curso. He visto que has tenido sueños lúcidos con anterioridad. ¿Es así?

—Así es.

—¡Eso es fantástico! Indica que hay un potencial en ti para tenerlos de manera espontánea y que llevas un buen trecho andado con respecto a muchos de tus compañeros.

—¿Usted cree? Siempre me he despertado. —Cleo estaba expectante por lo que Harris pudiera decirle.

—Oh, no. No me trates de usted, por favor —dijo Harris ladeando la cabeza antes de hacer una pausa—. Puedes llamarme Eddie. Y contestando a tu pregunta, no lo creo, estoy seguro. He visto muchos casos parecidos.

Su mirada era penetrante y cautivadora. La miraba a los ojos fijamente, sin pestañear.

—Eres una onironauta en potencia —prosiguió sin

apartar la mirada—. Y verás como, si sigues las pautas del curso, pronto empezarás a experimentar esta clase de sueños con frecuencia.

Se hizo una pausa incómoda en la que ninguno habló. Harris daba golpecitos con el bolígrafo sobre la carpeta.

—También he visto que dejaste una de las preguntas sin contestar. Quizá se te pasó o tal vez no quisiste responderla.

—¿Qué pregunta?

Cleo sabía perfectamente a qué pregunta se refería, pero optó por hacerse la tonta.

—La pregunta relativa a la familia. ¿Tienes familia, Cleo?

—Bueno, tengo a mi madre...

—¿Hermanos?

—No.

—¿Novio o marido?

—Actualmente no.

—Y tu padre, ¿qué puedes decirme sobre él?

¿Por qué le hacía esas preguntas tan íntimas? ¿A qué se debía esa intromisión en su vida privada? Podía inventarse una historia y zanjar el asunto, pero le dio la impresión de que con eso no bastaría.

—Es complicado —dijo al fin.

—Me imagino —le comentó Harris—. Solo intento

conocerte un poco mejor y, en la medida de lo posible, orientarte de cara al curso, para que obtengas un mejor rendimiento.

—La verdad es que no conocí a mi padre. No sé nada de él —dijo Cleo sin saber bien por qué se prestaba a ese juego en vez de mandarle a paseo. Quizá pensó que sería mejor así, que si revelaba esa faceta de su vida podría servirle para descubrir las auténticas intenciones de Harris.

—Ya. Comprendo. ¿Tú sabes que mediante los sueños lúcidos podrías hablar con él y resolver las cuentas pendientes?

—¿Cómo? ¿A qué te refieres?

—Justo a eso. Que, si ese es tu deseo, podrías pedir encontrarte con tu padre en un sueño lúcido, y te daría la oportunidad de hablar con él.

—Pero ¿es posible?

Precisamente Cleo jamás soñaba con su padre, al menos que ella recordara. Puede que tuviera bloqueada esa parcela en su mente.

—Lo es. Créeme. Solo tienes que tener la intención de hacerlo. ¿Te gustaría, Cleo? ¿Te gustaría hablar con tu padre?

Cleo no contestó. Aún se sentía abrumada por lo que estaba pasando en ese despacho. Algo totalmente inesperado para ella. ¿Por qué le hacía esas preguntas? ¿Qué quería realmente?

—Los sueños lúcidos, como os he explicado en clase, pueden ayudarnos a superar traumas y fobias. Eso ya lo sabes. Por ejemplo, una persona que tiene fobia a las arañas podría enfrentarse a ellas en un sueño lúcido para comprobar que no le ocurre nada, lo que le facilitaría en la vida de la vigilia la superación de esta fobia. Sucede igual con ciertos bloqueos de nuestro pasado. ¿Crees que tú tienes algún bloqueo con ese tema? ¿Algo encasquillado por lo que pasó con él?

—No lo sé. Tal vez sí —reconoció la periodista.

Cleo había oído que las sectas aprovechan las debilidades de la gente para llegar a sus emociones. ¿Sería el caso?

—Solo pretendo orientarte. Darte otras opciones para mejorar tu vida.

—No sé qué decir, la verdad. —Cleo se sentía completamente desarmada. No se imaginaba que la conversación fuera a ir por esos derroteros.

—No solemos hacer esto con todo el mundo —continuó Harris incorporándose un poco en su butaca para mirarla más de cerca—, pero con los alumnos en los que vemos cierto potencial a veces les ofrecemos la posibilidad de someterse a un entrenamiento intensivo en nuestro centro.

—¿Un entrenamiento intensivo? —preguntó confundida.

«¿Tendrá que ver con que yo ya haya tenido sueños lúcidos? ¿Quizá haya visto un potencial en mí como posible adepta o tal vez una debilidad?».

—Bueno, siempre y cuando estés de acuerdo y tus obligaciones laborales te lo permitan. Serían unos días, quizá un par de semanas pernoctando en el centro. Te daríamos unas pautas personalizadas para que avances y podríamos ver si estás preparada para ascender al botón de plata o incluso al de oro.

Cleo iba a decir algo, pero Harris se anticipó.

—Si estás pensando en el coste de este entrenamiento, no debes preocuparte. Nosotros sufragaríamos todos los gastos, incluidas las dietas durante la experiencia. Solo deberías abonar una pequeña cuota mensual.

—¿Todo gratis menos la cuota?

—Sí, eso he dicho.

«¿Gratis por qué? Nadie da duros a pesetas».

—¿Que por qué es gratis?

Harris parecía anticiparse a sus pensamientos. Quizá había hecho eso infinidad de veces y conocía a la perfección las reacciones de los alumnos ante tal ofrecimiento. ¿Le habría brindado esa misma opción a Conchita o al chico pelirrojo, el compañero que ya había tenido un sueño lúcido?

—Sí. ¿Por qué?

—Porque no queremos dejar a nadie fuera. A fin de

cuentas, somos un centro de enseñanza, pero también de investigación. Nos interesa avanzar e innovar, y si un alumno tiene potencial no vamos a impedirle que progrese por una mera cuestión económica.

Las palabras de Harris resultaban envolventes, siempre acompañadas de delicadeza y una sonrisa seductora. Cleo no sabía qué decir y Harris detectó esa flaqueza en su mirada.

—No tienes que decidirte ahora mismo, claro —dijo levantándose y dando por finalizado el encuentro—. Piénsalo y ya nos dirás algo.

—Lo haré —convino Cleo.

Por supuesto, diría que sí. Pero le haría esperar un poco antes de comunicárselo. De este modo no levantaría sospechas sobre sus verdaderas intenciones en el centro.

Ambos se dirigieron a la puerta y Harris la abrió de manera cortés para que ella pudiera salir.

—Ah, y dale también una vuelta a lo que te he dicho sobre tu padre. Podría ser una experiencia muy gratificante para ti. Te daría un empuje para seguir en el curso y cerrar viejas heridas.

Cleo salió de la estancia y se fue a buscar su moto.

Ese entrenamiento avanzado le daría la posibilidad de pernoctar en el centro y tal vez hablar con otros alumnos que hubieran conocido a Conchita. No era mala idea después de todo. Pero al mismo tiempo sentía que habían invadido su intimidad y eso la abrumaba.

Cleo salió de Lucid Temple descolocada. ¿Para qué le habría contado a Harris lo de su padre? Aún se hacía esa pregunta cuando alcanzó su moto, aparcada frente a la entrada del centro. ¿Qué había sido de la Cleo investigadora, de la Cleo escrutadora que sonsacaba información en vez de darla? Quizá su reacción allí dentro se debiera a que necesitaba hablar de todo eso con alguien. Nunca lo hacía. Con su madre era imposible, se ponía enferma, literalmente, y esa parcela de su vida no la compartía con casi nadie, excepto con Ginés y alguno de sus exnovios. En otras circunstancias, lo habría considerado una intromisión en su intimidad y se habría negado a dar esos datos sobre su vida privada, pero en esta ocasión había hablado de ello con una naturalidad poco usual en ella. Se había sentido desarmada y, más allá de su cometido en ese lugar, la pregunta que rondaba su cabeza era saber si lo que había dicho Harris era cierto. ¿Podría de algún modo contactar con su padre? ¿Tener un cara a cara con él y formularle todas las preguntas que nunca había podido hacerle?

21

Aquella noche Cleo se acostó con el firme propósito de experimentar un sueño lúcido. Desde que comenzó el curso, había practicado todas las técnicas preparatorias que Harris les había explicado. Durante el día muchas veces se sorprendía tocando el tótem que le habían dado y formulándose mecánicamente la pregunta: «¿Estoy soñando?». Hasta el momento, la respuesta siempre había sido «no», pero confiaba en que de pronto todo cambiara y fuera «sí».

Harris les había dicho que el 72 por ciento de los sueños lúcidos se producían mediante una técnica conocida como DILD, que venía del inglés *Dream-Initiated Lucid Dream* (sueño lúcido a partir de un sueño iniciado). O lo que es lo mismo: lograr la lucidez en un sueño después de llevar un rato soñando de manera común. Era esa clase de lucidez espontánea que se producía a raíz de algún elemento disonante que la desencadenaba. Y así era como el chico pelirrojo de su clase había tenido su primer sueño lúcido.

Sin embargo, había un detalle importante relacionado con esa técnica. Según Harris, aunque nos acostamos con nuestra intención bien definida, que era lo que estaba haciendo Cleo en esos momentos previos al sueño, tardamos casi una hora en alcanzar el periodo REM (movimiento ocular rápido). La fase REM es un lapso en el que nuestro cerebro, por increíble que parezca, está totalmente activo, mientras que el cuerpo duerme. Ahí es cuando se producen por lo general los sueños. Pero para llegar a ese punto se pasa por varias fases y con frecuencia, una vez inmersos en esa ansiada franja REM, nuestra intención de tener un sueño lúcido se ha disipado, se ha perdido por el camino.

Para paliar este inconveniente Harris les contó que había otra técnica que podían ensayar en casa, por si les resultaba más efectiva. La cuestión era probarla y ver cuál daba mejores resultados en cada uno de los alumnos. Y es que los dos últimos periodos REM se producen al final de nuestro ciclo durmiente, en las primeras horas de la mañana. Estos dos periodos son más largos porque a medida que avanza la noche aumenta la cantidad de tiempo que pasamos soñando. Pueden durar casi cincuenta minutos cada uno, lo que ofrece la posibilidad de tener sueños más largos, vívidos y conscientes.

Por otra parte, cuando nos despertamos en medio de un sueño es mucho más fácil recordarlo y si nos centramos en esas dos últimas fases del sueño es probable que recordemos nuestros sueños lúcidos justo al despertar.

De modo que Harris les explicó que lo que se pretendía con esa técnica, conocida como *Wake Back to Bed* (WBTB), que traducida al español era algo así como «despierta y de vuelta a la cama», era atrapar esos últimos ciclos REM engañando al cerebro. Con el tiempo iría aprendiendo otras técnicas adaptadas por Harris con este mismo fin.

Así que Cleo programó la alarma de su teléfono para dentro de cinco horas, tal como Harris les había aconsejado. Llegado ese momento, se despertaría y permanecería levantada veinte minutos para después volver a la cama. De este modo, la periodista regresaría al lecho justo antes de entrar en las dos últimas ventanas de la fase REM.

Lo interesante es que ese es el tiempo que se necesita para activar el hemisferio izquierdo del cerebro, la parte analítica de nuestra mente.

¿Y qué debía hacer en esos veinte minutos, mientras esperaba? Harris recomendaba varias cosas: leer sueños antiguos en el diario, comprobar la lista de señales oníricas que habían confeccionado, ir al baño, levantarse y caminar, dibujar un sueño que nos gustaría tener…

Pasado ese tiempo Cleo debería volver a la cama y repetirse su intención de tener un sueño lúcido, visualizándolo incluso, sintiéndolo y esperándolo.

Y eso es lo que se proponía hacer aquella noche cuando dejó el móvil en su mesilla después de activar la alarma. No sabría si tendría éxito, pero no perdía nada por intentarlo.

Cuando sonó el despertador, sobre las cinco de la mañana, y se dio cuenta de que no había accedido a la lucidez, Cleo se sintió un poco frustrada y enfadada consigo misma. No obstante, optó por poner en práctica las indicaciones de Harris. Se levantó sin muchas ganas. Le costó un poco, ya que en la cama se estaba muy a gusto y fuera hacía frío. Fue al baño y después se sentó en el sofá de su pequeño apartamento con su diario de sueños en la mano. Lo abrió por la primera página y comenzó a repasarlos. Reconoció las partes subrayadas como incongruencias que podrían servir de señales para activar la lucidez y además se percató de que varios de sus sueños eran similares: su madre aparecía en muchos de ellos. También comprendió que los sueños nos hacen entrar en un gran engaño, por muy disparatado que nos pueda parecer una vez despiertos, ya en la vida de la vigilia. Pero mientras estamos inmersos en ellos, pese a las numerosas incoherencias que se nos presentan, no somos capaces de descubrir ese engaño y nos sumimos a fondo en él, como si de otra realidad paralela se tratara y fuera lo único real y tangible. Todo era posible. No había barreras inquebrantables en nuestros sueños.

Cuando comprobó que habían pasado los veinte minutos de rigor, soltó el cuaderno y se fue a la cama repitiéndose con insistencia que ahora sí tendría un sueño lúcido.

Cleo se vio en un pasillo de Lucid Temple, uno que no había visto con anterioridad y que tal vez solo existiera en su imaginación. Supo que era el centro donde estudiaba porque observó el logo de la escuela en un cartel colgado de la pared. Eso le recordó que llevaba su botón de cobre en el bolsillo. Lo extrajo, lo acarició y siguió caminando.

Las paredes estaban pintadas de azul oscuro, le chocó porque lo que ella conocía del centro era todo blanco y luminoso, pero en ese instante no le resultó tan extraño como para formularse la pregunta.

Llegó al final del pasillo y vio un ascensor. Pulsó el

botón de llamada y escuchó un ruido anunciando la puesta en marcha del aparato. Cuando llegó, accedió a él y este empezó a moverse sin que ella presionara ningún botón. Bajó un piso y el ascensor se detuvo. Al abrirse atravesó otro pasillo y luego una puerta y entonces vio una estancia grande y azul con una cama de matrimonio en medio. Estaba iluminada con velas y lámparas de sal, de manera tenue. A un lado de la estancia había un enorme espejo, al otro lado, una cómoda butaca reclinable y la pantalla de un televisor. Y junto a la cama vio a su madre.

—¿Mamá? ¿Eres tú? ¿Qué haces aquí?

Su madre no contestó. Se limitó a mirarla con fijeza.

Luego Cleo se percató de que junto a ella, de espaldas a su madre, había un hombre alto, de pelo cano, que no le sonaba. No podía ver sus facciones, pero era seguro que no le resultaba familiar.

—¿Quién es ese hombre? —preguntó a su madre, que seguía muda.

De pronto Cleo fue consciente de la incongruencia que suponía que su madre estuviera en las instalaciones de Lucid Temple. Algo que no había pasado nunca y que probablemente jamás llegara a ocurrir, por lo que tomó su tótem y preguntó: «¿Estoy soñando?».

Justo entonces, como si de magia se tratara, la voz de

Harris resonó en su cabeza: «¡Sí! Esto es un sueño. ¡Despierta!».

En ese instante Cleo fue plenamente consciente de que estaba soñando. Una fuerza inenarrable se apoderó de ella y sintió en su pecho un poder que nunca había experimentado. Su percepción de la realidad se amplió y advirtió la gran dicha que anidaba en su interior. Si alguien le preguntara, no podría relatar con palabras lo que estaba notando; era algo inefable. Solo quien hubiera vivido un despertar similar podría saber lo que estaba sintiendo.

«Bien. Ahora estoy lúcida y consciente en mi sueño. ¿Qué hago?».

Antes de que tuviera tiempo de plantearse nada más, su madre rompió su silencio.

—Este es tu padre —dijo dirigiéndose al hombre que permanecía de espaldas junto a ella.

—¿Mi padre?

El hombre empezó a darse la vuelta, pero de repente el sueño comenzó a desestabilizarse, a desmoronarse y a perder fuerza. Las paredes empezaron a tambalearse y todo se diluyó. Cleo no quería despertarse, pero no sabía cómo impedir que eso pasara. Le estaba ocurriendo lo mismo que al chico pelirrojo de su clase, estaba perdiendo la lucidez de su sueño.

Y no pudo verle la cara a ese hombre porque se despertó.

22

¡Era posible!

Había estado a punto de lograrlo. Había accedido a la lucidez siguiendo una de las técnicas que les había explicado Harris y casi había visto a su padre en sueños. Por una parte, Cleo se sintió poderosa por haber alcanzado la lucidez pero, por otra, una sensación de frustración la invadía al no haber sido capaz de mantenerla el tiempo suficiente para verlo por completo y hablar con él. Sin embargo, era posible, ¡lo era! Algo en su interior había aflorado después del entrenamiento recibido.

Decidió tomárselo con filosofía y esperar nuevos resultados en las noches siguientes. Si ya lo había conseguido, solo tenía que esforzarse un poco más para avanzar al siguiente nivel.

Cuando llegó a Lucid Temple, por un momento, prácticamente se había olvidado de su verdadera misión allí. Se sentía sobreexcitada y compartió su vivencia con Nuria, la secretaria, aunque no le describió su sueño. Se limitó a decirle que había tenido un sueño lúcido, como les habían pedido en el centro que informaran cuando eso sucediera, y que no deseaba hacerlo público al considerarlo algo íntimo, si bien no tendría inconveniente en contárselo a Harris. Luego se sentó, como acostumbraba, al fondo del aula, a la espera de que comenzara la sesión. Echó un vistazo a su alrededor y advirtió la ausencia de Tomás, el chico pelirrojo que fue el primero en tener sueños lúcidos en la clase. Se preguntó si habría sido invitado a un entrenamiento especial, como ella, y por eso no estaba allí ese día. Tendría que averiguarlo.

Harris llegó, como siempre, luciendo una gran sonrisa en su rostro y antes de comenzar Nuria se aproximó a él y le dijo algo al oído, lo que provocó que Harris alzara la vista y le dedicara a Cleo una mirada desde la lejanía.

—Bien. ¡Vamos a comenzar! —dijo Harris subiéndose al estrado—. Esta noche uno de vosotros, concretamente vuestra compañera Cleo, ha tenido un sueño lúcido. Pero, al parecer, no quiere compartirlo en público por ser algo íntimo y hay que respetarla. Luego hablaré contigo, si no tienes inconveniente —añadió dirigiéndose a ella directamente—. Por favor, vamos todos a felicitar a Cleo.

—¡Felicidades, Cleo! —dijeron los presentes al unísono.

Mientras hablaba, Harris miraba a Cleo con una fijeza que se clavaba en ella como un cuchillo.

—Y bien. Sigamos. Hoy voy a hablar sobre cómo estabilizar un sueño lúcido antes de que este se desvanezca. Algo que suele pasar a los onironautas justo al principio de comenzar su andadura en el camino de la exploración onírica. De hecho, es lo más probable que ocurra con los primeros sueños hasta que sepamos cómo tomar el control.

Eso le interesaba a Cleo, porque era exactamente lo que le había sucedido la noche anterior.

—Al alcanzar la ansiada lucidez —prosiguió Harris—, las sensaciones que se experimentan son difíciles de describir. Es como si entráramos en otro mundo, un mundo nuevo y desconocido que nos espera para ser investigado. Debe de ser algo parecido a lo que sienten los alpinistas al poner pie en la cima de una montaña o un espeleólogo al entrar por primera vez en una cueva inexplorada. De pronto, seréis conscientes de que tenéis el poder, el control absoluto. Pero son tantas las emociones que lo más común es que no sepamos cómo manejarlas. Y lo más probable, como digo, es que os despertéis de la pura excitación o que caigáis en un sueño común de nuevo. Contra eso tenemos que luchar, contra el despertar y contra el sueño común.

Harris hablaba de manera pausada pronunciando lentamente las palabras para captar la atención de los alumnos, algo que conseguía de forma natural con mucha facilidad.

—¿Y cómo lo haremos? Bueno, pues la cuestión es que hay varias técnicas que podemos practicar. Lo primero que deberéis hacer es desear firmemente continuar lúcidos. Miraos las manos y tocaos a vosotros mismos o tocad los objetos que tengáis a vuestro alrededor. Respirad hondo y contemplad lo que veis en el sueño para que se fije en vuestra mente. En definitiva, haced una pausa para tranquilizaros. Después, podéis frotaros las manos o bien girar sobre vosotros mismos dando vueltas. Eso terminará de estabilizar el sueño y entonces podréis empezar a explorar cuanto veáis o incluso cambiar de escenario, si el que veis no os agrada. Ya hablaremos de eso más adelante. También hay quien se detiene a oler y tocar las cosas para asegurarse de que son tangibles. Lo que pretendemos es estimular los sentidos en el sueño para que no se centren en el mundo de la vigilia y se queden con nosotros el máximo tiempo posible.

Tras la clase, Harris le hizo una seña a Cleo para que se quedase y luego la invitó a pasar a su despacho. Ella se sentó en el mismo sitio que la vez anterior y Harris lo hizo en la butaca de cuero frente a ella.

—Me ha dicho Nuria que has tenido un sueño lúcido. ¿Es así?

Cleo asintió.

—Y que no querías contarlo públicamente.

—No. Es demasiado privado. Tendría que dar explicaciones de mi vida a toda la clase y no estoy por la labor.

—¿Y puedo saberlo yo?

Cleo dudó unos instantes. En realidad, no había motivo para no contárselo. Él ya sabía de la relación inexistente con su padre.

—Sí.

Entonces Cleo le refirió lo sucedido. A medida que iba hablando, la cara de Harris se transformó y no únicamente por lo que Cleo revelaba sobre su padre. Hubo algo que demudó su rostro y que el director de Lucid Temple no tardó en hacer visible a través de una pregunta.

—¿Has visitado las instalaciones del centro anteriormente? —le dijo a bocajarro.

—Nuria me hizo un tour rápido cuando me inscribí. Pero no he visto habitaciones como la de mi sueño.

—Entonces ¿crees que esa habitación es solo producto de tu imaginación?

—Así es.

—¿Y qué dirías si te revelara que no todo son elucubraciones de tu mente? Que ese pasillo, ese ascensor y esa sala decorada con velas y lámparas de sal y un gran espejo existen realmente.

—¿Cómo? ¿Es eso posible?

—En teoría, todo lo que vemos durante un sueño lúcido es producto de nuestro subconsciente, pero, a lo largo del tiempo, y basándome en mi propia experiencia, he podido comprobar que en ocasiones la información que nos facilitan los sueños lúcidos es certera y concordante con la realidad. Esa es la faceta que más me interesa de todo esto y por lo que investigo desde hace años en este campo.

—Me cuesta creer que sea cierto.

—Pues lo es. Créeme.

—¿Podría ver esa sala? Solo para comprobar que se trata del mismo lugar con el que he soñado.

—A esa sala solo tienen acceso los alumnos más avanzados, los botones de oro y los alumnos que están viviendo en el centro en entrenamientos especiales…

—¿Y por qué? ¿Por qué el resto no podemos verla?

Cleo se preguntó si escondían algo allí dentro, algo que pudiera servir para saber qué le pasó a Conchita.

¿Le estaría tendiendo un cebo para que accediera a apuntarse al entrenamiento especial?

—Eliminaríamos el factor sorpresa y el clima que deseamos crear una vez que se accede al programa avanzado.

—Pero si ya la he visto...

—No es lo mismo imaginar que saber —fue su tajante respuesta.

—Ya. Comprendo —dijo Cleo.

No deseaba parecer demasiado insistente por si aquello levantaba sospechas en Harris.

—¿Y Tomás, el chico pelirrojo? ¿Ya ha accedido a esa sala? No le he visto hoy en clase. Él fue el primero en tener un sueño lúcido...

—Tomás ya se ha decidido. Ahora está con nosotros, haciendo su entrenamiento para progresar. Por cierto, ¿has pensado en la propuesta que te hice? ¿Te unirás a nosotros?

De modo que el chico había aceptado formar parte del programa especial. Sus sospechas se confirmaban.

Cleo se quedó callada unos segundos, pensando bien lo que iba a hacer. Quería contestar con serenidad, que no se notase que estaba ansiosa por participar.

—Sí, quiero participar en el programa —dijo al fin.

No deseaba que Harris la viese ansiosa. Pero la decisión había que tomarla ya. Quizá no hubiera otra ocasión.

—¡Eso es fantástico!

Cleo percibió cierta agitación en él. Fue solo un segundo, pero el tiempo suficiente para que la investigadora percibiera ese desliz en su rostro. Parecía complacido ante su decisión.

—Ahora que has tenido ese sueño en el que casi ves a tu padre —prosiguió Harris—, es estupendo que te apuntes. Podría ser muy gratificante para ti y nosotros estaremos encantados de experimentar a tu lado. Además, podrás ver esa sala de tus sueños y comprobar si es la misma —le dijo haciéndole un guiño.

Ya estaba decidido. Esa noche hablaría con Ginés y lo activaría todo para entrar a formar parte del programa de entrenamiento especial. Era la única oportunidad que tendría de adentrarse en Lucid Temple y descubrir lo que de verdad ocultaban allí dentro.

23

Cleo citó a Ginés en su casa. No disponía de mucho tiempo. Tenía que hacer la mochila, aunque no pensaba llevarse muchas cosas. Seguramente pasaría buena parte del día en pijama o chándal. Y para eso no necesitaba demasiada ropa. Antes había hablado con su madre por teléfono. Le dijo que tenía que marcharse unos días por trabajo, pero que volvería para Navidad. No quiso decirle lo que realmente iba a hacer por dos motivos: el primero es que no lo aprobaría, como ocurría con muchos de los reportajes que había hecho a lo largo de su carrera. Y el segundo es que prefería no involucrarla. Si no sabía nada, nada podría pasarle. Si las cosas se torcían, ya se encargaría Ginés de contárselo.

El timbre sonó y Cleo se apresuró a abrir.

—¿Qué es tan urgente? —preguntó Ginés por todo saludo.

Su rostro reflejaba que aún estaba asfixiado por las escaleras.

—Yo también me alegro de verte —contestó Cleo con ironía—. Anda, pasa. Ven a la habitación.

—¿Y esa mochila? —dijo Ginés en cuanto la vio encima de la cama.

—De eso quería hablarte. He conseguido que me inviten a un programa de entrenamiento especial en Lucid Temple. Según Harris, no lo hacen con todo el mundo, así que espero poder descubrir algo sustancioso.

—¿Y por qué te han invitado?

—¿Dudas de mis capacidades para engatusar?

—No dudo de eso. Pero ¿y si fuera una maniobra para captarte entre sus filas?

—¿Por qué lo crees?

—Soy... era policía. Lo llevo en la sangre y es mi obligación hacer preguntas incómodas. Y esa es una opción.

—Y yo debo de ser una buena alumna —dijo Cleo poniendo cara de inocente.

—Bueno. Y ese entrenamiento especial, ¿qué significa?

—Que me voy a vivir con ellos una temporada.

—¿Vivir, dices? ¿Te has vuelto loca?

—Es la oportunidad de oro que estábamos esperando. Podré averiguar si aquello es realmente una secta o qué coño es. Y también podremos saber qué le pasó a Conchita.

—¿Y no puedes seguir como hasta ahora? No estoy seguro de que esto sea una buena idea.

—Pues no. —Cleo hablaba mientras metía varios pijamas en la mochila—. Eso ya lo he hecho y no hay forma de descubrir nada más. Allí parece todo muy normal o quizá demasiado hermético. Según quieras interpretarlo. ¿No era esto lo que querías, saber qué pasó con la chica?

—Sí, pero…

Cleo le interrumpió.

—Pues es el momento. Dicen que es un entrenamiento avanzado y no se lo ofrecen a todos los alumnos. Y ahora escúchame, no estoy segura, pero creo que me van a quitar el móvil. Si es un grupo sectario, supuestamente, querrán aislarme del mundo. Pero tengo un plan B. Les daré mi móvil y esconderé este otro —dijo mientras le tendía el aparato—. Así podremos seguir en contacto.

—¿Estás segura de lo que vas a hacer? Esa gente puede ser peligrosa —dijo Ginés mientras apuntaba el nuevo número de Cleo.

—Estaré bien, Ginés. Me pondré un plazo. Estaré dentro el tiempo justo, como máximo hasta Navidad.

Si para entonces no he averiguado nada relevante, me marcharé. Y si lo hago antes de las fiestas, también me iré. Está todo controlado.

—Queda más de un mes para Navidad. ¿Tanto pretendes estar ahí dentro? ¿Y si luego no puedes marcharte? ¿Y si te lavan el cerebro?

—No me va a captar una secta si sé que lo es —protestó Cleo—. Eso es absurdo.

—No tan absurdo. Conozco el caso de un policía que se infiltró en una secta para sacar a su hijo, que estaba metido a fondo en un grupo, y al final acabó enganchado él también.

—Eso no va a pasarme a mí. Para eso te tengo a ti.

—No sé, no me gusta —replicó Ginés.

—¿Y de qué otra forma voy a averiguar lo que pasa dentro si estoy fuera? ¿Se te ocurre una idea mejor?

Ginés se quedó callado. La verdad, no se le pasaba nada por la cabeza.

—Descubriré lo que sucede y regresaré como el turrón, para Navidad. No hay nada de lo que preocuparse. Hasta ahora ha sido todo muy normal. Sinceramente, dudo que me hagan algo que vaya en contra de la ley. Por el momento se trata de un centro de enseñanza corriente. Y todo lo que dice Harris tiene bastante sentido. No es un ser mesiánico al estilo de David Koresh. He estado leyendo sobre sectas y este grupo no se asemeja a lo que usualmente conocemos como secta destructiva.

Cleo se refería al líder de los Davidianos, que acabó sus días trágicamente en una comuna en Waco (Texas) junto a muchos de sus seguidores, que perdieron la vida durante el asedio que se produjo al rancho en el que vivían por parte de las autoridades estadounidenses.

—No se parecerá porque no hay dos líderes iguales. ¿Es que necesitas que te recuerde cómo acabó David Koresh y su grupo de adeptos?

—Ya lo sé. Murieron casi todos en 1993. Igual que pasó con los adeptos del reverendo Jim Jones en el 78, o con los miembros de Heaven's Gate en el 97, cuando se suicidaron al paso del cometa Hale-Bopp. Me he informado. Creo saber cómo actúa este tipo de grupos y Lucid Temple es otra cosa. Ni siquiera estoy segura de que sea una secta.

—Es porque no está catalogada, lo que la hace igual o más peligrosa que esas otras que has mencionado. Eduardo Harris parecerá cuerdo y puede que lo esté, pero eso no quiere decir que sus fines sean loables. Hasta ahora solo has visto su cara externa, *su mejor cara* —enfatizó señalándola con el dedo—. No lo conocemos realmente. Y está resultando difícil averiguar detalles sobre él. ¿Sabías que está forrado? ¿Que hace grandes operaciones en bolsa?

—Que está forrado es evidente. Solo hay que ver el centro donde ejerce su actividad. Y lo de la bolsa lo imaginaba. Ya te conté que en su despacho tiene un monitor con los resultados de la bolsa en tiempo real. Pero no veo qué relación tiene eso con sus enseñanzas sobre los sueños lúcidos.

—No lo sé, Cleo. Lo que quiero decir es que se trata de alguien poderoso, que hay que andarse con cuidado.

—Y es lo que hago. De momento, nadie sospecha de mí.

—Pero te vas a convertir en su conejillo de Indias —le recordó Ginés.

—No queda otra. Si queremos averiguar algo más, me toca infiltrarme ahí dentro. No va a pasarme nada. Estoy alerta.

Las palabras de Cleo no terminaban de tranquilizar a Ginés. Él, evidentemente, quería saber qué pasaba allí y qué le había ocurrido a Conchita, pero no a cualquier precio. Sin embargo, debía confiar en ella y en su buen hacer. Su preocupación con respecto a otros reportajes que pudiera haber hecho es que sospechaban que allí se desarrollaban oscuras actividades de las que no tenían la más remota idea. Él no podría darle la cobertura que necesitaba, como en otras ocasiones, y temía que le lavaran el cerebro y que acabara como la hija de su amigo Ricardo. A fin de cuentas, Ginés sabía que caer en una secta no era una cuestión de inteligencia, que esos grupos actúan de otro modo, que atacan a las emociones y Cleo, en ese sentido, no estaba en su mejor momento.

—Llámame si te ves en peligro —dijo al fin.

—Sí, pero no esperes que te llame a diario, no creo que pueda hacerlo. Solo si las cosas se ponen difíciles.

Cleo cerró la mochila y le dio un abrazo.

—No te preocupes, estaré fuera antes de Navidad. No pienso dejar sola a mi madre en esas fechas. Ni a ti tampoco.

SEGUNDA PARTE

Sueño profundo

24

Cuarta semana en Lucid Temple

Aquella tarde, cuando Cleo se incorporó definitivamente a Lucid Temple como alumna aventajada, Harris no estaba o quizá estaba ocupado, pues la encargada de recibirla fue Nuria, la secretaria, y más tarde Ernesto, la mano derecha de Harris. A Cleo no le caía bien ese hombre. Había algo en él que se le antojaba siniestro, pero no tenía ninguna prueba, era solo un pálpito, una cuestión de piel.

Ernesto la condujo por un pasillo, después atravesaron una puerta y tomaron un ascensor hasta llegar a un área totalmente desconocida para la periodista. Sin duda el lugar era más grande de lo que parecía a simple vista. Alcanzaron un corredor donde estaban las habitaciones de los alumnos, todas numeradas, como en un hotel.

—La tuya es la siete —le dijo Ernesto mientras abría la puerta de la estancia—. La compartirás con Ana. Ella ahora no se encuentra aquí. Está haciendo ejercicios de meditación. Pero no tardará en volver. Tu cama es esa, la que está más cerca de la ventana, y aquel será tu armario.

Cleo accedió adentro. Era una habitación pintada de azul claro con dos camas separadas por unas mesillas de noche de color blanco. Un póster con un gran ojo dominaba el cuarto. Era un espacio sobrio, pero funcional. Su cama estaba junto a una ventana desde la que se divisaba un trozo del jardín.

—Y ahora, si no tienes más preguntas, debo pedirte que me entregues tu móvil.

«¡Lo sabía!».

—¿Por qué? —preguntó Cleo, aunque sospechaba la respuesta.

—Es sencillo: no queremos distracciones durante el periodo de entrenamiento. Pero tranquila, te lo devolveremos al terminar el curso avanzado. Cuesta acostumbrarse, lo sé. Es una política del centro y hemos comprobado que da buenos resultados.

—Pero ¿estaré incomunicada? ¿Y si hay una urgencia y debo hablar con mi familia o con alguien?

—En ese caso podrás utilizar el teléfono de la secretaría.

Sin más preguntas, Cleo, resignada, extrajo su teléfono de la cazadora, lo apagó y se lo entregó. Ella ya imaginaba que eso podría pasar. No le preocupaba, tenía otro teléfono escondido en su mochila.

—Ahora te dejo para que te instales. Te veré a la hora de la cena. Es a las nueve, abajo, en el comedor.

Ernesto se fue dejando la puerta abierta tras de sí. En cuanto se quedó sola, Cleo se apresuró a cerrarla. Acto seguido pensó dónde esconder el teléfono de repuesto antes de que llegara su compañera de cuarto. Lo había apagado antes de entrar para evitar que se gastara la batería, aunque llegado el caso tenía un cargador en su mochila.

Decidió que el mejor sitio para guardarlo era entre el cabecero de la cama y la pared. Si movía un poco la cama, allí había un hueco perfecto. Nadie lo advertiría. Luego deshizo su mochila y ocupó las baldas que había libres en el armario que le había señalado Ernesto. Miró su reloj y comprobó que aún quedaba media hora para la cena, así que decidió tumbarse en la cama y hacer tiempo hasta que fuera el momento de bajar al comedor. Sin embargo, su descanso no duró mucho ya que alguien entró en la habitación.

—Oh, perdón —dijo una chica con el pelo largo, castaño oscuro y rizado. La joven lucía grandes ojeras en el rostro, acentuadas por su tez clara—. ¿Eres la nueva?

—Sí. Soy Cleo. Encantada —la saludó tendiéndole la mano. La chica le ofreció la suya.

—Me dijeron que vendría una alumna nueva, pero no imaginé que ya estabas aquí instalada. Soy Ana.

—En realidad acabo de llegar. Encantada de conocerte. ¿Llevas mucho en el centro?

—Hum… nueve o diez meses.

—¿Diez meses? —se sorprendió Cleo—. Creía que los entrenamientos especiales duraban mucho menos.

—Es que yo soy botón de oro —dijo con cierto matiz de orgullo.

Automáticamente, Cleo pensó en Conchita. Seguro que la conocía. Pero debía ser cautelosa y no soltárselo a bocajarro. Antes tenía que ganarse su confianza. No sabía si podía fiarse de ella.

—¿Y cómo es eso?

Ana se sentó en su cama con parsimonia. Cleo se dio cuenta de que parecía un poco ida, como el resto de los botones de oro con los que había tenido contacto desde que estaba en Lucid Temple.

—Pues porque hice un entrenamiento especial, pero luego me ascendieron a botón de oro y decidí quedarme.

—Pero… ¿tanto tiempo aquí? ¿Qué hay de tu familia? De tu trabajo, de tu vida…

—Lo dejé —explicó refiriéndose a su empleo—. Me

tenían explotada por cuatro perras. No me compensaba. Mi familia es un tema aparte.

Por su tono, Cleo dedujo que no quería hablar de eso, así que no insistió.

—Aquí estoy bien. Tengo todo lo que necesito —concluyó la joven sin aportar más detalles—. ¿Bajamos al comedor? Ya casi es la hora.

Cleo asintió. Se levantó de la cama y acompañó a Ana, quien la guio hasta el comedor. La periodista había estado allí de pasada, cuando le enseñaron el centro por primera vez el día que se inscribió. Calculó que habría unas veinte o veinticinco personas, quienes se fueron sentando a las dos mesas largas de madera que había en la estancia rectangular. Una mesa daba a un ventanal desde el que se veía el jardín y la otra a una pared.

Sus gestos pausados, su forma de moverse, la languidez que se adivinaba en los ojos de los comensales, llamaron la atención de Cleo. De entre todas esas caras desconocidas, se percató de la presencia de un rostro que sí le resultaba familiar. Era Tomás, el chico pelirrojo de su clase que también había destacado por tener sueños lúcidos tempranos. No tuvo tiempo de saludarle, ya que él se sentó a la otra mesa.

Ana le hizo un gesto para que se acomodara junto a ella en la mesa corrida más cercana al muro. De pronto, de unos altavoces situados en las paredes comenzó a surgir música relajante, ese tipo de música que te ponen cuando vas a hacer yoga o meditación.

—¿Y esa música? —preguntó Cleo extrañada.

—Es para que nos relajemos antes de las prácticas nocturnas.

Ya habían empezado a servir la cena. De primero les ofrecieron una sopa de tomate especiada, que dos mujeres fueron repartiendo a los presentes. Cleo intentó socializar con los compañeros que le habían tocado cerca, pero la música no invitaba al diálogo, más bien todo lo contrario. La gente cenaba en silencio sin prácticamente comunicarse más que para pedir la cesta del pan o el agua.

Sus compañeros parecían ensimismados, como dejándose mecer por la música, y Cleo se sintió un poco ridícula por la situación al verse allí en medio sin encajar. Sin embargo, a medida que comía el segundo plato, una lasaña de verduras, y escuchaba la música, empezó a sentirse liviana, más próxima a sus compañeros y se dejó envolver por esas notas suaves que se oían de fondo. La luz tenue en la estancia, más propia de una cita romántica, acabó por centrarla en ese momento único que estaba viviendo.

En vez de postre les sirvieron una infusión relajante que, según le comentó Ana, su nueva compañera de habitación, era precisamente para ayudar a conciliar el sueño.

—¿Y qué lleva? —acertó a preguntar.

—No lo sé con exactitud. Creo que valeriana, pasiflora y amapola de California. Sienta muy bien al cuerpo —le dijo—. Bebe. Te sentirás mejor.

A lo lejos creyó distinguir la figura de Ernesto levantándose de la mesa junto al ventanal y vio cómo Tomás, el chico pelirrojo, lo acompañaba. Pero no pudo distinguir hacia dónde se dirigían.

Cleo tomó su taza y dio un sorbo. No le gustaban las infusiones de hierbas, pero esta le entró bien.

—¿Ves? Es lo mejor antes de irse a la exploración nocturna. ¿Te sientes relajada?

Sí, se sentía estupendamente. El entorno había dejado de ser intimidante para Cleo.

—Sí, estoy bien. ¿Y ahora qué hacemos? —preguntó a su compañera.

—Regresemos a la habitación para ponernos los pijamas. Ellos vendrán a buscarte y te llevarán al templo si procede.

—¿Al templo? ¿De qué templo hablas?

—¿No lo sabes? Harris considera que la habitación de prácticas es como un templo, un lugar donde nada malo puede ocurrirte; es el templo de la lucidez.

«Claro. Lucid Temple —pensó Cleo—. De ahí viene el nombre del centro».

Todos fueron regresando a sus habitaciones y Cleo

se puso el pijama. Se sentía la mar de bien. En paz consigo misma. Extrañamente eufórica y al mismo tiempo relajada. Pero debía estar alerta para no perder detalle de lo que pudiera suceder a continuación.

25

Cuando tocaron a la puerta de la habitación, Cleo estaba tan relajada que, pese a la excitación del momento, casi se había dormido.

—Ven conmigo —le dijo Ernesto.

Cleo obedeció. Juntos atravesaron el corredor de los dormitorios, tomaron el ascensor y bajaron hasta llegar a un sitio que a Cleo le resultaba conocido, no por haberlo visto antes en la vigilia, sino porque había accedido a él en un sueño, el que le contó a Harris donde vio a su padre de espaldas. Un lugar al que se referían como «el templo». Observó la estancia grande y azul con una cama de matrimonio en medio. Estaba iluminada con velas y lámparas de sal de manera tenue. A un lado había un enorme espejo, al otro, una cómoda butaca reclinable y la pantalla de un televisor. Cleo tuvo que contenerse para no soltar un gritito al comprobar lo exacto que había sido su sueño.

—Siéntate en la butaca —pidió Ernesto—. Enseguida vendrá la doctora Casilda Castell. Ella te dará instrucciones para el entrenamiento de esta noche.

—¿Y Harris no va a venir? —preguntó Cleo contrariada.

—Esta noche no puede. Pero la doctora te gustará también.

Cleo cedió y se sentó en la confortable butaca. Luego Ernesto presionó un botón y esta se reclinó un poco.

—¿Estás cómoda? —preguntó.

—Sí.

—Perfecto. Ahora vendrá la doctora. *Que tengas un feliz viaje* —dijo estas últimas palabras con tono un tanto enigmático.

Ernesto abandonó la estancia y Cleo se sintió cohibida. Miró a su alrededor y se fijó en el gran espejo que le devolvía su imagen recostada en la butaca. Por primera vez tuvo algo de temor y se preguntó si no estaba loca por haberse metido en aquel lugar a pecho descubierto. Tal vez su amigo Ginés tuviera razón y aquello era un poco arriesgado.

No tuvo mucho tiempo para pensar, ya que la puerta se abrió y apareció la doctora Casilda. Era una mujer de unos cuarenta y cinco años, muy morena de piel y de grandes ojos rasgados de color azul cielo. Su cabello era largo y ligeramente ondulado y su estatura mediana.

—Cleo, ¿verdad? —preguntó con una cálida sonrisa que infundía confianza.

—Sí. ¿Usted es la doctora Casilda?

—No me trates de usted, por favor. Llámame Cassi.

La doctora acercó una silla al lado de Cleo y se sentó. Llevaba una carpeta roja en las manos, que abrió y ojeó brevemente.

—Bien —dijo la mujer—. Como estás en prácticas, te explicaré que aquí trabajamos por objetivos. Cada sesión de exploración nocturna es una misión concreta que tendrás que desarrollar hasta que puedas explorar por ti misma.

Cleo asintió.

—Vamos a intentar provocar un sueño lúcido, pero antes voy a comentarte lo que harás una vez que estés despierta dentro de tu sueño. La primera práctica es muy sencilla. Únicamente queremos que vueles, que aprendas a volar.

«¿Volar de nuevo? ¿Como Conchita?».

—¿Volar? ¿Es eso posible?

—Cleo, todo es posible dentro de un sueño lúcido —se apresuró a decir la doctora—. Quiero que no pierdas tu intención de estar lúcida dentro de tu sueño, que te duermas pensando en ello, con la técnica DILD que ya conoces. Y además nos serviremos de estas gafas para ayudarte a conseguir la lucidez con mayor facilidad —añadió cogiendo una especie de máscara que había junto a la butaca. Era algo parecido a un antifaz de color negro, aunque más grueso—. Estas gafas contienen un acelerómetro y varias luces led rojas. Cuando empieces a soñar, el antifaz detectará el movimiento ocular rápido de tus ojos y comenzará a arrojar señales lumínicas que serás capaz de reconocer con facilidad. Verás que las luces se incorporan a tu sueño en forma de destellos o quizá se produzca un cambio de iluminación en la escena. Será el momento de despertar y de comenzar a volar. Es posible también que oigas una voz que diga: «Despierta».

—Y una vez despierta, ¿cómo hago para volar?

—Esa es la segunda parte de la práctica de esta noche. Piensa que en el mundo onírico la gravedad es algo a lo que no necesitas someterte. Y todo existe en un gran presente eterno. El tiempo onírico puede deformarse o invertirse. Volar requiere tan solo una cosa: tu pensamiento centrado en ello o tu intención, como prefieras llamarlo. Cuando llegues al estado de lucidez aplica alguna de las técnicas de estabilización que has aprendido en clase. Una vez anclado el sueño, proponte volar simplemente con el pensamiento. Puedes utilizar el estilo que quieras: como Superman, dando grandes brincos hasta despegar, arrojándote desde un edificio, hazlo como quieras, pero no vayas a demasiada velocidad al principio.

—¿Y yo voy a ser capaz de hacer todo eso? —preguntó Cleo algo confusa.

—¡Por supuesto que sí! Solo necesitas tu intención para llevarlo a cabo. Si estás aquí es por algo, no seleccionamos a gente al azar. Piensa en un lugar adonde te gustaría ir. Tenlo en mente durante el vuelo. Luego descenderás poco a poco y tomarás tierra con suavidad. Será una experiencia inolvidable, créeme.

Para entonces Cleo se sentía sumamente relajada, cosa extraña sabiendo que estaba en una situación poco común para ella. Sin embargo, notaba su cuerpo liviano, flotante, casi podía volar allí mismo si se lo proponía. ¿Habrían sido las palabras de sugestión de la doctora Cassi?

—Bueno, vamos a empezar.

—Un momento —dijo Cleo.

—¿Sí? Dime.

—¿Y el resto no hace prácticas nocturnas? ¿Soy yo la única?

—No. Hay otras salas parecidas a esta. Pero no todos las realizan a la vez. Vamos probando con cada uno de vosotros en diferentes franjas. En ocasiones también llevarás a cabo el ejercicio con algún compañero al mismo tiempo. Pero aún no hemos llegado a eso. Piensa que a medida que experimentes con tus sueños lúcidos se irá abriendo tu percepción y serás capaz de tenerlos con mayor facilidad. Eso ocurre con algunos de tus compañeros, que llevan ya un tiempo aquí. Y no necesitan tutela para soñar lúcidamente y realizar misiones.

—¿Como Ana, mi compañera de cuarto?

—Sí, Ana es un buen ejemplo. Y ahora, si no tienes más preguntas, túmbate en la cama y ponte la máscara.

Cleo se levantó de la butaca, se tumbó en la cama y se puso las gafas permitiendo que la doctora la cubriera con una manta fina.

—Yo te veré mañana, cuando hayas despertado, para que me cuentes qué tal ha ido tu exploración nocturna. Recuerda, el objetivo de esta noche únicamente es volar.

Luego apagó la luz principal, dejando a Cleo iluminada por las lámparas de sal y las velas, y salió de la estancia. Aunque Cleo ya no podía ver nada, pues tenía puestas las gafas que la doctora le había proporcionado.

El clima propiciaba la relajación y el sueño, y este no tardó en aparecer. Poco a poco cayó rendida ante la evidencia: estaba a punto de experimentar un sueño lúcido. Lo lograría si era capaz de concentrarse, así que sus últimos pensamientos se enfocaron en la lucidez, como le había enseñado Harris.

Cleo se vio en medio de una calle de la ciudad que en ese instante no fue capaz de reconocer, pero que luego identificó como Madrid y la zona de la Castellana. Grandes edificios la rodeaban y el tráfico de vehículos a su alrededor fluía incesante. Estaba lloviendo y vio cómo su pelo y sus ropas comenzaban a mojarse. No le importó. Siguió caminando sin rumbo fijo por una avenida que daba a un puente. Dirigió sus pasos hacia él ajena al ruido de los coches. Se cruzó con algunas personas, pero tenían los rostros borrosos, como si fueran parte de un atrezo y no pertenecieran a su sueño. Cuando estaba a punto de alcanzar el puente vio que la luz del sueño cambiaba. Notó como si alguien disparara el *flash* de una cámara y la iluminación se hizo más intensa, hasta volverse todo blanco y luminoso.

De pronto oyó una voz que le decía: «¡Despierta!». «¿Esto es un sueño?», se dijo. Internamente supo que sí lo era y se dio cuenta de que estaba lúcida. Una sensación maravillosa e inenarrable volvió a apoderarse de ella.

«¡Lo conseguí! ¡Estoy despierta!».

Lo primero que hizo fue mirarse las manos y girar sobre sí misma para estabilizar su sueño. Y una vez que lo hubo conseguido decidió que era el momento de volar. Caminó el trecho que la separaba del puente y se acercó a la barandilla. «Tú puedes hacerlo», se dijo para infundirse ánimos. Luego se colocó en el borde de la barandilla y lentamente se dejó caer. Notó que caía con suavidad como si flotara y agitó los brazos como un pájaro para remontar el vuelo. Con sorpresa advirtió que su técnica funcionaba y que podía elevarse o descender a placer. Estaba pletórica, exaltada y maravillada. ¡Podía hacerlo! Lo estaba haciendo, de hecho, y no había obstáculos en su camino.

Cleo se dirigió hacia el sur siguiendo la estela de la avenida principal que estaba surcando. Podía ver los vehículos como si fueran diminutas moscas mientras ella se sentía cada vez más cerca de las nubes y el viento acariciaba su rostro.

No quería dejar de volar. No sabía cuánto tiempo duraría aquello, pero necesitaba seguir volando para llegar a la estación de Atocha, pues se había propuesto visitar las quimeras que había en el tejado de la estación. Siempre había querido verlas de cerca.

Su objetivo estaba próximo. Ya podía contemplarlas desde la lejanía. Aceleró su ritmo de vuelo y rápidamente llegó hasta ellas. Se propuso realizar una pausa.

Descendió y se posó justo delante de una de las quimeras y vio su fiero rostro de cabeza de león y sus alas dispuestas a batirse en vuelo en cualquier momento. Acarició sus fauces y sonrió. ¡Aquello era fascinante!

De pronto su sueño empezó a desestabilizarse. Lo advirtió porque todo comenzó a temblar y a diluirse. Creyó ver los rostros de la doctora Cassi, de Ernesto y de su compañera Ana hasta que a Cleo no le quedó más remedio que sumirse en un sueño profundo convencional.

26

Cuando sonó la música *new age* a través del altavoz en su habitación, Cleo se despertó en su cama. No sabía de qué modo había llegado a ella ni cuándo, pero ya no se encontraba en el templo.

—¡Buenos días! —dijo Ana mirándola con curiosidad. La joven permanecía sentada en su cama. La tenía perfectamente hecha y ya estaba aseada y vestida—. ¿Has tenido un buen viaje de exploración nocturna?

—¿Cómo he llegado aquí? —Cleo se sentía confundida. Sus últimos recuerdos, despierta, eran en el templo.

—Ellos te trajeron cuando terminó el sueño lúcido.

—¿Ellos?

—Ernesto y la doctora Cassi.

—No recuerdo nada de eso.

—Normal, estabas medio dormida.

—Me duele un poco la cabeza.

—También es normal. Se te pasará. ¿Conseguiste la lucidez? —preguntó Ana intrigada.

—¡Sí! ¡Estuve volando! Fue maravilloso.

—¡Fantástico! Me alegro por ti. Ahora querrás repetir, ¿verdad?

—Sí, desde luego.

Quería volver a hacerlo. La experiencia había sido del todo satisfactoria hasta el punto de que, por un instante, se había olvidado de su cometido en Lucid Temple. Si alguien le preguntara sobre lo que había sentido le resultaría muy difícil de explicar a menos que esa persona también hubiera tenido sueños lúcidos.

—Nos pasa a todos. Una vez que pruebas los sueños lúcidos, no quieres volver a soñar de forma convencional.

Cleo se giró en la cama, aún sin incorporarse, para ver mejor a su compañera. Fue entonces cuando advirtió la presencia de una pequeña pegatina en un lateral de su mesilla de noche, lo que le hizo volver a la realidad de su cometido allí. Eran unas florecitas de color violeta formando una letra, la C. No le cupo duda de que alguien había dormido antes que ella en esa cama y, por la inicial, posiblemente había sido la propia Conchita.

Cleo no dijo nada de la pegatina, pero se atrevió a preguntar:

—¿Has tenido antes otras compañeras de habitación?

—Claro que sí. Bueno, en realidad, solo una.

—¿Cómo se llamaba?

—¿Qué más da eso?

—Es por curiosidad. Imagino que por aquí pasará mucha gente.

—No tanta como crees.

—¿Y por qué ya no está aquí?

—Se marchó. Desapareció de la noche a la mañana.

—¿Y no te dijo que se iba?

—No. Imagino que echaría de menos a su familia. Son cosas que pasan.

—¿Y no avisó de su marcha en el centro?

—Ni idea. Tal vez lo hizo, aunque ellos no me contaron nada.

—¿Y no te parece un poco raro que no te avisara?

—No sé. Tampoco es que fuéramos amigas.

Aún ignoraba si podía fiarse de Ana, así que evitó seguir con esa línea de preguntas.

—Y tú, ¿no echas de menos a tu familia? —dijo cambiando de tema.

—Aquí estoy bien. Ya te lo dije. Tengo todo lo que necesito.

—¿Y tu familia no estará preocupada por ti?

—Mi padre murió siendo una niña —le reveló—. Y a mi madre es mejor tenerla lejos.

—¿Por qué?

—Porque bebía y era muy agresiva.

—Entiendo. ¿Y nadie sabe que estás aquí?

—No, no iban a entenderlo. Lo único que tengo claro es que no quiero regresar a esa vida.

—Pero si tú quisieras volver, podrías, ¿verdad?

—Pues claro. No te pensarás que esto es como un campo de concentración… —repuso esbozando una sonrisa—. Si quisiera, me marcharía. Y tú, pasados unos días, posiblemente tampoco querrás.

Cleo la miró con tristeza. Había leído que las personas con más papeletas para ser captadas en una secta eran precisamente aquellas que tenían vidas insatisfactorias, que procedían de familias desestructuradas o a veces demasiado protectoras y que podían estar sufriendo un bache emocional. Sin duda, ese podría ser el caso de Ana. En ese instante no se le pasó por la cabeza la idea de que ella misma procedía de una familia desestructurada y que también pasaba por un bache anímico debido a lo ocurrido con su antiguo empleo como periodista.

—Anda, no me mires así —comentó Ana—. Ahora soy feliz. Déjate de preguntas y vamos a desayunar, que luego tenemos clase.

Tras el desayuno, la doctora Casilda le hizo una seña a Cleo para que la acompañara al despacho de Harris. Aunque este no se hallaba en su interior.

—Cuéntame cómo te fue anoche. Conseguiste el objetivo, ¿verdad?

—¡Fue alucinante! Alcancé la lucidez con facilidad y pude sobrevolar la estación de Atocha y ver sus quimeras de cerca. Era todo tan realista que no me lo podía creer. Sentía el viento y la lluvia en mi piel mientras recorría las calles de Madrid y grité de la emoción al surcar el cielo. Fue una experiencia tan detallada que, aun sabiendo que se trataba de un sueño, me era imposible distinguirlo de la realidad. Lo único es que ahora noto que me duele un poco la cabeza.

—Es normal, no te preocupes —dijo la doctora con cara de satisfacción—. Ha sido una noche agitada y muchas emociones condensadas en poco tiempo. Se te irá pasando a lo largo del día. Hoy tendrás otra misión. No quiero entretenerte mucho porque tienes clase con Harris, pero quiero que sepas que vas por el buen camino y que esperamos grandes cosas de ti. Y ahora ve a clase.

Cleo salió del despacho y se dirigió al aula. Harris ya estaba allí, haciendo tiempo hasta que el resto de los alumnos se acomodaran en sus asientos. Todas las caras le resultaban desconocidas excepto la del chico pelirrojo y la de su compañera de cuarto.

Aquel día Harris les habló de las formas que había para teletransportarse en sueños, es decir, tener la capacidad de viajar simultáneamente a dos o más lugares. Volar, por tanto, no era la única opción de transporte. Les explicó que, en sueños, cualquier cosa podría convertirse en una entrada a otro lugar o incluso a otra época. Por ejemplo, cuevas, espejos o puertas podían servir para viajar de un sitio a otro o incluso para transportarse en el tiempo si se deseaba. Eso sí, antes de acceder a esos lugares había que tener clara la intención de hacerlo. Servían fórmulas del estilo «cuando atraviese esta puerta estaré en el Caribe» o «cuando doble la esquina será el año 1984». Bastaba con desearlo y manifestarlo para ver cumplidas las expectativas del soñador lúcido. Ocurría lo mismo en el caso de querer atravesar un muro o una puerta cerrada.

Asimismo, les habló de la importancia de la creación en los sueños lúcidos. Según contó, los pensamientos y las emociones conjugan nuestra realidad. Cualquier cosa que pensemos en el sueño influye directamente en el entorno que nos rodea en esos momentos. Al concentrar nuestros pensamientos en un lugar, objetivo o persona, se crean al instante las circunstancias adecuadas. Por tanto, nuestros pensamientos subconscientes son los responsables de dar vida a todo lo que vemos en nuestros sueños lúcidos.

Sin embargo, Cleo dudó de que esto fuera siempre así. ¿Cómo se explicaba entonces el hecho de que ella hubiese sido capaz de imaginar con tanta exactitud el templo antes de haberlo visitado en persona? La periodista desconocía la respuesta y se sentía intrigada. Y el propio Harris le había reconocido que esa era una de las motivaciones que tenía para investigar en el campo de los sueños lúcidos.

Harris también les explicó que, aunque se esté lúcido, puedes encontrarte en medio de una pesadilla, no todo era de color rosa. Las pesadillas son segmentos de los sueños lúcidos al formar parte del subconsciente y de los asuntos que permanecen no resueltos en nuestra vida diaria. Harris sugería no optar por la vía fácil, es decir, la de cambiar de escenario para librarse de esa situación, sino la de enfrentarse a las pesadillas para convertirlas en algo productivo. De este modo los sueños lúcidos podían ser terapéuticos y liberadores.

En definitiva, Harris abogaba por utilizar los sueños lúcidos tal y como hacían los antiguos chamanes en sus creaciones en el día a día. Para ellos era fundamental construir aquello que se deseaba conseguir en el terreno imaginario para luego materializarlo en la vida física.

Todo eso estaba muy bien. Pero ¿qué escondía de verdad Lucid Temple a los ojos de los no iniciados? ¿Por qué se había sentido tan bien en su práctica nocturna en vez de estar atenta a lo que pudiera pasarle en ese centro? Debía reconocer que había bajado la guardia. Y, sobre todo, ¿esa «C» que había visto en la pegatina de su mesilla de noche correspondía a la inicial de Conchita?

27

Después de comer Cleo pensó que tendría algo de tiempo libre para dedicarse a indagar sobre el centro y sus compañeros, pero se equivocaba. Ernesto acudió a buscarla para practicar una nueva técnica de inducción de los sueños lúcidos durante la hora de la siesta.

A la periodista la llevaron a una sala repleta de colchones colocados formando un círculo, tipo *chill out*, que los miembros de Lucid Temple denominaban «la incubadora». En ella también se realizaban prácticas colectivas, así que Cleo se encontró con un nutrido grupo de compañeros, al menos diez, que iban a seguir el entrenamiento guiado por Harris. La iluminación, al igual que en el templo, era tenue y propicia para atraer el sueño. Además, después de la comida les habían dado otra infusión relajante.

Entre los participantes Cleo distinguió al chico pelirrojo llamado Tomás y esta vez se las ingenió para situarse cerca de él.

—Hola, Tomás —dijo Cleo—. ¿Qué tal tus primeras experiencias?

—Hola, Cleo. Bien. Estoy muy contento —dijo sonriendo.

Cleo se percató de que el joven empezaba a lucir ojeras, igual que el resto de los compañeros.

—Me tienes que contar...

No pudieron seguir hablando porque Harris, situado en el centro del círculo, empezó a dirigirse a los alumnos.

—Bienvenidos a esta sesión en la incubadora. Por favor, tumbaos en los colchones. Hoy vamos a practicar una nueva técnica de inducción al sueño lúcido. Es menos sencilla que las que ya hemos visto, pero los resultados son magníficos si llegáis a dominarla, porque podréis tener muchos sueños lúcidos a voluntad. Se llama WILD, y viene del inglés *Wake-Initiated Lucid Dream* o lo que es lo mismo: sueño lúcido desde la vigilia. ¿Y en qué consiste?, os preguntaréis. Pues se trata de pasar del estado de vigilia directamente al sueño lúcido sin ningún lapsus de consciencia.

En la clase se escuchó un murmullo. La mayoría no entendía qué quería decir Harris.

—Sí, sí, ya sé lo que estáis pensando —dijo Harris

restándole importancia a los murmullos—. ¿Qué demonios es esto? Pues bien, se trata de que la mente permanezca despierta mientras el cuerpo duerme. Es decir, que os durmáis conscientemente. Vamos a hacer que vuestro cuerpo se relaje mientras mantenéis la consciencia activa.

»Os explicaré cómo. La mayoría de vosotros, cuando llega la noche o la hora de la siesta, simplemente os tumbáis en la cama o en el sofá tras un día agotador. Vuestra mente, que está contaminada por las preocupaciones del día a día, se sumerge de forma distraída en el sueño. Pero si queremos tener sueños lúcidos hay que crear un puente diferente entre la noche y el día o entre la mañana y la tarde, y trasladar la misma atención que prestamos durante el día a los sueños. ¿Me seguís?

—¡Sí! —respondieron todos al unísono, incluida Cleo.

—Los sueños lúcidos también se pueden practicar durante la siesta o en periodos cortos durante el día. En inglés se los conoce como *naps*. Si, mientras nos quedamos dormidos, prestamos atención a las imágenes visuales o alucinaciones hipnagógicas que surgen en nuestro cuerpo (respiración, latidos del corazón, sensaciones corporales), podremos pasar de estar despiertos a estar dormidos. Con esta técnica no hay necesidad de llegar al estado lúcido, pues vuestra consciencia seguirá presente en todo momento.

»He de advertiros que la primera experiencia WILD puede provocar una emoción intensa o incluso miedo. Os será posible percibir extrañas sensaciones corporales como zumbidos o vibraciones, ver destellos visuales o sufrir alucinaciones en el instante de cruzar el umbral entre la vigilia y el sueño.

»Llamamos "zona crepuscular" al espacio entre la vigilia y el dormir, el famoso duermevela del que habréis oído hablar, que constituye un punto de entrada a la técnica WILD. Al suprimir las facultades lógicas y analíticas de nuestra mente, la zona crepuscular permite la libre circulación de imágenes e impresiones que afloran a la superficie. Es un periodo de transición para llegar a la lucidez, así que dejaos llevar durante ese lapso. Os notaréis pesados, aletargados y vuestra percepción del mundo exterior empezará a disminuir. En definitiva, vuestro cuerpo se paralizará físicamente hablando, pero vuestra mente estará despierta. Veréis imágenes hasta que una de ellas se vuelva nítida. Será el momento de atraparla o de que ella os atrape. Y ya estaréis dentro del sueño lúcido. ¿Me he explicado bien?

—Sí —respondieron los alumnos.

—Pues ¡adelante! ¡A soñar lúcidamente! Yo me callo a partir de ahora y os dejo para que podáis experimentar esta técnica en todo su esplendor. Cerrad los ojos y respirad suavemente...

Harris se quedó en silencio y en la sala apenas se oía la respiración de los participantes. Pasados unos minutos Cleo percibió que su cuerpo se iba relajando, pero luchó por mantener su mente activa, como les había recomendado Harris. Podía escuchar la respiración de sus compañeros a su alrededor y, en medio de esa oscuridad, comenzó a notar que había alguien caminando por la habitación. ¿Sería Harris o tal vez algún tipo de alucinación hipnagógica propia del estado de duermevela, la zona crepuscular de la que les habían hablado? Asimismo, le pareció oír el sonido de una campanilla en la lejanía y sintió una especie de hormigueo por todo el cuerpo.

Un poco después, empezaron a llegar a su mente imágenes deslavazadas relacionadas con su estancia en Lucid Temple. Veía las caras de su compañera Ana, de Harris, de Ernesto y de la doctora Cassi, aproximándose a ella para examinarla de cerca. En ese instante sintió un poco de temor, pues no eran rostros sonrientes sino amenazantes y acechantes. Caras sin cuerpo, como hologramas proyectados por su mente en ese estado de duermevela.

Cleo continuó respirando para aplacar el miedo.

Después las caras se disiparon y le vino la imagen de una montaña nevada e imponente. Se dispuso a sumergirse en ella, pues le resultaba tranquilizadora. De pronto se vio allí, a los pies de la montaña. Casi sin darse cuenta había entrado en un sueño lúcido.

Cleo no iba preparada para el frío de la montaña, pero apenas percibía el aire cortante. Todo era paz y calma bajo los pies del gigante de piedra y nieve. Optó por escalar la montaña dando grandes brincos, como si alguien le hubiera proporcionado unos resortes en los pies. Poco a poco llegó a la cima sin muchas complicaciones y una vez arriba respiró el aire puro y contempló el paisaje desde su posición. Era algo espectacular, pero Cleo quería más. Decidió aprovechar sus cualidades para volar y elevó el vuelo con tan solo proponérselo. Se sentía como un cóndor sobrevolando la montaña y cuando hubo disfrutado del paisaje ascendió aún más hasta atravesar una capa de nubes en busca del espacio y la Luna. Esta última sería su objetivo, así que la buscó con la mirada y siguió volando a través de un firmamento cada vez más oscuro y lleno de estrellas. Se sentía completamente liviana y libre para emprender el vuelo en dirección al satélite de la Tierra.

A medida que avanzaba veía más pequeño nuestro planeta y se maravillaba a cada paso en pos del objetivo trazado. Nunca había sentido tanto poder interior ni tanta fuerza ya que, aunque avanzaba con rapidez, no se sentía cansada.

Finalmente empezó a ver la Luna como algo cada vez más cercano hasta que se posó en ella con gracilidad. Lo primero que hizo fue tocarla con sus manos para asegurarse de que estaba en suelo firme. Todo a su alrededor era negro excepto la luz que desprendía la propia Luna. Recordó un cómic que había leído siendo niña. No se acordaba del título, pero trataba sobre un astronauta que viajaba a la Luna y se guardaba una pequeña roca lunar de recuerdo. Al volver a la Tierra, la roca, con la que se había confeccionado un colgante, lo convertía en lobo cada vez que había luna llena. Y aunque intentaba desprenderse de la roca, esta había quedado adherida a su piel.

Cleo dejó su huella marcada firmemente en el terreno, aunque sabía que no era la primera en haber pisado ese lugar, pero le hizo ilusión saberse una exploradora del espacio, aunque solo fuera en sueños, y después inspeccionó el entorno con curiosidad. En ello estaba cuando al cabo de un rato empezó a notar que el sueño se desestabilizaba, que todo se movía a su alrededor y que no podía mantener por más tiempo la ilusión que había creado ni siquiera empleando las técnicas de estabilización que Harris les había enseñado. Fue entonces cuando despertó.

Varios de sus compañeros ya estaban levantados. Otros, como Tomás, aún dormían a su lado. En algunos rostros de las personas despiertas se reflejaba la decepción, sin duda por no haber conseguido alcanzar la lucidez; otros, en cambio, estaban sonrientes y complacidos. Cleo pertenecía a estos últimos.

28

Ginés llegó a una lavandería de la calle Bravo Murillo cargado de bolsas con ropa sucia que fue introduciendo en el tambor de la lavadora. Seleccionó el programa más rápido, echó las monedas y accionó el botón de encendido. Solía hacer la colada allí porque le resultaba más cómodo que hacerla en su casa. Tenía lavadora, sí, pero no funcionaba bien y a veces se salía el agua. Trató de repararla él mismo, pero no lo consiguió y en vez de comprar otra, igual que sucedía con su viejo Volvo, prefería acercarse a ese establecimiento donde ya le conocían y le cuidaban la ropa mientras él se tomaba un café en el bar de la esquina.

Desde que se divorció de su mujer habían cambiado muchas cosas. Todo ocurrió a raíz de la muerte de su hija. Su mujer, rota de dolor, en parte lo responsabilizaba a él de la desgracia. Decía que no entendía que siendo policía no hubiera estado más atento a las señales de alarma que presentaba Elisa. Ginés, por su lado, ya se sentía suficientemente culpable como para vivir con esa clase de reproches y empezó a retrasar de manera deliberada la hora de llegar a casa. Eso le hizo refugiarse temporalmente en la bebida. Y aquello lo complicó todo aún más. Las discusiones aumentaron en número e intensidad hasta que un día su mujer dijo que no podía más y se marchó. Ginés no la culpó por ello. Dadas las circunstancias, era lo mejor para ambos.

Con el tiempo Ginés se sobrepuso al golpe de la separación y dejó de beber, no así a la pérdida de su querida hija, a la que tenía presente todos los días de su existencia.

El viejo policía se encendió un cigarrillo y ojeó el periódico. Ahí estaba la noticia de la fusión de la cadena hotelera para la que trabajaba con otra llamada Singles Inn. Se notaba que a su amigo y jefe, al padre de Conchita, le iban bien los negocios. Con la adquisición de nuevos hoteles se proponía ampliar la cadena Harmony y eso supondría más ingresos y a la larga la creación de otros proyectos dentro de los complejos hoteleros.

Cuando pasó el tiempo necesario para recoger su ropa, terminó su café, apuró el cigarrillo y regresó a la lavandería. La ropa, ya seca y olorosa a suavizante, le esperaba lista para ser guardada en las bolsas. Se despidió del encargado, un hombre de origen chino muy simpático, y cargó las bolsas en el maletero de su Volvo.

Luego se subió al coche e inició la marcha hacia su casa en Carabanchel. Sin embargo, a mitad de camino percibió algo extraño a través del espejo retrovisor. Había un vehículo de color gris marengo que parecía repetir sus movimientos.

«¿Cuánto tiempo llevará ahí?».

Cualquier otra persona no se habría dado cuenta del seguimiento, pero Ginés, que era perro viejo y que había vigilado él mismo a multitud de vehículos en su etapa como policía, sintió que estaba siendo observado. Se preguntó si no sería una paranoia suya. Si fuera policía podría seguirle cualquier maleante. No era algo nuevo para él, pero actualmente, ya retirado del cuerpo, el único caso que tenía entre manos que podía ser conflictivo era el de Conchita.

Desde su posición resultaba imposible ver al conductor y tampoco la matrícula era muy legible, estaba quizá deliberadamente embarrada. Eso dificultaba las cosas, ya que si al menos pudiera hacerse con el número, podría investigarlo y saber quién le seguía.

Decidió desviarse de su camino y girar a la derecha para ver si se trataba de una mera coincidencia. Sin embargo, al doblar la calle, pocos instantes después lo vio de nuevo.

«¿Serán los de Lucid Temple?».

Recapitulando, él se había presentado en el centro de sueños lúcidos preguntando por Conchita, con la falsa excusa de que la joven había desaparecido y que sospechaban que había estado allí recibiendo algún curso. ¿Y si sabían que la joven no había desaparecido así sin más? ¿Y si habían leído en la prensa lo del supuesto accidente en el Harmony Centro? ¿Y si le estaban vigilando para tratar de dar con ella? ¿Y si, sin querer, les había puesto tras su pista? ¿Y si lo que pretendían era localizarla? ¿Y si a Lucid Temple le incomodaba que el viejo policía metiera las narices en sus turbios asuntos? Eran demasiados «¿y si...?».

«¿Quieres jugar? Verás lo que es jugar».

Ginés pisó a fondo el acelerador y se dejó llevar por su instinto de viejo policía. No podía mostrarles dónde vivía, suponiendo que no lo supieran ya. Eso sería un error. Así que desvió su rumbo y se incorporó a la M-30 para poder correr un poco más y tratar de despistar al coche gris.

Sabía cómo hacerlo. Lo había hecho miles de veces cuando era policía. Había que despistarlo a toda costa. Fue esquivando vehículos hasta que creyó perderlo en la carrera. Sin embargo, el coche gris volvió a aparecer poco después. Ginés apretó aún más el acelerador, siempre manteniendo la cautela con el resto de los vehículos con los que se cruzaba hasta llegar al desvío del paseo de la Ermita del Santo, donde hizo una maniobra un tanto ilegal gracias a la cual logró colarse sin ser visto.

Cuando comprobó que ya no lo seguía nadie, Ginés resopló y respiró hondo.

¿Qué querrían sus perseguidores? Ginés, más que nunca, se puso en alerta. Aquella persecución no podía presagiar nada bueno. Juzgaba difícil que sus intenciones tuvieran que ver con Cleo. No había forma de relacionarlos a ambos, pero sí a Conchita con él. Tendría que dar la voz de alarma y prevenir al padre de la joven de que alguien la buscaba.

29

Un mes en Lucid Temple

Cleo se había acostumbrado a la rutina del centro. Por la mañana asistía a clase. Durante la hora de la siesta practicaba con los sueños lúcidos y por la noche —aunque no siempre— recibía «misiones». Era así como llamaban a los ejercicios guiados tanto por Harris como por la doctora Cassi. Sin embargo, aún no había tenido la oportunidad de realizar una práctica para ver a su padre, que era lo que ella deseaba, aparte de poder averiguar si en Lucid Temple se desarrollaban actividades oscuras e ilegales.

Poco a poco se había ido ganando la confianza de Ana, su compañera de habitación, aunque cuanto más hablaba con ella, más convencida estaba de que la chica jamás hablaría mal de Harris, al menos adrede. Parecía encantada con su situación, no era consciente del peligro que corría, si es que corría alguno. Un día Cleo le preguntó acerca de las misiones que llevaba a cabo, ya que Ana estaba mucho más avanzada que ella, por llevar más tiempo allí, así que con seguridad sus prácticas serían distintas.

—No sé si debo hablarte de ello —le contestó.

—¿Por qué no? —preguntó Cleo.

—Desvelaría el factor sorpresa que siguen con todos nosotros. No sería adecuado.

—¿Y no puedes adelantarme algo? Nadie tiene por qué saber que hemos hablado de esto.

—Hum, veamos: cuando avances en tu entrenamiento y sepas todo lo que tienes que saber, ejercerás de espía para determinados cometidos que te serán ordenados.

—¿Ordenados? ¿Espía?

—Sí, en el fondo no dejamos de ser una especie de «ejército de la lucidez». Tendrás que acceder a secretos de otras personas para que comprueben cuáles son tus avances.

—¿Y cómo se hace?

—Por favor, no me preguntes más. Sé que a Eddie no le gustaría que mantuviéramos esta conversación y no quiero caer en desgracia como pasó con Conchita.

Al fin decía su nombre. Se le había escapado. Ya no

había duda de que la joven había estado en ese lugar siguiendo las instrucciones de Harris.

—¿Qué sucedió con Conchita?

Ana dudó antes de contestar.

—Eh... Conchita era mi compañera de habitación antes de que vinieras tú.

—¿La que desapareció repentinamente?

—Esa misma.

—¿Y qué ocurrió con ella?

—No lo sé con exactitud. A mí me caía bien, pero al parecer era indisciplinada. Pese a ello, tenía mucha facilidad para alcanzar la lucidez y Harris la trataba con cariño y consideración.

—Y si todo iba tan bien, ¿qué pasó? ¿Por qué cayó en desgracia y dejó el centro?

—Era indisciplinada. Ya te lo he dicho antes. No siempre acataba las órdenes que se le daban. Al principio, sí, claro. Pero después llegó un momento en que pretendía soñar por su cuenta. No quería participar en las misiones.

«O sea, que si te sales del redil comienzan los problemas».

¿Qué era aquel lugar, una cárcel de los sueños? ¿No podía uno soñar lo que le viniera en gana?

—¿Y qué dijo Harris?

—A ciencia cierta no lo sé. Pero dejó de haber química entre ellos. Y Conchita no estaba contenta. Eso es todo cuanto puedo contarte.

—Pues vaya...

—Eddie se disgustó mucho cuando se fue. Aunque ellos, me refiero a Eddie y la doctora Cassi, son muy reservados con estas cosas. No dieron explicaciones. Pero yo conocía a Conchita y sabía cuál era su modo de pensar. Por eso imagino que se fue sin decir nada. Tal vez no encontró lo que buscaba.

«O quizá lo que descubrió no le gustó».

—¿Y a ti todo eso te parece normal? ¿No habría sido más fácil decir que deseaba marcharse y no hacerlo a hurtadillas?

Cleo quería tantear hasta qué punto su compañera tenía lavado el cerebro.

—Es lógico que se sintieran disgustados. A fin de cuentas, somos como una gran familia. Y Conchita se portó de manera desagradecida, según he podido saber.

Así que esa era la versión oficial. La alternativa: Cleo pensaba que Conchita había descubierto algo que la obligó a irse. Pero parecía claro que Ana estaba metida hasta el cuello en el grupo y su opinión sobre Harris y compañía no era objetiva. Y posiblemente Conchita no le había contado a Ana que pensaba abandonar el centro porque la consideraba parte de la secta. Tendría que andarse con cuidado. A saber qué había pasado en realidad. ¿Por qué Conchita se había sentido mal allí? ¿Habría sido testigo de algo que le había hecho cambiar de opinión con respecto a Harris?

Al menos ahora tenía una prueba de la presencia de Conchita en Lucid Temple. Consideró la posibilidad de llamar a Ginés para decírselo, pero sopesó que era demasiado arriesgado utilizar el móvil para algo tan nimio y desechó la idea.

Aquel día en clase Harris les habló de los personajes que aparecen en los sueños lúcidos, algo que Cleo ni siquiera se había planteado. ¿Había personajes en sus sueños aparte de ella? En algunos sí y en otros no.

Harris decía que no estamos solos en el mundo onírico, que hay otras «personas» que pueblan nuestro mundo en el universo de los sueños. La mayoría de las veces no se dirigen al soñador, es como si formaran parte de un gran decorado construido por nuestra psique.

—Pero poco a poco comprobaréis que no todos son hospitalarios —les reveló—. Muchos se presentan en las pesadillas lúcidas.

Cleo no salía de su asombro.

—A medida que conozco más los sueños lúcidos de mis alumnos me convenzo de que esos personajes, a los que me gusta llamar «foráneos», están ahí por alguna razón. Reducir todo a que son simples creaciones mentales de nuestro subconsciente, como los extras de una película, sería lo más sencillo. Pero ¿es siempre así?

»Con el tiempo veréis que no todos son pasivos. Existen tres tipos: los que llamamos "sonámbulos", que no parecen tener actividad propia. ¿Serán otros soñadores lúcidos absortos en sus propios sueños? Si les preguntáis, seguramente os ofrecerán respuestas inconexas o poco esclarecedoras. También os encontraréis con el "amigo". En este caso, son personajes que sí interactuarán con vosotros y que responden de manera coherente a vuestras preguntas. Pueden convertirse en vuestros aliados si sabéis cómo tratarlos. Y finalmente encontramos al "guía", que por lo general aparece cuando lo convocamos para comunicar una información relevante para el soñador, para *guiarle* a través del viaje onírico. La idea del guía no es nueva. Muchas culturas hablan de la presencia de "guías espirituales" cuyo cometido es ayudarnos a encontrar la luz en medio de la oscuridad.

»Da igual qué clase de personaje aparezca en vuestros sueños lúcidos. Respetadlos a todos y tratadlos con cortesía, porque pueden reportaros grandes beneficios o facilitaros las cosas en vuestra andadura. Si tenéis algún problema podréis buscar un guía para que os ayude. Estos últimos pueden ser personajes sanadores. Tratadlos como os gustaría que os trataran a vosotros porque a fin de cuentas, decidme, ¿creéis que son parte de vuestra naturaleza? ¿Alguien se atreve a dar respuesta a esta pregunta?

En la clase se escuchó un murmullo, pero nadie se animó a contestar.

—¿Nadie? Bien. Os diré lo que pienso: la respuesta más lógica y sencilla es que estos personajes forman parte de nuestro subconsciente y que guardan una sabiduría que se aloja en él. Pero os voy a contar algo que quizá os deje con la duda. Con frecuencia parecen actuar por cuenta propia, de manera autónoma. Son personajes mucho más perfilados que los sonámbulos, incluso físicamente están mejor dibujados en nuestros sueños. Una de las personas que se encontró con uno de ellos fue Carl Gustav Jung. Él mismo lo describió en sus escritos. Hablaba de un tal Filemón que aparecía una y otra vez representado en sus sueños. Pero Jung creía que Filemón tenía vida propia, que no era un producto de su mente. Así lo manifestó en su libro *Recuerdos, sueños, pensamientos*. Pero lo más curioso es lo que viene a continuación. Muchos años después de que Jung soñara con Filemón, el autor de una obra titulada *Soñar despierto*, Robert Moss, soñó recurrentemente con un personaje que dijo llamarse Filemón. Según Moss, hasta ese momento no había leído los textos de

Jung y desconocía la existencia de Filemón. Fue varios años más tarde cuando se dio cuenta de esta curiosa coincidencia.

»Todo ello nos hace preguntarnos si no existe un espacio compartido entre los soñadores y que estos pueden reunirse en sueños. Es lo que llamamos "sueños compartidos" y que veréis que con un poco de entrenamiento pueden lograrse.

»Por tanto, sed amables con los personajes que pueblan vuestros sueños. Algunos pueden tener algo importante que comunicaros, algo que os hará crecer como individuos —concluyó Harris.

¿Quiénes eran esos enigmáticos personajes de los que hablaba Harris?, se preguntó Cleo. ¿Eran simples proyecciones del subconsciente o había algo más, algo insondable que escapaba a todo raciocinio? ¿Podían ser de ayuda, tal y como afirmaba Harris? De nuevo, Cleo casi había olvidado su verdadero cometido en Lucid Temple y se estaba dejando llevar por las enseñanzas de Harris, cada vez más sugestivas y adictivas.

30

Había algo en Harris que resultaba desconcertante para Cleo. El director del centro siempre hablaba con aplomo y, al parecer, con conocimiento acerca del mundo de los sueños lúcidos. A fin de cuentas era neurocientífico y había estudiado en Harvard, o eso aseguraba, extremo que aún estaba por confirmar por parte de su amigo Ginés. Harris solía ofrecer datos contrastados por la ciencia, siempre hacía hincapié en ello, y lucía un discurso sólido y creíble. Pero de vez en cuando deslizaba «píldoras», como en el caso de Filemón, Jung y Moss, que iban un poco más allá de lo puramente empírico y rayaban en lo extrasensorial.

Cleo no se distinguía por ser una persona sugestionable y crédula, pero debía reconocer que estando como estaba allí aislada, sin internet ni otras fuentes externas de información, le era imposible dedicarse a contrastar las enseñanzas que recibía tanto de Harris como de la doctora Cassi.

Esa era en esencia la trampa de muchas sectas, que aprovechaban para plantar las «semillas» de sus propias creencias en los adeptos, quienes se nutrían de información únicamente a través del grupo. Pero si a los adeptos no se les permitía el pensamiento crítico, ¿cómo podría averiguar Cleo si todo lo que le revelaban era cierto? ¿Debía aceptarlo sin más? A todo ello se sumaba que había podido comprobar que los sueños lúcidos eran una realidad, eran plausibles y sólidos; luego algo de verdad había en las informaciones que les facilitaban en las clases.

Había leído que muchos líderes se creían iluminados de conocimiento o canalizadores de información vedada al resto de los mortales. Era eso lo que les hacía tan atractivos a ojos de los adeptos, que esperaban, con falsas promesas y medias verdades, alcanzar una porción de esa iluminación si llevaban a cabo lo que se les ordenaba y cumplían con todos los preceptos y normas establecidos por la secta, casi siempre rígidos y estrictos.

El no poder saber si lo que decía Harris estaba contrastado por la ciencia le traía de cabeza, en especial porque se daba cuenta de que cada vez tenía la guardia más baja para dudar de sus afirmaciones y simplemente las iba asimilando como verdades. Pero ¿sería todo cierto o Harris habría ido añadiendo en su discurso sus propias convicciones y deseos de experimentar?

Pese a las gafas potenciadoras, las diferentes técnicas aprendidas para tener sueños lúcidos, las infusiones para propiciarlos, las constantes verificaciones de la realidad, las meditaciones y relajaciones que los adeptos iban experimentando, no todas las noches conseguían tenerlos. Cuando esto pasaba, en cierto modo eran castigados con no ir al templo de la lucidez durante varias noches. Para Cleo aquello constituía, por una parte, un descanso mental, pero, por otra, le hacía sentirse frustrada por no alcanzar la ansiada lucidez que le proporcionaba un bienestar y una paz difíciles de describir para quienes jamás habían tenido un sueño lúcido.

Cleo estaba absorta en esos pensamientos, sentada en un banco en el jardín, cuando se le acercó un chico alto, desgarbado, con barba de dos días, de pelo rizado y oscuro.

—¿Molesto? ¿Estás haciendo tus ejercicios?

Cleo salió de su abstracción y lo miró fijamente a los ojos. Eran de un azul precioso, como el mar embravecido.

—No, no… Siéntate.

El joven se acomodó junto a ella. Hacía frío, propio de las fechas en las que estaban, aunque a decir verdad Cleo ya había perdido la noción del tiempo que llevaba en Lucid Temple. Sin embargo, el frío no era un problema para ella, ya que allí al menos podía respirar aire fresco.

—¡Qué frío hace! —dijo el chico—. Tú eres nueva, ¿no?

—Sí. Me llamo Cleo.

—Yo soy Marcos.

Se hizo un silencio incómodo. Por su rostro, Cleo dedujo que Marcos quería contarle algo y no sabía por dónde empezar o quizá dudaba de si debía hacerlo. Tampoco le pasaron inadvertidas las ojeras que surcaban su rostro, como las de todos los botones de oro con los que se relacionaba.

—Verás —dijo el joven al fin—, no sé bien cómo empezar ni si vas a estar receptiva a lo que voy a contarte.

—Claro que estoy receptiva. Te escucho con atención —repuso Cleo ya un poco inquieta. Esa conversación no comenzaba igual que las que había mantenido con el resto de sus compañeros, que solían ser superficiales.

—Te he estado observando y sé que llevas poco tiempo aquí, así que a lo mejor aún se puede hablar contigo de lo que ocurre en este lugar.

—¿Y qué ocurre?

—Desde que llegaste, ¿no has notado nada anormal?

Cleo no estaba segura de si debía responder con sinceridad. Podría tratarse de una trampa y que ese chico únicamente quisiera sonsacarle información para luego contársela a Harris, así que contestó de manera ambigua, haciéndose la tonta.

—¿Anormal como qué?

—Pues que esto no es una escuela corriente, que aquí pasan cosas —señaló bajando el tono mientras oteaba con la mirada en todas direcciones—. Tú llevas poco tiempo, así que quizá lo que has visto te haya chocado; con otros no se puede hablar porque ya están mediatizados, como lo estuve yo durante mucho tiempo. Solo quería advertirte de que te vayas, si puedes, antes de que sea demasiado tarde.

—¿Demasiado tarde para qué?

—Antes de que te laven el cerebro —respondió con cierto temblor en la voz.

—Y ¿tú quieres irte?

—Sí. Y tengo planeado hacerlo. ¿Quieres venir conmigo? Entre los dos será más fácil escapar.

Cleo aún desconfiaba.

—¿Y no puedes irte sin más? ¿Qué te lo impide? Se supone que esto no es Guantánamo. Puedes entrar y salir. La puerta está abierta durante el día.

—No será un campo de concentración, pero no es posible. Ya lo he intentado. Lo hice hace cosa de un mes y me descubrieron. Su respuesta fue llevarme a la recámara.

—¿La recámara? ¿Qué es eso?

—Es largo de explicar y no tenemos mucho tiempo, pero procura que no te metan ahí. Ahora piensan que se me ha pasado, que me he olvidado de todo. Pero no. Ellos no dejarán que me vaya como si nada. De aquí hay que salir huyendo o no salir jamás.

La cosa se ponía interesante. Marcos describía un panorama siniestro que nunca nadie le había revelado. El chico prosiguió.

—Pensarás que me he vuelto paranoico al contarte estas cosas.

—¿Y el resto? ¿Por qué no escapa?

—Porque ni siquiera se les pasa por la cabeza. No hace falta que nadie los controle. Están totalmente absorbidos.

—Pero ¿qué ocurre aquí? ¡Cuéntamelo!

El joven dudó unos instantes hasta que finalmente se lanzó.

—Harris y el resto: la doctora Cassi, Ernesto, Nuria... Son todos iguales. Nos están utilizando para obtener información de otras personas, personas influyentes. Información sucia con la que luego chantajearles y ganar dinero y poder.

—¿Cómo dices? Pero ¿cómo lo hacen?

—Tú todavía no has llegado a esa fase, pero también lo harán contigo en breve mediante la manipulación de tus sueños lúcidos. A veces les funciona, otras no.

Quiero decir que esa información que extraemos no es fiable al cien por cien. Pero a ellos eso les da igual. ¡Están experimentando con nosotros! Y si estás haciendo un entrenamiento avanzado es porque han visto algo en ti. Algo que les interesa. ¿Verdad que no estás pagando por tu estancia más que una cuota?

—No, no estoy pagando nada excepto la cuota.

—¿Y no te parece extraño?

«De hecho, muy extraño».

—Un poco sí... ¿Has hablado de esto con alguien?

—¿Estás loca? Nadie más lo ve o si alguno lo ve, prefiere no pensar en ello. Yo pude abrir los ojos cuando oí cierta conversación entre Harris y Ernesto. Ellos no sabían que estaba escuchando, pero ahí comprobé que nos están utilizando como muñecos de trapo. ¿No has notado algo raro después de las cenas?

—¿Algo como qué?

—¿No te has encontrado más liviana y relajada, como si estuvieras drogada? Creo que es porque nos están suministrando drogas, tal vez con las infusiones. Eso no lo sé —susurró como si alguien pudiera escucharlos.

Cleo se quedó desconcertada. Ni por asomo se había planteado esa posibilidad, aunque era cierto que después de cenar se notaba mucho más tranquila y sumisa. Ella lo había atribuido a las técnicas de meditación y relajación que practicaban a diario. Pero luego estaba ese dolor de cabeza que sentía a la mañana siguiente de haber visitado el templo.

—¡Ven conmigo! —propuso Marcos—. Vayamos juntos a la policía. Tengo planeado irme esta noche.

—¿Y por qué me cuentas todo esto a mí? No me conoces de nada. ¿Quién te dice que no estoy al servicio de Harris?

—Porque llevas poco tiempo. Lo intenté con el chico pelirrojo, que se incorporó unos días antes que tú, pero he visto que ya está metido hasta el cuello. No se puede razonar con él. Está enganchado.

—Verás, es que yo no puedo irme todavía. Hay algo que debo hacer. No puedo explicártelo, pero es demasiado pronto para mí.

Por supuesto estaba pensando en su reportaje, su gran exclusiva y lo que sucedería después: su regreso a los medios por la puerta grande. Y también en Conchita y Ginés, evidentemente.

—Puede que luego sea tarde para ti.

En ese instante sonó el timbre y apareció Nuria, que les llamaba para regresar a clase.

—Suerte —dijo Cleo.

El chico no contestó. Se limitó a bajar la cabeza y a hacerle una seña con las manos rogándole que no dijera nada a nadie.

—Tranquilo. No lo haré.

Después, Marcos se dio la vuelta un poco decepcionado.

—¡Espera! —susurró Cleo antes de que se fuera—. Si logras salir, pregunta en la comisaría por un amigo mío. Es expolicía. Se llama Ginés Acosta. Él te ayudará. Cuéntaselo todo y dile que yo estoy bien.

—Lo haré. Y tú ten cuidado o pronto te convertirás en una más del ejército de la lucidez.

31

Ginés Acosta se dirigió con su coche hacia la lujosa mansión de los Solana en Puerta de Hierro. Fue controlando los vehículos a través del espejo retrovisor por si le seguía alguien, pero afortunadamente no vio ningún coche sospechoso.

A Conchita le habían dado el alta hacía unas semanas y se hallaba en casa de sus padres hasta que se recuperara del todo o, al menos, de sus heridas físicas. Las mentales eran diferentes y seguramente, como decía la doctora Sampedro, llevarían más tiempo.

No obstante, se abría un rayo de esperanza. La presencia de Ginés allí se debía a que Conchita había recordado algo que podía ser interesante, quizá una pista para seguir tirando del hilo en la investigación acerca de las causas de su aparición en el hotel propiedad de sus padres y de su intento de suicidio.

De Cleo no tenía información desde que se había

incorporado a Lucid Temple en calidad de alumna aventajada, y no sabía si eran buenas o malas noticias. Había intentado llamarla en un par de ocasiones, por si podía hablar; solo quería quedarse tranquilo. Pero el teléfono siempre estaba apagado o fuera de cobertura. No podía negar la inquietud que sentía, aunque confiaba en su buen hacer como periodista. Además, tampoco era la primera vez que no daba señales de vida durante una investigación.

Aparcó su automóvil y apagó el cigarrillo que pendía de sus labios en el cenicero, lleno a rebosar de colillas y de ceniza antigua que dejaba muy mal olor en el coche.

Anduvo los pasos que le separaban de la casa y tocó el timbre. Al poco le abrió una mujer filipina que servía en casa de los Solana desde hacía años y, después de limpiarse las botas en el felpudo, esta le acompañó al salón. Era una estancia de madera noble presidida por una gran chimenea encendida y enormes ventanales que daban a una terraza con vistas hermosas. Sobre la mesa principal había fotografías de la familia que mostraban diversos eventos a lo largo de su historia.

Su amigo y jefe, Ricardo Solana, apareció enseguida.

—Ginés, gracias por venir. Conchita nos espera en su habitación.

El expolicía se acercó a él y le dio un sincero abrazo.

—Tu mensaje decía que ha recordado algo que puede ser interesante.

—Juzga tú después de escucharla. Yo no sé qué pensar.

Ginés le había contado al padre de Conchita lo de la persecución en coche y ambos andaban con mucha cautela para evitar que nadie llegara hasta la joven. Por eso, en parte, permanecía en casa de sus padres. Ahí había seguridad privada y era más difícil que alguien indeseado se acercara a ella.

Se dirigieron a una habitación provisional que le habían preparado a la chica en la planta baja, ya que así se facilitaban los desplazamientos en la silla de ruedas.

Al llegar a la estancia donde se encontraba Conchita, Marcia se incorporó y apagó el televisor. Estaba sentada en un butacón junto a la cama de su hija y esta última, que yacía en ella, tenía mejor aspecto que la última vez que la vio en el hospital.

—Marcia. Encantado de volver a verte. Hola, Conchita. ¿Cómo te encuentras?

—Mucho mejor —respondió la joven sonriendo.

Se notaban los buenos cuidados de sus padres. Presentaba color en las mejillas y hasta se había puesto brillo en los labios. Además, habían desaparecido las ojeras que lucía en anteriores visitas y su rostro parecía menos atribulado. Al parecer se estaba alimentando bien y casi dormía adecuadamente, aunque a veces se negaba a conciliar el sueño por temor a las pesadillas. Para ella la línea entre la vigilia y el sueño aún era difusa.

—Me dice tu padre que has recordado algo. ¿Me lo cuentas?

La joven cogió un periódico que tenía junto a ella en la cama y se lo tendió.

—Este hombre... —contestó señalando una foto—. Lo he visto antes.

—A ver, permíteme.

Ginés tomó el periódico. En la fotografía se apreciaba un individuo de mediana edad y pelo cano. Le habían realizado una entrevista cuyo titular era: «Juan J. Emeterio: "Tras dejar la judicatura estoy disfrutando de mi familia"».

El expolicía leyó en alto el destacado.

—¿Y cuándo lo viste? ¿Lo recuerdas? —dijo después mirándola directamente a los ojos.

—No estoy segura, pero sé que lo he visto antes.

—¿Vosotros lo conocéis? ¿Es amigo de la familia? —preguntó Ginés dirigiéndose al matrimonio.

—En absoluto. No es siquiera conocido nuestro —contestó Ricardo al tiempo que negaba con la cabeza.

—¿Es posible que vieras a este hombre en Lucid Temple?

Preguntarle eso, en realidad, era lo mismo que no preguntar nada, habida cuenta de que Conchita no recordaba haber estado en Lucid Temple.

—No lo sé. Solo sé que le conozco o al menos lo he visto. Pero no estoy segura de dónde. Esto va a sonar raro, pero creo que he soñado con él.

—Sí, parece un poco extraño, Conchita, ya que, en el caso de que no lo hayas visto antes, ¿por qué habrías de soñar con él? Tendría sentido si simplemente lo hubieras conocido en algún momento durante este último año.

—Es que no sé. Es todo cuanto puedo decir. He intentado hacer memoria, pero la doctora me dijo que no era bueno que forzara mis recuerdos.

—Es cierto, y has hecho muy bien al decírmelo —la tranquilizó.

Ginés abandonó la casa más confuso que cuando llegó. Resultaba que Conchita había reconocido a un hombre, un exjuez, con el que sus padres no tenían ningún trato y ella no estaba segura de si lo conocía realmente o si solo se trataba de un sueño. ¿Y cómo explicar que hubiera soñado con él si no lo conocía? No le veía el sentido.

Ya en casa, Ginés tomó el periódico y leyó la entrevista con atención. El juez Juan J. Emeterio había dejado la judicatura varios meses atrás esgrimiendo motivos personales. Cuando lo hizo estaba en la cumbre de su carrera profesional y sin que mediara un motivo conocido. Él tampoco aclaraba nada al respecto en la entrevista. Solo destacaba lo feliz que era en aquellos momentos con su mujer y sus tres hijos, y que actualmente se dedicaba a dar conferencias y seminarios por todo el país. No sufría enfermedad alguna, al menos que se supiera, y tampoco había sido cuestionado por sus compañeros de profesión, aunque era cierto que había llevado algunos procesos polémicos y sonados contra banqueros, empresarios y altos cargos políticos acusados de corrupción.

No le quedaba más remedio que hacerle una visita y enseñarle una foto de Conchita. Era la única forma de salir de dudas sobre lo que afirmaba la joven y saber qué relación les unía verdaderamente. Y así lo hizo unos días después, cuando se enteró de que Emeterio iba a dar una charla en un conocido círculo académico de la ciudad. Sin embargo, no pudo obtener información relevante.

Lo abordó una vez terminada la conferencia. Emeterio al principio se mostró interesado, pero una vez que Ginés le contó lo que ocurría, sin levantar mucho la liebre, y después de mostrarle una fotografía de Conchita, Emeterio aseguró no conocerla de nada.

Entonces Ginés le preguntó acerca de Lucid Temple, por si se daba la coincidencia de que Emeterio hubiera estado allí realizando algún curso y pudieran haberse visto. Lo cierto es que tampoco le pegaba mucho que Emeterio hubiera hecho cursos de esa naturaleza, pero nunca se sabía. Sin embargo, a Ginés lo que le chocó fue la reacción de Emeterio. Al mencionar el centro de Harris, se mostró nervioso y repentinamente esquivo. Dijo que tenía que marcharse y dejó al expolicía plantado en el vestíbulo donde acababa de dar la conferencia.

¿Qué podía hacer a partir de ahí? ¿Por qué, de entre los pocos recuerdos que la joven tenía, destacaba el haber conocido al exjuez? El asunto cada vez le parecía más confuso y enmarañado. Muchas cosas no tenían sentido o al menos él no alcanzaba a comprenderlo en aquellos momentos.

32

Ese día, durante la cena, Marcos y Cleo intercambiaron varias miradas desde la lejanía de sus mesas. Cleo estaba preocupada por él, por lo que pudiera ocurrir esa noche. Tampoco le pasó desapercibido el hecho de que el joven apenas tocó la infusión que les pusieron tras la cena. Lo había disimulado bien, pero ella se había dado cuenta. ¿Sería verdad que los estaban drogando? Cuando le acercaron su propia taza, dudó qué hacer. ¿Bebía o no? Lo sopesó unos instantes, pero finalmente la mujer que se la sirvió la animó a hacerlo.

Que les estuvieran suministrando drogas podría explicar el grado de ensimismamiento que tenían la mayoría de sus compañeros y las malas caras que todos presentaban. ¿Sería el caso de Cleo y no se había dado cuenta? Entonces reparó en que ni en los lavabos ni en las habitaciones había espejos. Solo en la sala del templo y, cuando accedía a ella, la luz era tan tenue que no era capaz de ver su propio rostro reflejado en detalle. ¿Sería ese el motivo por el que evitaban los espejos en el centro, para que los adeptos no advirtieran el deterioro físico que estaban sufriendo?

—¿No bebes? —preguntó Ana, su compañera de habitación.

Si no lo hacía podrían darse cuenta de que sospechaba algo. Tenía que actuar con normalidad, así que se aproximó la taza a los labios y dio un sorbo al brebaje. Enseguida notó el sabor amargo entrando por su garganta, y no era la única. La mayoría le echaba miel para aplacar ese amargor.

Si aquello era droga, ¿todos consumirían la misma dosis o habría clases también para eso como para los niveles de botones? ¿Y qué tipo de droga sería? Pensó en algo como la ayahuasca, pero desechó esa posibilidad. Por lo que sabía de esa droga, aunque podía encajar con la expansión de la consciencia, provocaba vómitos y otros efectos indeseados como parte del proceso que se seguía para abrir la mente. ¿Tal vez fueran drogas «legales»? Desconocía qué tipo de bebedizos les daban, pero por sus diferentes sabores no siempre eran los mismos. Puede que fuera una combinación de distintas plantas de poder.

Tras la cena, todos regresaron a sus habitaciones en espera de ser convocados o no para ir al templo. ¿Le tocaría a ella esa noche? Pasara lo que pasase, debía permanecer alerta. Al menos ese era su propósito, pero nada más tenderse en la cama sintió nuevamente esa ligereza en su cuerpo y su mente. Era como estar tumbada y al mismo tiempo tener el cuerpo desprendido, como suspendido en el aire unos centímetros, algo que le proporcionaba una tranquilidad y paz indescriptibles. Si mal no recordaba, llamaban a eso una experiencia extracorporal. Entonces lo vio claro, tenía que ser por efecto de las drogas, aunque su experiencia con ellas no es que fuera muy dilatada. Había probado la marihuana y el hachís en sus tiempos de juventud, pero no había experimentado con drogas de las que llaman «duras». Y, en los últimos tiempos, sobre todo cuando se quedó sin trabajo, con el alcohol.

«¿Qué coño nos habrán metido en el cuerpo?».

Sin embargo, poco después Cleo dejó de hacerse preguntas. Sus dudas, sus anhelos e inquietudes se disolvieron como un azucarillo en un café sin que ella pudiera hacer nada para evitarlo.

Al cabo de un rato apareció la doctora Cassi y le dijo que la acompañara al templo. Una vez allí, sentada en la butaca reclinable, le habló sobre la misión que debía realizar esa noche.

—En una sala contigua he dejado un sobre cerrado con una cartulina. Esta noche la misión es clara: cuando alcances la lucidez tendrás que ir allí, abrir el sobre y decirme, cuando despiertes, de qué color es esa cartulina.

—¿Y tú sabes el color o lo has metido al azar?

—Cleo, cariño, para evitar interferencias mentales, yo tampoco lo sé.

Su forma de hablar, siempre con dulzura y afecto, podría engatusar hasta al mejor pertrechado. Sus palabras y la manera de pronunciarlas eran similares al modo en que lo hacía Harris.

—Pero ¿voy a ser capaz de averiguarlo? —preguntó Cleo intrigada.

—Ya se verá. Eso es precisamente lo que queremos comprobar con este experimento —repuso la doctora.

—Quiero decir que una cosa son los sueños lúcidos y otra diferente la clarividencia. No sé si ambas encajan.

De pronto, la periodista recordó un episodio de su niñez. Cada vez que alguien llamaba a la puerta de su casa, ella deseaba que fuera su padre, pero sabía perfectamente que eso no ocurriría. En cambio, momentos antes de que sonara el timbre Cleo sabía de quién se trataba. A veces lo decía en alto para sorpresa de su madre. Otras, se lo callaba. ¿Podía eso considerarse clarividencia o eran simples casualidades?

—No deberías dudar. Tú ya has tenido experiencias

de ese tipo antes de convertirte en alumna aventajada, ¿recuerdas? Viste esta sala sin haberla pisado.

—Ya, pero…

—Déjate llevar y a ver qué ocurre —la interrumpió—. Es solo un experimento. No pasará nada si no aciertas el color.

Después la doctora la ayudó a colocarse las gafas y Cleo se tumbó en la cama.

La periodista se vio en compañía de Ginés y su exnovio, que también era policía. Los tres estaban tomando café en el bar próximo a la comisaría, como antaño habían hecho en multitud de ocasiones. En ese momento no le extrañó ver allí a su ex, aunque hacía más de un año y medio que no tenía contacto con Dimas.

—¿En qué andas metida, Cleo? —preguntó él.

—¿No lo sabes? —respondió Ginés—. Tu novia se ha puesto a investigar una secta.

«¿Novio? Si Dimas y yo ya no estamos juntos».

—No somos novios —intervino Cleo con brusquedad—. Hace tiempo que no somos nada.

—Eso no es cierto, aún seguimos juntos en tu mente —replicó Dimas.

«Pero ¿qué dice? Esto no tiene sentido. ¿Será un sueño?».

En ese punto Cleo decidió hacer una prueba de verificación de la realidad e intentó atravesar la palma de su mano derecha con su dedo índice de la mano izquierda. Rápidamente se dio cuenta de que podía traspasarla.

«Estoy soñando... ¡Esto es un sueño! ¡Estoy lúcida en mi sueño!».

Apenas tomó consciencia de su nueva situación de lucidez se llenó de energía y de claridad. La dicha volvió a apoderarse de ella al descubrir que estaba despierta dentro de su sueño y que, por tanto, podía hacer lo que quisiera. Sin embargo, aunque resultaba factible ir a buscar a su padre, que era lo que de verdad quería, recordó la misión que la doctora Cassi le había encargado y notó que una fuerza desconocida en su interior la obligaba a cumplirla. ¿Cuál era su poder sobre ella? ¿El machaque mental de la vigilia?

Abandonó la mesa dejando ahí plantados a Ginés y a Dimas. Comenzó a dar brincos cada vez más largos hasta que en uno de ellos se vio volando por la ciudad. Como sabía que las experiencias lúcidas duraban lo mismo que un sueño, se dijo a sí misma que debía darse prisa.

«Cuando doble esta esquina estaré en Lucid Temple». Y, en efecto, nada más hacerlo se encontró a las puertas del centro de sueños lúcidos. Accedió a él atravesando la pared con tan solo proponérselo y buscó la sala donde estaba el sobre cerrado con la cartulina que le había indicado la doctora Cassi.

No fue difícil dar con ella. Era una sala de reuniones anexa al templo. También comprobó que había una cristalera desde la que se veía el habitáculo. Sin duda se trataba del espejo que había al otro lado del cristal. O sea, que desde allí les podían observar mientras hacían las prácticas.

Luego vio el sobre encima de la mesa y se aproximó a él. Lo tomó en sus manos y justo cuando se disponía a abrirlo, escuchó un ruido fuerte e insistente procedente del centro. Su sueño empezó a desestabilizarse y Cleo perdió lucidez. Todo se desdibujaba por momentos. Intentó estabilizarlo de nuevo con las técnicas que le habían enseñado, pero esta vez no fue posible.

Cleo despertó sin haber logrado abrir el sobre. Pero al menos comprobó que el sonido era real. Se trataba de una alarma. No había sido algo provocado por el sueño, sino que procedía del exterior. El sonido debía de haberse incorporado a su sueño y por eso se había despertado.

Se quitó las gafas. La doctora Cassi no estaba allí. No había nadie más en el templo con ella. Pensó en salir del habitáculo, pero decidió que lo más prudente era esperar a que apareciera alguien.

Pasada una media hora, aunque no podría aseverar

cuánto tiempo había transcurrido en realidad, la doctora regresó. La alarma ya no sonaba. Su rostro se veía congestionado y algo atribulado.

—¿Qué ocurre? —preguntó Cleo—. ¿Por qué ha saltado la alarma?

Ella mejor que nadie sabía lo que pasaba. Esa alarma se tenía que haber activado con la fuga de Marcos. Pero en ese instante no lo recordaba, aún estaba asimilando el sueño lúcido que había tenido y la presencia de Dimas en él. ¿Le echaba de menos? Sí, le echaba de menos. Su ruptura, decisión de Cleo, había sido propiciada por su depresión tras su despido. Tenía en la cabeza que no merecía ser amada, tal vez por lo ocurrido con su padre. Y cada vez que una relación se ponía seria hacía un ejercicio de evitación y autosabotaje para que la persona que estuviera a su lado se apartara para siempre. Y así había sido con Dimas. El despido fue la excusa para comportarse como una auténtica cretina con él, que solo pretendía ayudarla.

—Nada, nada. Una falsa alarma. Ha saltado sin motivo —respondió la doctora—. A veces pasa, pero tuve que ir a comprobarlo. Creí que habían entrado a robar —se excusó y luego cambió de tema—. ¿Conseguiste la lucidez? ¿Viste el contenido del sobre?

—Sí, pero no pude abrirlo porque la alarma me despertó.

—Bueno, no te preocupes. Al menos has logrado estar lúcida en tu sueño. Puedes volver a tu habitación. La práctica ha terminado por esta noche.

Sus palabras eran suaves, pero la ira que se reflejaba en sus ojos decía lo contrario. Estaba muy enfadada. Algo gordo había sucedido.

¿Habría logrado Marcos escapar de Lucid Temple? Y, si era así, ¿lo reconocerían en el centro o simplemente omitirían el incidente tapándolo de algún modo? ¿Conseguiría Marcos hablar con Ginés para ponerle al corriente de la situación allí dentro?

33

Al día siguiente Cleo se levantó con dolor de cabeza, como solía pasar desde que estaba en Lucid Temple. Afortunadamente, a lo largo del día el malestar desaparecía.

En el desayuno buscó con la mirada a Marcos, pero no lo vio en el centro. Lo que sí percibió fue un ambiente enrarecido y caras largas en algunos de los miembros destacados del grupo, como Ernesto y varias de las personas de su confianza, con las que Cleo no se atrevía a hablar mucho por considerar que estaban metidas hasta el cuello en la secta. Eran alumnos aventajados con los que solía verle y que posiblemente actuaran como chivatos. Cleo había optado por no tirar del hilo de esas personas, ya que no se fiaba de Ernesto.

—¿Pasó algo anoche? —preguntó tras el desayuno a Ana, su compañera de habitación.

Si alguien se enteraba de todo allí esta era Ana. Lo que la convertía en una buena fuente de información indirecta.

—¿Por qué lo dices?

—Saltó la alarma y la doctora Cassi tuvo que irse del templo a comprobar qué había pasado. ¿Es eso lo que ocurrió cuando se marchó Conchita?

—Ya te dije que Conchita se fue por propia voluntad, y no necesariamente por la noche. ¿Por qué habría de haber sonado la alarma ese día?

—No lo sé. ¿No sonó ese día?

—¿Por qué lo preguntas?

—Anoche sonó y falta Marcos. No lo he visto en el desayuno.

—Ah, sí… Me han dicho que Marcos se puso malo y tuvieron que llevarlo al hospital. Imagino que volverá pronto.

—¿Quién te lo ha dicho?

—La doctora Cassi. Aquí no podían tratarle. Era probablemente una apendicitis.

De modo que esa era la versión *oficial*, que Marcos se había puesto enfermo y tuvieron que llevarlo a un hospital. Pero ¿cuál era la verdad? ¿Habría escapado o estaría encerrado en alguna parte del centro? Rogó por que fuera la primera opción.

Pero por si aquello no funcionaba de la manera deseada, es decir, la rumorología interna que ellos mismos se habían encargado de generar y mantener, fue el propio Harris el que en clase los informó sobre la ausencia de Marcos. De nuevo, les dio la versión *oficial*. Les dijo lo que debían creer.

Y el resto de los compañeros se lo tragó.

Sin duda, pensó Cleo, no era buena prensa para Lucid Temple que sus alumnos terminaran escapando aterrados por lo que se vivía allí. Eso podría despertar consciencias acerca de los auténticos propósitos de ese *inocente* centro de enseñanza.

Después de la clase, Harris llamó a Cleo a su despacho y esta se sintió inquieta. La periodista esperaba que no tuviera que ver con su conversación con Marcos, que no hubieran averiguado de algún modo que ambos habían estado hablando de su fuga el día anterior.

Pero resultó que de lo que quería hablarle Harris era sobre la situación de su entrenamiento.

—Has completado con éxito muchas de las misiones que te hemos planteado —le dijo con una sonrisa amplia y aparentemente franca—. Aunque anoche no pudiste terminar lo que te encargó la doctora Cassi debido a un estímulo externo.

«La alarma que sonó durante la fuga de Marcos. Ese es el verdadero motivo».

Harris continuó.

—Así que nos gustaría invitarte a que te conviertas oficialmente en botón de oro. Queremos que te unas a nosotros para seguir practicando en el terreno de la lucidez onírica. Esperamos mucho y bueno de ti.

«Confían en mí».

—¿Por qué yo? —preguntó Cleo haciéndose la tonta.

—Porque realizas bien las misiones. Eres una alumna aventajada y eso hay que premiarlo de algún modo. Sin embargo, no será fácil. Las misiones se volverán un poco más complicadas y las instrucciones serán más estrictas para mantener y estimular aún más la disciplina de la motivación.

«¿A qué se refiere? ¿Castigos?».

—Eso no será un problema. Lo intentaré con mayor motivación e intención.

—¡Bien! Esa es la actitud que buscamos en nuestros alumnos —dijo Harris extrayendo un botón dorado del bolsillo de su americana—. Toma, Cleo. Te lo has ganado.

Era un botón exactamente igual al que encontraron en el hotel la noche en la que Conchita se arrojó por el balcón desde el Harmony Centro. Solo que el suyo estaba desgastado de tanto acariciarlo, seguramente debido a sus ejercicios de lucidez, y el de Cleo estaba nuevo, aún sin manipular.

¿Mantener y estimular la disciplina de la motivación?

Eso había dicho Harris.

Si Cleo ignoraba lo que significaba aquello, no tardó en averiguarlo. Tan pronto aceptó ser botón de oro, fue conducida a una «habitación especial», por llamarlo de alguna manera, aunque en Lucid Temple era conocida como «la recámara». Marcos ya había deslizado algo sobre ella. Básicamente se trataba de una celda de castigo, aunque para Harris no era más que un método expeditivo para propiciar aún más la lucidez. Una suerte de cámara de reflexión en la que el visitante debía pasar una semana solo, sin más compañía que una cama, un aseo y un diario de sueños.

Según Harris, la persona que accedía a su interior recordaba mejor su propósito, su intención y su motivación de estar lúcido. Así, sin estímulos externos y apenas luz, resultaba más sencillo que el visitante se centrara en lo verdaderamente importante y se olvidara del yo. Según Harris, el yo terminaba por disolverse y cuando se regresaba de allí, uno ya no era el mismo.

Cleo decidió tomárselo con filosofía. Tendría más tiempo para pensar en lo que debía hacer, su gran reportaje, o eso creía ella. Pero el aislamiento no buscado puede convertirse en algo perturbador. Además continuaban suministrándole las infusiones; el tiempo se diluía de una manera asombrosa y llegó a confundir la noche con el día.

Harris decía que grandes pensadores de la humanidad y religiosos se habían refugiado en cuevas y santuarios aislados del mundo, lo que los había invitado a la reflexión y la expansión de la consciencia. Finalmente, sus experiencias devinieron en algo extático e iluminador, y no habían vuelto a la normalidad. Ponía como ejemplo a san Onofre, nacido en Etiopía hacia el año 320, quien cambió el cenobio por el desierto o quizá una cueva, no se sabía a ciencia cierta. El caso es que sobrevivió, completamente solo y alimentándose de dátiles, hierbas e insectos durante sesenta años, y en ese periodo se había dedicado a la oración y al recogimiento.

Sin embargo, aparte de la diferencia de tiempo con la experiencia de san Onofre, había otra significativa con respecto a lo que Lucid Temple pretendía. El retiro de san Onofre había sido voluntario; el de Cleo no.

La periodista empezó a preocuparse cuando perdió la noción del tiempo. La escasa luz de la que disponía provenía de una lámpara de sal. Ni ventanas ni respiraderos le permitían saber qué hora era. Había llegado a un punto de no retorno, concluyó. Antes de eso quizá podría haber abandonado Lucid Temple voluntariamente. Ahora lo veía imposible y lo que era aún peor, ni siquiera se le pasaba por la cabeza hacerlo.

Aún no.

Aunque, por lo que había dicho Marcos, sospechaba cuáles eran los fines de la secta, no estaba segura de que eso fuera cierto. Lo que él le había revelado le parecía tan enrevesado que no terminaba de admitir que los alumnos pudieran ser utilizados como «espías oníricos» en el llamado «ejército de la lucidez». Tenía que documentarlo bien para su reportaje. No valía únicamente con testimonios internos. Había que dar fe de ello en propias carnes o conseguir pruebas.

En esos días de descanso y ayuno, ya que tampoco le proporcionaban demasiada comida, no fue consciente de que podía soñar lo que quería y practicar la lucidez para ver a su padre. Su mente estaba muy ocupada con la nada. Sus sueños se volvieron confusos y desordenados, y en ocasiones terroríficos. Igual que la propia vigilia que experimentaba.

Una noche soñó con su madre, lo que le hizo tener un rapto de lucidez (¡pura ironía!) acerca de su situación, ya que sus resistencias estaban cada vez más bajas.

Esta vez no fue un sueño lúcido.

Ella no sabía nada de lo que estaba haciendo su hija. ¿Estaría preocupada al no tener noticias suyas? Le había dicho que no se inquietara, que iba a estar desconectada del mundo durante un tiempo indefinido, pero que en todo caso volvería para Navidad. A fin de cuentas, ya estaba acostumbrada a que su hija desapareciera por temporadas en función del tipo de reportaje que se trajera entre manos. Por eso le disgustaba tanto su trabajo. Simplemente, no lo entendía.

Pero en esta ocasión era distinto. En su sueño, su madre estaba enferma y necesitada, y Cleo no estaba a su lado para socorrerla. Ya despierta, aunque ignoraba si era de día o de noche, tuvo espantosos pensamientos a raíz del sueño. ¿Y si Harris había mandado a alguien para hacerle daño a su madre? Cleo estaba convencida de que Lucid Temple contaba con la ayuda de alguien en el exterior, si es que era cierto lo que le había explicado Marcos. Y la periodista no pudo evitar que un escalofrío recorriera su cuerpo.

Antes de meterse en aquel lío, le había pedido a Ginés que fuera a verla de vez en cuando por si necesitaba algo y esperaba que lo estuviera haciendo.

En la recámara había un cuaderno donde Cleo debía anotar sus sueños durante el periodo de aislamiento para luego ser analizados, una forma más de control del adepto, al que se le impedía pensar por sí mismo. Pero no se atrevió a reflejar el sueño de su madre. Eso podría atraer la atención de la secta sobre ella. Aunque quizá todo fueran elucubraciones suyas, temió que ofrecer más datos sobre su vida personal fuera una puerta de acceso a su mente y una invitación a jugar con ella.

Sin embargo, ignoraba que el juego mental había comenzado mucho antes, con ese inocente test de personalidad que rellenó al inscribirse en el centro.

34

Cinco semanas en Lucid Temple

Cuando Cleo salió de la recámara, le molestaba la simple luz que entraba desde las cristaleras. Tanto que, emulando a Drácula, tuvo que taparse el rostro con una mano cuando llegó al comedor esa mañana. Antes le habían quitado el cuaderno de sueños que rellenó durante esos días, aunque ellos utilizaran la palabra «recogimiento» para definirlos.

A lo lejos distinguió a su compañera Ana, se aproximó a ella y se sentó a su lado sin decir nada.

—¡Enhorabuena, Cleo! Ya eres de los nuestros. Me enteré de que te habían dado el botón de oro.

Cleo continuó en silencio. Estaba demasiado aturdida para mantener una conversación mínimamente normal.

—Ahora sí podrás aportar al centro tu granito de arena y ganarte el pan que comes.

—¿Qué… qué hora es? —acertó a preguntar.

—La hora del desayuno. ¿No estás contenta? —Ana parecía alegrarse de su nuevo estatus.

—Sí. Es solo que estoy un poco embotada.

—¿Quieres que te pida una infusión?

—No, no. Una infusión no es lo que necesito ahora. Más bien un poco de aire fresco. Perdóname. No tengo hambre.

Cleo se levantó y se dirigió al jardín para respirar en el exterior. Debía recuperarse cuanto antes, porque ignoraba cuánta fuerza interna le quedaba. Pero sabía que no mucha. Puede que el resto estuviera acostumbrado a tanto machaque, pero ella no estaba preparada para eso. Al menos, no lo estaba físicamente.

Cleo se sentó en el banco donde solía hacerlo cada vez que salía al jardín. Hacía frío, pero apenas lo acusó. Hizo varias respiraciones para intentar recuperar el aire que le habían arrebatado. Luego procuró hacer memoria de los últimos siete días y comprobó que no le resultaba fácil. Tenía lagunas y se sentía algo mareada. Era como un carrusel en el que noche y día se mezclaban sin pausa. Los sueños que había tenido se confundían con la realidad y dudaba de cuál era la auténtica vigilia.

Después de permanecer allí un buen rato, Ana, que estaba preocupada por ella, acudió a buscarla.

—Vamos, te vendrá bien dormir.

—¿Dormir, dices? Ya he dormido suficiente.

—Créeme, sé cómo te sientes. Yo pasé por lo mismo. Es duro, pero merece la pena. Dormir es lo que hice yo después de regresar de la recámara. Me ayudó a poner las ideas en orden. Además, esta noche no te convocarán para ir al templo. Te permitirán descansar un poco antes de empezar con las misiones.

—Vale. Puede que tengas razón.

Cleo intentó incorporarse, pero al hacerlo se mareó y trastabilló.

—Vamos. Apóyate en mí. Te ayudaré.

Cleo hizo lo que su compañera le pedía y juntas se dirigieron a la habitación donde la periodista pasó buena parte de la mañana durmiendo tranquila, sin recordar sueños (ni lúcidos ni no lúcidos).

Por la tarde se sentía mejor, así que después de comer se dirigió a la clase de meditación. Allí practicó las técnicas aprendidas durante su estancia en Lucid Temple y luego, antes de la cena, tuvo algo de tiempo para conversar con Ana.

—¿Te sientes mejor? —le preguntó su compañera.

—Sí, creo que sí.

—Empezaba a preocuparme por ti.

—¿A ti también te pasó el confundir la noche con el día y no saber si estabas despierta o dormida?

—Sí. Pero fue una experiencia iluminadora que me ayudó a descubrir mi verdadero propósito en la vida.

—¿Y cuál es?

—Ser feliz. Aquí lo soy, cosa que no pasaba en mi vida anterior. Todo eran sombras hasta que llegué aquí.

—Me alegro por ti. ¿Ha vuelto ya Marcos del hospital?

—Aún no. Parece que la cosa se ha complicado y todavía estará ingresado unos días. Pero regresará.

«¿Lo hará?».

No había señales de vida del joven. ¿Qué habría pasado realmente? Por primera vez, Cleo dudó. ¿Y si volvía al redil arrepentido? ¿Y si lo que le había contado Marcos no era cierto? Lo único claro es que había desaparecido y que las resistencias de la periodista estaban cada vez más débiles y comenzaba a dudar de sus investigaciones.

Luego, a petición de ellos, se reunió brevemente con Harris y la doctora Cassi. Esta última portaba el cuaderno de sueños que Cleo había escrito durante su estancia en la recámara.

—¿Cómo te sientes? —preguntó Harris.

—La verdad, un poco confusa —dijo Cleo.

—Es normal, no te preocupes. Pronto pasará esa confusión y lo verás todo más claro que antes.

—Sí, supongo.

—Nosotros pensamos que el ejercicio de aislamiento ha sido todo un éxito —apuntó la doctora Cassi señalando al cuaderno de sueños. Sin duda lo habían leído y su contenido les había satisfecho.

—¿Lo creéis de verdad?

—Por supuesto —remachó Harris—. Y esta noche queremos que descanses para aclarar tus ideas y que valores el esfuerzo que has hecho para llegar hasta aquí. Sabemos que ha sido duro, pero merecerá la pena. Mañana comenzaremos con misiones más elevadas. Pensamos que estás preparada para llevarlas a cabo.

Esperaba que fuera cierto que vería las cosas más claras al día siguiente porque la realidad era que aún tenía el recuerdo de los días pasados en la recámara como un todo continuo en el que se juntaban la noche y el día, la vigilia y los sueños. ¿Sería un ejercicio saludable lo que había vivido? Por momentos pensaba que sí, que merecía la pena todo lo experimentado por haber despertado la lucidez en su interior, una de las experiencias más fascinantes que había sentido a lo largo de su vida. Algo en lo que podría refugiarse siempre que quisiera.

Si Ana era feliz allí, ¿por qué ella no podía serlo? Tal vez llegara un momento en el que todo le resbalara y pudiera construir un universo onírico particular al que acudir cada vez que lo deseara. Quizá esa gran exclusiva por la que tanto había luchado no mereciera la pena si lo que verdaderamente quería era alcanzar un estado de felicidad.

Aquella noche Cleo soñó con Harris y la doctora Cassi. Ambos se aproximaban a ella en el templo con una copa de oro entre las manos. Sus rostros sonrientes eran una invitación.

«Bebe», le decían.

Y ella, sin dudarlo, tomaba la copa y bebía.

«Bienvenida al ejército de la lucidez».

Al despertar, ni siquiera se le pasó por la cabeza analizar el contenido onírico que había desfilado frente a sus ojos. Sus fuerzas empezaban a flaquear seriamente.

35

Al día siguiente Cleo se despertó en su cama con la mente mucho más despejada. Pero era un tipo de claridad que inevitablemente la empujaba hacia Lucid Temple y sus enseñanzas.

Harris tenía razón.

Tras el aislamiento su mente había devenido en lucidez. Él siempre decía que la práctica de los sueños lúcidos nos convertía en personas mucho más lúcidas en la vigilia, más conscientes, y era cierto. El encierro había dado sus frutos. Cleo se había dado cuenta de que hasta ahora no se había centrado en lo importante de su vida. ¿Y qué era lo importante?

Ser feliz.

Debía reconocer de una vez y, sobre todo, reconocérselo a sí misma, que en su anterior vida no lo era. Por primera vez en mucho tiempo se sentía en paz, y en especial que había un lugar donde resguardarse de la tempestad cuando esta arreciaba: los sueños lúcidos y el mundo nuevo que pensaba construir en ellos cuando le fuera posible. Un mundo en el que todo sería como lo imaginaba en su mente. Podía ser Dios en su fuero interno y estaba dispuesta a seguir cultivando las enseñanzas que la llevaran a ello.

Las tormentas mentales desatadas en su interior por fin cobraban forma y era capaz de analizar la situación con objetividad, o eso creía ella. Si se lo proponía podría rebatir uno a uno todos los argumentos que la habían llevado a emprender su investigación para hacer el reportaje, que ahora ya carecía de sentido. Puede que Lucid Temple no fuera todo lo transparente que aparentaba, pero no podía obviar que los métodos de Harris, aunque taxativos, funcionaban.

Pensaba en todo ello mientras observaba la pegatina de la «C» de Conchita en el lateral de su mesilla de noche. Quizá la joven no había sabido comprender la verdadera esencia de Lucid Temple y por eso había optado por huir. No podía culparla, pero ahora veía su caso desde otra perspectiva. Quizá le había faltado fortaleza para superar todas esas pruebas a las que les sometían, y tal vez había ocurrido lo mismo con Marcos.

—Por fin, desde que llegaste aquí, te veo sonreír con los ojos —le dijo su compañera de habitación, quien se había percatado del sutil cambio en su mirada ojerosa—. Ahora sonríes, antes no.

Cleo la miró, y volvió a sonreír.

—Es que puede que tuvieras razón desde el principio y todo este entrenamiento haya sido lo más conveniente para mí.

—No sabes cómo me alegro de oír eso.

Tras la cena y la ingesta de una infusión, Cleo fue convocada al templo un poco más temprano de lo acostumbrado. Allí la esperaban Harris y la doctora Cassi, quienes querían hablar con ella para explicarle su cometido a partir de entonces y asignarle una nueva misión.

Harris y la doctora permanecían de pie junto a ella, que estaba sentada en la butaca, cuando la segunda comenzó a hablar.

—Cleo, querida, lo estás haciendo muy bien. Ahora ya eres de los nuestros y pensamos que es necesario explicarte algunas cosas sobre Lucid Temple, cosas que no te hemos revelado aún para no abrumarte.

Cleo asintió sin perder detalle.

—Como habrás comprobado —Harris tomó el relevo—, somos una gran familia en la que poder confiar. Nos apoyamos los unos en los otros. Aquí dentro todo es armonía, pero en el exterior no todo el mundo entiende lo que estamos haciendo, no todos comprenden nuestra misión y experimentación con la mente lúcida.

—Hay gente —prosiguió la doctora— que quiere destruirnos de diversas formas, acabar con este bonito proyecto que entre todos hemos creado, poner fin a nuestro cometido, que no es otro que avanzar en el crecimiento personal a través de la lucidez.

Cleo escuchaba atentamente sus explicaciones.

—Por eso debemos protegernos —dijo Harris—. Y solo hay una forma de hacerlo: a través de esa lucidez que nos quieren arrebatar. A partir de hoy, en esa pantalla —remarcó señalando la pantalla de televisión que había justo enfrente de la butaca— verás rostros. Son las caras de nuestros enemigos. Puede que algunas te suenen, otras serán nuevas para ti. En realidad, eso debe darte igual.

—Las misiones serán más complejas, como le corresponde a alguien que ha llegado al nivel de botón de oro —apuntó la doctora—. Tu misión será traer información sobre ellos. No es gente buena, como nosotros, y tienen cosas que ocultar. Es esa información sensible la que nos interesa para poder contraatacarles.

En ese punto, Cleo advirtió que sus caras parecían más alargadas y sus voces más graves. La periodista ignoraba que le habían aumentado la dosis en la infusión que había ingerido poco antes.

—¿Harás eso por nosotros, por el grupo? —preguntó Harris—. Somos como un ejército, el ejército de la lucidez y solo con tu ayuda podremos vencerles.

—Sí. Haré lo que sea necesario por preservar las enseñanzas del centro —dijo Cleo sin pestañear.

—Estupendo —comentó Harris esbozando una amplia sonrisa—. Pues ahora queremos que te centres en la pantalla, que mires con atención las imágenes que se van a proyectar y que después, cuando duermas, hagas lo posible por conseguir la lucidez, busques a esa persona e indagues en su vida.

—¿Qué tengo que buscar? —dijo Cleo mirando a Harris.

—Cualquier cosa que nos sirva para defendernos. A veces acertarás y otras no. Pero no te preocupes. Para eso estamos nosotros, para cribar la información que llega. Aunque si disponemos de una pequeña pista, cualquier cosa que nos sirva, todo será más sencillo.

Acto seguido, la doctora Cassi cogió el mando de la televisión y accionó el botón del *play*.

—Presta mucha atención —le instó.

De inmediato la pantalla se llenó de imágenes. Algunas estaban en movimiento y otras eran simples fotografías de un hombre delgado, moreno, con gafas y con la nariz un poco aguileña.

—¿Quién es? —preguntó Cleo.

—Un enemigo. En realidad, da igual quién sea. Tú no te preocupes por eso. Simplemente ve a buscarle, entra en su mente y averigua si oculta algo; algo que pueda servirnos.

Tras la charla, el vídeo se repitió una y otra vez hasta un total de tres veces, lo necesario para que Cleo pudiera recordar cómo era su aspecto. Luego se puso las gafas y se tumbó en la cama, dispuesta a dormir. Para entonces sentía que su cuerpo flotaba un par de palmos por encima del lecho, que su mente viajaba a gran velocidad. Los pensamientos le llegaban como un eco lejano y el sueño la llamaba.

Era de noche.

La luna brillaba en lo alto del firmamento y le proporcionaba la claridad suficiente para poder ver lo que había a su alrededor.

Cleo se vio junto a un río. No sabía qué hacer, así que comenzó a caminar siguiendo su curso, aunque había piedras y le costaba avanzar.

De pronto la periodista tropezó y cayó al suelo. Se había hecho daño en el pie derecho. Se lo miró para comprobar que no se había roto nada, se quitó la zapatilla y en ese instante observó que en vez de cinco dedos había seis.

«Esto no puede estar pasando. ¿Desde cuándo tengo seis dedos? ¿No será un sueño? ¿Estoy soñando?».

Decidió hacer una prueba de verificación de la realidad e intentó atravesarse la palma de la mano derecha con el dedo índice de la izquierda y comprobó que podía traspasarla con facilidad.

En ese momento cobró lucidez.

«¡Estoy despierta dentro de mi sueño!».

Pese a los numerosos sueños lúcidos que a esas alturas había tenido, no paraba de maravillarse ante ese fenómeno que la conducía a la lucidez, era como un despertar profundo a otra realidad.

Se puso en pie y estabilizó el sueño frotándose las manos. Una vez que lo hizo se centró en su misión.

«Cuando atraviese el río estaré en la casa del hombre del vídeo».

Se dispuso a cruzar el río y lo hizo sintiendo el agua fría en sus tobillos. Cuando consiguió cruzarlo divisó una casa al fondo. Se dirigió hacia ella dando grandes brincos y atravesó la puerta solo con pretenderlo.

En el interior había una habitación. Entró y allí estaba él, el hombre del vídeo, tumbado, durmiendo en una cama junto a su esposa. Cleo se acercó y le miró bien el rostro. Quería asegurarse de que era la persona correcta. Temió que se despertara, pero algo en su interior le dijo que, aunque lo hiciera, no podría verla.

Luego fue a otra estancia, un despacho. Allí, sobre una mesa, había un ordenador. Cleo lo encendió y sorteó la clave con tan solo proponérselo y comenzó a buscar entre los numerosos archivos que custodiaba el disco duro. ¿Habría algo verdaderamente reprobable en ellos?

Debía darse prisa, no sabía cuánto tiempo le restaba hasta el despertar definitivo y si lo hacía antes de lo deseado todo aquello no habría servido de nada.

Al fin dio con una carpeta protegida por una contraseña. Volvió a sortear la clave y la abrió. Comprobó con horror que allí solo había vídeos de pornografía infantil. Cleo se sintió desconcertada. ¿Sería eso real o únicamente el producto de su imaginación en su afán de buscar objetivos para Lucid Temple? No podía saberlo. Harris y la doctora Cassi tendrían que analizar su información *a posteriori*.

Poco después el sueño empezó a desestabilizarse y por más que intentó retenerlo no fue capaz. Todo se desmoronó a su alrededor.

Entonces despertó.

36

Seis semanas en Lucid Temple

Cleo parecía plenamente adaptada a Lucid Temple.
Sus dudas y reservas en torno al centro habían quedado atrás y ya no mantenía el sentido crítico con respecto a lo que estaba viviendo. Lejos de ello, se había
acomodado a las enseñanzas de una manera que jamás
habría imaginado. Tanto era así que le habían asignado
pequeñas tareas, una forma de demostrar la confianza
que tenían en ella, una especie de premio para que se
sintiera importante.

Sobre el éxito o no de sus misiones, jamás recibía
información, así que no sabía si tenía suerte en ellas, es
decir, si la información que traía servía para algo. Tal
vez era un mecanismo para no desanimarles, si es que
fallaban. Asimismo, desconocía por qué aquellas personas a las que «visitaba» en sueños se habían converti-

do en enemigos de Lucid Temple. La periodista se limitaba a cumplir órdenes y a esperar instrucciones.

Ignoraba que ahora formaba parte de una red de extorsión bien calculada. Que esas informaciones eran utilizadas en contra de dichas personas con el objetivo de obtener poder, dinero y control. Que no eran en realidad enemigos a los que batir, sino blancos de un entramado corrupto y abyecto.

Tras convertirse en botón de oro, su relación con Ana se afianzó y esta le comentaba con franqueza cosas de las que antes no quería hablar o quizá no lo tenía permitido, como las misiones. Fue así como descubrió que estas se repetían en varios alumnos. Lo que le pedían a uno, se lo pedían a los otros. Lo hacían, al parecer, para contrastar la información que les llegaba a través de los sueños lúcidos. De este modo luego podían decidir qué hacer con esos datos que obtenían de los adeptos.

Su día a día transcurría con placidez, sin hacerse preguntas incómodas y sin poner en cuestión los métodos empleados por Harris y la doctora Cassi. Se levantaba, apuntaba sus sueños en el diario, desayunaba, iba a clase o se dedicaba a ayudar a Nuria en diversas tareas. Por la tarde hacía sesiones de meditación, cenaba y se iba a dormir al templo o a su habitación, según le tocara. Era una vida sencilla y sin complicaciones. Había dejado de preocuparse por el exterior y lo que pudiera pasar fuera. Ya solo contaba lo que ocurría dentro de Lucid Temple y los problemas que pudieran afectar al grupo.

Al conseguir el botón de oro muchas puertas se le habían abierto y podía realizar tareas a las que antes no tenía acceso, como la recepción de alumnos nuevos en otros niveles o la asistencia a la preparación de las infusiones que ingerían durante la cena. Por extraño que parezca, nunca preguntó qué contenían esas hierbas que les suministraban, eso había dejado de tener importancia. Con ellas se preparaba una cocción que producía una espuma blanca. Luego se repartía entre los alumnos avanzados, ella incluida, aunque no se hacía todas las noches, solo cuando había entrenamientos especiales o cuando el adepto debía visitar el templo.

El encargado de este menester era un hombre de unos sesenta años que estaba contratado al servicio de la escuela y que era quien manejaba las dosis que debía tomar cada uno de los alumnos. Se llamaba Diego, aunque entre ellos era conocido como «el Chamán», debido a su origen mexicano. No era muy hablador, aunque durante las preparaciones entonaba por lo bajo canciones ancestrales y realizaba aspavientos mientras mezclaba las hierbas. La función de Cleo era asistirle en lo que precisara durante la elaboración. El hierbero, tras machacar las raíces de las plantas, obtenía una sustancia con una textura parecida a la de la miel y que luego se mezclaba con agua para aligerarla. Otras veces era una combinación de diferentes hierbas, cuyo origen constituía un misterio.

Para Cleo no era sospechoso de estar drogándoles, sino de darles acceso a la puerta de la lucidez con su sabiduría y sus conocimientos. Le gustaba ayudarle a preparar todo, como si se tratara de un ritual purificador para obtener estados alterados de consciencia.

A veces le permitían realizar pequeñas salidas al exterior, siempre supervisadas por alguien de rango más alto (por lo general, con Ernesto) para llevar a cabo compras o recados. Su animadversión hacia él persistía e incluso le parecía mutua, pero aceptaba de buena gana ir con él si así lo disponía Harris.

Sin embargo, cuando salía estaba deseando volver; el mundo se le antojaba ahora un lugar extraño y confuso, y en consecuencia generaba que Cleo hiciera verificaciones de la realidad constantemente. Todo ello contribuía a aumentar su lucidez durante la noche. De hecho, se sorprendía al comprobar que sus sueños lúcidos eran cada vez más frecuentes hasta el punto de echarlos de menos cuando estaba en la vigilia. En ocasiones, llegaba a confundir la realidad con los sueños, tal como le pasó al abandonar la recámara en su periodo de aislamiento.

Del mismo modo, pudo manejar el ordenador de Nuria e introducir los datos de los nuevos alumnos. Un día, por mera curiosidad, buscó la ficha de Conchita y efectivamente la halló entre las carpetas de los antiguos alumnos. Habían mentido, sí, pero Cleo se había convencido de que los impulsaba un buen propósito. Conchita era una joven débil y por eso había determinado huir de un mundo que no comprendía ni había llegado a asimilar como propio. No era culpa de Lucid Temple, a fin de cuentas, sino de ella, que no había sabido convivir con sus compañeros ni con esa nueva lucidez de la que le habían hecho entrega.

Con respecto a Marcos, nunca regresó. Cuando vieron que el tiempo pasaba y no volvía, en el centro les dijeron que su situación en el exterior se había vuelto compleja y que resultaba preferible que no retornara, pero no llegaron a explicarles por qué no podía volver. No obstante, este hecho dejó de importarle. Ya no se preguntaba dónde estaría ni qué suerte habría corrido.

En definitiva, se había convertido en una alumna casi perfecta, que no presentaba problemas y que realizaba los cometidos que se le demandaban sin quejarse. Al igual que hacía Ana, Cleo había encontrado justificación para todo aquello que no le cuadraba en el día a día. Y si no la hallaba lo aceptaba sin cuestionarse nada que pudiera poner en tela de juicio al centro ni a sus habitantes.

De vez en cuando pensaba en el móvil que tenía escondido entre el cabecero de su cama y la pared, y, cuando eso sucedía, sentía remordimientos por haber desconfiado de Harris y de la doctora Cassi. De hecho, buscaba el instante oportuno para deshacerse de él, pues ya no iba a necesitarlo. Lo sentía por Ginés, pero aquel lugar no era la secta tenebrosa que habían imaginado, sino un grupo acogedor en el que emprender una nueva vida. Sin embargo, no hallaba el momento, así que aún seguía ahí escondido. No quería que la pillaran en falta.

A veces barajaba la posibilidad de mandarle un mensaje a Ginés diciéndole que estaba bien, pero que abandonaba su investigación al considerar que todo estaba en orden y que había hallado un nuevo horizonte en su vida. Sin embargo, sabía que ese mensaje haría que su amigo se preocupara por ella, cuando no había motivo alguno para hacerlo. No quería tener que estar dándole explicaciones innecesarias y arriesgarse a que la pillaran con el móvil. Ginés era capaz de presentarse allí y montar un follón, y Cleo no quería eso porque podría generar desconfianza hacia ella en los miembros de Lucid Temple. Lo que deseaba era integrarse plenamente, como Ana y otros compañeros.

Solo quería estar en paz y ser feliz. Y paz, de momento, era lo que tenía.

37

Siete semanas en Lucid Temple

La vida transcurría con tranquilidad para Cleo. Se había habituado a las normas de Lucid Temple y ella creía que se sentía bien consigo misma. Sin embargo, un día ocurrió algo que vino a trastocar su paz y también a darle más emoción a sus días en el centro.

Una mañana, cuando fue a ayudar a Nuria en las tareas de la recepción, se presentó un hombre. Tenía una edad parecida a la de Cleo, unos treinta años, y buscaba información para inscribirse en el curso de sueños lúcidos para principiantes, es decir, en el grado de botón de bronce. Según dijo, alguien había dejado una octavilla del centro en el parabrisas de su coche. Se llamaba Adrián y a Cleo le pareció bastante atractivo.

Tenía el pelo oscuro y ensortijado, y sus ojos eran

profundos, casi negros. Su mirada era atrayente, magnética. Su cuerpo, alto y atlético en su punto justo. A Cleo nunca le habían gustado los cuerpos esculturales de gimnasio, como la mayoría de los policías amigos de Ginés que había tratado a lo largo de los años. Casi todos sus amores habían sido policías o periodistas. Por eso, en su día, se fijó en Dimas, su exnovio, que había aparecido con anterioridad en un sueño lúcido; porque no era demasiado fornido.

Sus relaciones sentimentales no habían acabado especialmente bien. Cleo tenía sus carencias tal vez propiciadas por el abandono de su padre y, de alguna manera, se las arreglaba para boicotear sus relaciones antes de que fueran a mayores. En cuanto la cosa se ponía un poco seria cortaba o hacía que ellos desaparecieran para evitar el compromiso, porque en realidad no se creía merecedora del amor de nadie.

Sin embargo, notó una conexión inmediata con Adrián.

—Busco información sobre el curso de los sueños lúcidos —les dijo a ambas.

Cleo se lo quedó mirando sin decir nada.

—¿Ha tenido sueños lúcidos anteriormente? —preguntó Nuria.

—En realidad, no. Todo lo más, falsos despertares.

Los falsos despertares a los que hacía referencia

Adrián se producen cuando la persona cree haber despertado de un sueño, aunque en realidad no lo ha hecho. Todo lo que pasa alrededor del soñador es tan real que le invita a pensar que está despierto, aunque siga soñando. Eso podía ser la antesala de la lucidez, así que se trataba de un buen comienzo.

—Bien. No importa si no los ha tenido aún —comentó Nuria—. Para eso estamos aquí. Le enseñaré el centro. Ah, y esta es una de nuestras alumnas aventajadas, Cleo. Ella podrá darle testimonio de la eficacia de nuestros métodos.

En Lucid Temple consideraban que la presencia de Cleo o de algún otro alumno botón de oro podía ser un incentivo para que los potenciales alumnos se matricularan en los cursos. Esa era la motivación para que Cleo asistiera a la recepción de nuevos fichajes.

—Encantado —dijo él esbozando una amplia y franca sonrisa.

Luego los tres realizaron un recorrido por las distintas zonas de libre acceso del centro y Nuria le fue explicando paso a paso toda la información relativa a los cursos y a su hipotética inscripción, lo mismo que había hecho con la periodista en su día. Sin embargo, Adrián apenas la miraba porque no apartaba la vista de Cleo, que a su vez lo miraba a él con algo de timidez. En esos instantes lamentó estar hecha un adefesio. Se guro que tenía ojeras y su pelo era un desastre. Desde que estaba en Lucid Temple había descuidado mucho su aspecto. Allí solo les importaba que la persona estuviera dispuesta a dormir y para ello no hacía falta un gran vestuario ni excesivos cuidados. Y al no disponer de espejos se hacía difícil saber cuál era la imagen que proyectaba en los demás.

Fue en ese momento cuando Cleo se dio cuenta de que entre ellos había química, cosa que no le pasaba con frecuencia, por lo que, sin que sus interlocutores lo notaran, hizo una verificación de la realidad, e intentó atravesar la palma de su mano derecha con el dedo índice de la izquierda, por si aquello se trataba solo de un sueño.

Casi todas sus relaciones habían empezado de igual modo… un gesto, una mirada, sin apenas cruzar unas palabras. Hay quien dice que para saber si nos interesa una persona bastan unos segundos, que en poco tiempo podemos sentir si alguien nos atrae, independientemente de que existan o no puntos en común. Y este era el caso. Tal vez no había ninguno entre ellos, pero le atraía. Ese era también el motivo por el que muchas de sus relaciones habían fracasado, por precipitarse a la hora de elegir. Pero no podía evitarlo. No le gustaban muchas personas. No era enamoradiza, pero cuando le atraía alguien se lanzaba a la piscina sin importarle las consecuencias. Aunque, si le gustaba de verdad, la faceta tímida de Cleo salía a relucir especialmente al principio de la relación, como le estaba ocurriendo en ese momento.

Al finalizar la visita, ambos pudieron estar solos unos minutos, ya que Nuria fue a coger unos impresos para la inscripción. Pero Cleo apenas logró articular palabra. Estaba demasiado nerviosa.

—Tú, que eres botón de oro, ¿qué me aconsejas? ¿Que haga el curso? ¿Servirá de algo? ¿De verdad se consiguen tener sueños lúcidos?

Cleo se quedó paralizada unos instantes antes de responder. ¿Dónde había quedado su empuje y su desparpajo? Siempre se había distinguido por ser una persona lanzada en lo tocante a su trabajo, pero en las relaciones personales era otra cosa, ahí fallaba, sobre todo si quien tenía delante le gustaba mucho.

—Yo... yo lo haría, desde luego que sí —dijo con voz titubeante—. Claro que se tienen y una vez que los experimentes no querrás parar.

—¿Y tú tienes sueños lúcidos con frecuencia?

—Sí, los tengo muchas noches.

—¿Y cómo son?

—Es algo maravilloso, pero no sabría cómo definirlos. Hay que vivirlo. Aquí podrías aprender a tenerlos, como lo hice yo.

—¿Y esto? ¿Qué es? —preguntó señalando el botón de oro que Cleo sostenía con la mano derecha y que no había parado de acariciar durante toda la visita.

Cleo se insufló de valor antes de contestar.

—Oh, es una consigna entre los alumnos del centro. Pero para saber por qué y para qué lo utilizamos me temo que tendrás que matricularte —dijo guiñándole un ojo.

—Si así puedo seguir viéndote... me lo pensaré.

«Pero di algo... ¡Seré idiota!».

No supo qué decir, así que se limitó a sonreír. Y fue así, con un simple gesto, como comenzó una relación especial entre ellos. Sin embargo, Cleo ignoraba que en Lucid Temple no estaban contempladas este tipo de conexiones. Por algún motivo que se le escapaba no querían que los alumnos mantuvieran relaciones sentimentales y no tardó en averiguarlo.

Sin duda, tuvo que ser Nuria quien le fue con el cuento a Harris y la doctora Cassi, o tal vez alguien los viera hablando en el jardín una vez que Adrián se matriculó como botón de bronce. Al estar en clases distintas no coincidían muy a menudo, pero cuando lo hacían, casi siempre en el jardín, ambos notaban que, si se dejaban llevar, podría haber algo entre ellos y hacían lo posible por estar juntos. Él le gastaba bromas y de vez en cuando se cogían de la mano como dos colegiales.

Algo muy inocente, por el momento. Sin embargo, Cleo desconocía que sus pasos eran vigilados muy de cerca.

En este sentido, Lucid Temple era como una empresa férrea y no permitía que sus «empleados» intimaran más de la cuenta. Así que un día le dieron un toque de atención.

—Hemos notado que te has fijado en un botón de bronce —le comentó la doctora Cassi.

—¿Cómo? ¿Qué? —Cleo no daba crédito a lo que escuchaba.

«¿Qué importa eso?».

—Adrián. Sabes de quién te hablo, ¿verdad?

—Sí, pero ¿qué pasa con él? Solo somos amigos.

—Hemos percibido que existe una buena sintonía entre vosotros. Quizá demasiado buena.

—Pensaba que eso era positivo, que hubiera un buen ambiente entre compañeros. Además, se me pidió que fuera simpática con él o con cualquier posible alumno.

—Una cosa es el buen ambiente, que lógicamente aprobamos, y otra las relaciones demasiado personales.

—No hacemos nada malo. De hecho, aún no ha pasado nada entre nosotros.

«¡Ni siquiera nos hemos besado!».

—Por eso te lo comento, antes de que suceda. No es

conveniente, Cleo. Te distraería de tu objetivo, de conseguir mantener y ampliar tu lucidez. Y este tipo de relaciones acaban por enturbiar tu progreso en el centro. Es más, tampoco a él le permite avanzar en su largo camino hasta el despertar de la lucidez.

Aquello la desarmó. Parecía que en el centro se tomaban muy en serio su escalada y no querían que hubiera distracciones externas que pudieran perturbar a los alumnos aventajados.

Entonces Cleo decidió que lo mejor era respetar lo que le demandaban. Pero no resultaba fácil. Tener la tentación tan cerca y a la vez tan lejos le hacía sentirse frustrada. A Adrián no le habrían dicho nada, pensó Cleo. Tal vez era demasiado novato para venirle con imposiciones de ese tipo. Aquello podría hacer que abandonara el curso. Por eso, cada vez que tenía ocasión, se acercaba a ella, mientras que Cleo empezó a comportarse de manera evasiva.

Pero aunque pusiera tierra de por medio, todo ello la distraía de su objetivo. Eso era un hecho. Tanto, que Cleo empezó a perder lucidez y no llegaba a alcanzarla tan a menudo como antes.

Y esto a ojos de Lucid Temple podía convertirse en un obstáculo.

Sin embargo, aunque mantuvo las distancias al principio, no pudo hacerlo por mucho tiempo. Adrián le preguntaba si le pasaba algo, si había algún problema con él, y la periodista no sabía qué decir ni cómo actuar, así que optó por hacer caso omiso de las normas y volvió a comportarse como antes, es decir, dejándose llevar por la situación. Fue así como se dieron su primer beso, aunque ignoraba que este gesto pudiera costarle tan caro.

38

Adrián trabajaba en una compañía discográfica, aunque su sueño era convertirse en guitarrista profesional. Para ello acudía a clase un par de veces por semana en una pequeña escuela de música en el barrio de Lavapiés, al sureste de la almendra central de la ciudad. Sabía que no era mucho tiempo el que le dedicaba al instrumento, pero su trabajo le impedía ir más a menudo a las lecciones. Sin embargo, en casa practicaba todo el que podía, quitándoselo a otras actividades que consideraba menos relevantes. Y de vez en cuando tocaba en algún garito de la capital junto a un grupo de amigos que tenían aspiraciones similares.

También sabía que no era lo suficientemente bueno para llegar a ser un músico de éxito, pero no cejaba en su empeño de convertirse en guitarrista, pese a que a su alrededor hubiera personas que intentaran disuadirle de continuar por ese camino, sobre todo su exnovia.

«Para eso hay que tener un talento especial», le decía Diana, cuando aún estaban juntos.

«Mira a Mozart. Empezó a tocar el piano con tres años, y ya era un portento. Por mucho que quieras, nunca llegarás a ser como él. Harías mejor en centrarte en otras cosas», argumentaba ella.

Adrián tampoco pretendía ser Mozart, tan solo quería vivir de la música, aunque fuera modestamente; vivir feliz y contento, sin presiones.

Diana, como buena arquitecta, era pragmática. Tenía una vida muy ordenada y lineal, algo que no casaba bien con la forma soñadora de ver el mundo de Adrián. Pese a que habían estado juntos dos años, sus mundos eran opuestos. Adrián era idealista, desorganizado y algo alocado. Y Diana, todo lo contrario. Pensaba que había que planificar todo, como si de un proyecto de arquitectura se tratara, y dejaba poco espacio a la improvisación.

En lugar de apoyarle, le desanimaba, algo que con el paso del tiempo fue minando el interés de Adrián y el de la propia Diana. De hecho, acabaron dejándolo. O fue más bien ella quien tomó la decisión, pero podría haber sido él. Decía que necesitaba alguien a su lado que le ofreciera estabilidad y confianza en el futuro, y esa persona no parecía ser Adrián. Ella quería casarse y tener hijos ya. Y Adrián no estaba por la labor.

Pasados nueve meses de la ruptura, Adrián encontró una octavilla en el parabrisas de su coche. «¿Quieres soñar en grande?», rezaba el texto de la publicidad. «Los sueños lúcidos son la respuesta». Estuvo a punto de tirarla a una papelera, pero por algún motivo guardó la octavilla en la que figuraba la web de Lucid Temple.

Luego, ya en casa, indagó un poco acerca de esa prometedora propuesta. Descubrió que mediante los sueños lúcidos era posible practicar actividades como tocar un instrumento y aprovechar mejor el tiempo empleado soñando, ya que servía para progresar durante la vigilia. Y decidió pasarse por la escuela para averiguar si eso era cierto.

Fue allí donde conoció a Cleo, que le deslumbró desde el primer contacto. La posibilidad de practicar con una guitarra imaginaria en sueños también le pareció interesante, pero si se matriculó en la escuela fue en gran medida por los deseos de volver a ver a Cleo.

La joven lucía acusadas ojeras, pero en sus ojos se apreciaba un brillo indescriptible. El entusiasmo con el que hablaba de la lucidez y la promesa de que él también iba a experimentar ese prodigio fueron determinantes para que se apuntara al curso.

Sin embargo, había algo extraño en esa joven, algo que le atraía y le asustaba al mismo tiempo. Sabía que si ella se lo proponía podría destrozarle el corazón. Igual que Diana. No sabía por qué siempre tenía que fijarse en mujeres complicadas. Y Cleo lo parecía. No era como el resto de las mujeres a las que había conocido. A decir verdad, se le antojó raro que estuviera tan apegada a ese centro de enseñanza. ¿Tal vez se llevara algún tipo de comisión por cada alumno que consiguiera captar?, pensó al principio.

No entendía su vínculo con la escuela. Eso le echaba un poco para atrás. El hecho de que viviera allí le hizo plantearse si, a la larga, no sería una relación con altibajos. Pero lo cierto es que cuando estaba a su lado se sentía el hombre más dichoso del mundo. Confiaba en que esa situación inusual fuera temporal, que ella regresara a su casa algún día no muy lejano. En consecuencia, iba a la escuela a horas en las que no tenía clase, solo para coincidir más con ella.

Al principio, no le dijo nada sobre sus dudas. Creía que ella podría tomarlo por una persona controladora, y en absoluto era esa su pretensión. No tenía suficiente confianza para manifestarle sus temores. Se conformaba con verla en las instalaciones de Lucid Temple, aunque no entendiera su manera de comportarse y de actuar. Poco después se dieron el primer beso. Una invitación de que algo mejor estaba por llegar.

Un punto fuerte era que Cleo lo apoyaba en su carrera musical. Al contrario que su exnovia, no pensaba que sus sueños fueran naderías. Decía que había que luchar por lo que uno quería en la vida, aunque la batalla fuera dura y difícil, y que ella estaba cumpliendo su sueño de ser feliz en Lucid Temple mediante el desarrollo de la lucidez.

A medida que la relación se fue afianzando (lo poco que se podía afianzar dadas las circunstancias), él necesitaba más de ella. Y así pensaba decírselo a la menor oportunidad. Les había hablado a algunos amigos sobre ella y todos estaban deseosos de conocerla, algo que en esos momentos no era posible. Y que él no acababa de comprender. Debía pasar a la acción, aunque fuera de manera suave y sutil. Hablaría con ella y le transmitiría sus inquietudes. Entendía que Cleo tuviera sueños, y lo respetaba (¡cómo no, si él también los tenía!). Pero ¿qué clase de sueños podrían tener juntos si siempre estaba ahí metida?

Pensaba que había un punto intermedio en el que ambos podrían coincidir y estaba dispuesto a luchar por ello.

39

Nueve semanas en Lucid Temple

Ernesto no se fiaba de Cleo.

Desde el principio había habido mala onda entre ambos. De hecho, no estaba de acuerdo con que se le dieran responsabilidades dentro del centro, no al menos tan pronto, y se había quejado a Harris. Pero el director no le había hecho mucho caso y eso aún le ponía más furioso.

Para Harris, Cleo era una alumna aventajada con una capacidad asombrosa para acceder a la lucidez. Independientemente de sus aciertos o fallos, así había quedado demostrado a lo largo de las pruebas que le habían ido realizando y no estaba dispuesto a perder esa baza.

Sin embargo, por su cuenta, Ernesto había investigado a Cleo y descubrió que era periodista, aunque se hubiese presentado ante ellos como teleoperadora, un detalle que le hacía sospechar más de ella.

No obstante, cuando se lo comunicó, Harris le restó importancia.

—Puede que sea periodista, pero se ha adaptado perfectamente a nuestros métodos y filosofía de vida. Además, tú mismo has dicho que ya no ejerce como tal. No podemos cerrarles las puertas a personas válidas por cuestiones como esta —fue la tajante respuesta de Harris.

Ernesto, frustrado por la situación, decidió no quitarle el ojo de encima. Y el hecho de que ahora estuviera tonteando con uno de los alumnos del centro le dio la oportunidad perfecta para cargar contra ella.

—Puede convertirse en un problema. No para de tontear con un botón de bronce —le dijo un día a Harris.

—¿Ves? Eso sí que nos preocupa. Habrá que hacer algo al respecto.

Cleo, ignorante de este panorama, continuó viéndose con Adrián. Podría decirse que, de modo un tanto atípico, se había desarrollado una relación especial entre ambos.

Este no acababa de entender por qué Cleo vivía de manera indefinida en el centro. Se le hacía extraño que una mujer independiente estuviera en una escuela en la que teóricamente se daban cursos en los que no debería existir una convivencia tan estrecha. Cleo intentó hacerle entender que su vida había cambiado y que ahora residía en ese centro porque le hacía feliz.

—Pero ¿por qué no puedes vivir en tu casa? Practicar allí. ¿Qué diferencia habría? No acabo de comprenderlo —dijo cogiéndole la mano.

Estaban en el jardín, situados en el lugar más discreto que habían encontrado para poder hablar.

—Porque las prácticas se realizan sobre todo de noche. Es lógico que pernoctemos en el centro. Harris dice que cualquier distracción podría desviarnos de nuestro propósito de alcanzar la lucidez y empeorar nuestras reservas lúcidas.

—¿Y no te parece un poco exagerado ese planteamiento? ¡Te aísla del mundo! ¿Es que no deseas ver a tu madre y tus amigos? —Adrián hizo una pausa antes de añadir—: Y verme a mí… fuera de este edificio.

Cleo tomó aire antes de contestar.

—Claro que sí, pero de momento no es posible.

—Pero ¿cuándo? ¿Cuándo volverás a tu vida de antes? —La impaciencia se percibía en su tono de voz.

Esa era una buena pregunta. Su vida de antes. ¿A quién le importaba?

—Ahora mismo no lo sé. Cuando sea el momento, será —fue su hierática respuesta.

No podía hablarle de tantas cosas que resultaba difícil que él la comprendiera. No podía contarle lo de las misiones, tampoco sincerarse sobre las infusiones de Diego el Chamán, ni de cómo pasaban el tiempo dentro de Lucid Temple. Todo eso estaba prohibido, así se lo habían hecho saber sutilmente.

Quizá Cleo había tomado a la ligera el aviso de Harris y aunque intentaba ser cautelosa, se comportaba de manera contraria a como le habían pedido que hiciera, pero no podía remediarlo. Adrián le gustaba, aunque se daba cuenta de que esa relación estaba abocada al desastre desde el inicio. Sobre todo cuando la amenazaron con mandarla a la recámara si no deponía su actitud. Según ellos, su nivel de lucidez estaba bajando y tal cosa significaba que ya no tenía tantos sueños lúcidos como antes.

En ese instante apareció Ernesto, que los vigilaba desde la lejanía.

—¿Tiene clase ahora? —le preguntó a Adrián con sequedad.

—No, dentro de una hora.

—¿Y qué hace aquí entonces?

—Pues ya ve, estoy hablando con Cleo.

Ernesto ignoró a Adrián. Luego miró a Cleo y dijo:

—Creo que te buscaba Diego. Deberías estar con él. Ya sabes por qué.

—¿Quién es Diego? —intervino Adrián.

—Eso no es de su incumbencia —replicó Ernesto de malas maneras.

Cleo se levantó con la intención de dirigirse hacia la cocina. Adrián se quedó cortado, sin saber cómo reaccionar. Pensaba que ella diría algo en su favor. ¿Quién era ese tal Ernesto, su padre? Estuvo a punto de decir algo, pero pensó que era mejor no hacer nada para no complicar la situación de Cleo. La reunión se disipó de una forma que Adrián juzgó extraña. ¿Qué pasaba allí dentro?

De un modo u otro todos sus encuentros, por inocentes que fueran, eran controlados por alguien. Allí había demasiados ojos presentes para saltarse las normas. Incluso Ana, su compañera de cuarto, previno a Cleo una noche después de la cena, cuando ya se encontraban en la habitación.

—Ten cuidado —le dijo—. Aquí todo el mundo se entera de lo que ocurre. Hasta yo me he dado cuenta de lo que pasa con Adrián.

—Pero es que no es nada malo, Ana.

—Va contra las normas. No quieren que estrechemos lazos. No es la primera vez que sucede y la otra historia acabó mal.

—¿Pasó antes? ¿Qué fue lo que ocurrió?

—Da igual. Acabó mal, ya te lo he dicho. Eso es lo

que tienes que saber. Eso y que me han pedido que te vigile.

—Cuéntamelo —insistió Cleo.

Ana se rascó la sien y con voz resignada contestó:

—Una alumna aventajada, que estaba haciendo un entrenamiento especial, se fijó en uno de los botones de oro. A ella la echaron del programa y más tarde abandonó el curso, o eso nos dijeron.

—¿Y el botón de oro?

—Al botón de oro lo metieron en la recámara una temporada. Cuando salió casi no recordaba ni su nombre. Luego se puso malo y desapareció del centro. No querrás que a ti te pase eso, ¿verdad? Aléjate de él. Es lo mejor para ti y para Adrián. ¿Me oyes? ¡Olvídate de ese chico! Puede ser peligroso para ti.

Sin embargo, pese a las advertencias y aunque Cleo se esforzara por mantener las distancias, había algo que nadie podía controlar… ni siquiera ella misma: sus sueños. Y Adrián empezó a colarse en ellos.

Una noche, mientras estaba en el templo realizando una misión, esta quedó interrumpida por la aparición de Adrián durante un sueño lúcido. Este le pedía que fuera con él a su casa, que abandonara su cometido de esa noche y Cleo cedió, porque era lo que realmente deseaba. Fue así como estuvieron solos por primera vez. Luego, después de una cena romántica, ambos dieron rienda suelta a sus instintos. Sí, era solo un sueño. Pero, aunque solo se tratara de eso, para Cleo fue una experiencia inolvidable. Era la primera ocasión que la periodista mantenía sexo en sueños desde que estaba allí.

Los sueños lúcidos parecen tan reales como la vida misma. La intensidad que se alcanza desde el punto de vista emocional es muy alta y todo lo que se vive se percibe como auténtico.

Adrián había aparecido como respuesta a la censura que experimentaba en la vigilia y con su llegada había dado al traste con la misión que le había encargado la doctora Cassi.

Lógicamente no podía contarle la verdad de lo ocurrido. Eso pondría en el punto de mira a Adrián, así que no le quedó más remedio que inventarse algo. No pudo revelar que había alcanzado la lucidez, porque le habrían pedido toda suerte de detalles, y optó por decir que no había logrado estar lúcida y que, por tanto, no había podido cumplir con el objetivo trazado de antemano.

En los sueños lúcidos teóricamente podemos controlar todo: escenarios, personajes, acciones… Pero a veces nuestros deseos más íntimos se imponen a la acción. Si lo que pretendemos es hablar con un guía espiritual, que nos aconseje, pero no tenemos claro nuestro propósito, a buen seguro aparecerán «distracciones» por el camino. Esas distracciones pueden ser personajes que nos hablan e interfieren en el plan que previamente nos hemos fijado. Y, en el caso de Cleo, Adrián era su distracción, porque lo que ella realmente deseaba era estar con él.

A la doctora Cassi no le hizo ninguna gracia que Cleo no hubiera alcanzado la lucidez y lo manifestó haciendo un chasquido con la lengua. La periodista no podía decirle que en realidad sí la había logrado, pero que había preferido soñar por su cuenta antes que cumplir con la misión que le había asignado.

Soñar por su cuenta.

¿Desde cuándo no lo hacía? Siempre había misiones de por medio, encargos de Harris o de la doctora Cassi. Visitar a gente que no conocían de nada para rebuscar en su vida los trapos sucios, como le había dicho Marcos en su día. Empezaba a ser molesto tener que cumplir con unos objetivos que tampoco sabía muy bien para qué servían. Nunca les decían si habían tenido éxito, ni por qué esas personas eran enemigas de Lucid Temple.

Por las mañanas, antes de comenzar el día, tenían que apuntar sus sueños en el diario y este era supervisado por Harris o la doctora. Sus deseos más íntimos, sus frustraciones, sus traumas... todo quedaba al descubierto. No eran libres para elegir sus sueños. ¿Hay mayor esclavitud que esa? Una cárcel para el alma.

Pero lo peor aún estaba por llegar.

40

Después de la misión fallida, la actitud de sus mentores cambió con respecto a Cleo. Ya no la trataban con la cortesía que habían manifestado al principio. Era como si de nuevo estuviera a prueba. Como si el terreno que había ido ganando poco a poco y con esfuerzo le hubiera sido arrebatado de un plumazo.

Una noche la reclamaron en el templo, pero no únicamente para cumplir con una misión, sino para practicar otra técnica de lucidez. Ni Harris ni la doctora Cassi se resignaban a dejar escapar a una de sus mejores alumnas por distracciones o tonterías.

—Estás perdiendo lucidez y por eso te hemos convocado para enseñarte una nueva técnica. Quiero que prestes atención —le dijo Harris con frialdad.

Cleo lo miró fijamente e intentó no perder detalle de sus explicaciones. Estaba sentada en la butaca del templo mientras Harris y la doctora Cassi permanecían de pie, a su lado, dispuestos a empezar con las instrucciones.

—Se llama SSILD (*Senses Initiated Lucid Dreams*) —continuó Harris—, aunque nosotros la conocemos como «Una técnica muy misteriosa». El porqué de este nombre es debido a que nadie sabe demasiado bien de qué manera funciona, pero el caso es que se obtienen excelentes resultados. La mayoría de las técnicas que conoces, una vez que se practican por un tiempo, tienden a perder efectividad, cosa que no ocurre con SSILD. Aquí cuanto más se ejercita, mayores son los beneficios. Es una técnica de origen chino y para su práctica se emplean los sentidos. Además, se utiliza en combinación con otras metodologías como WBTB (*Way Back to Bed*), que ya conoces, el famoso «Despierta y de vuelta a la cama». Es decir, que dormirás primero cuatro o cinco horas, te despertaremos con un timbre y pondrás en práctica la técnica SSILD antes de volver a dormirte.

—Se trata de completar un ciclo de tres pasos —apuntó la doctora Cassi—. ¿Lo comprendes? —La doctora miraba a la periodista con fijeza, como si esta no fuera capaz de seguir el hilo de lo que le estaba contando.

Cleo asintió.

—Cuando te despiertes pasarás un rato levantada leyendo tu diario de sueños y luego volverás a la cama.

El paso primero es prestar atención a la vista. Para ello cerrarás los ojos y pondrás atención a la oscuridad tras tus párpados. Es importante que tus ojos estén relajados y que no te esfuerces por visualizar nada. Solo limítate a observar.

Harris retomó la palabra.

—En el paso dos pondrás atención a tus oídos. Trasladarás tu atención desde la vista a los oídos y escucharás lo que sucede a tu alrededor. Puede que oigas sonidos externos del ambiente o sonidos internos, como el latido de tu corazón o tu respiración. O simplemente que percibas el sonido del silencio. Pondrás todo tu foco en ello.

Cleo se limitaba a asentir con la cabeza, al tiempo que tomaba nota mental de las explicaciones.

—El paso tres tiene que ver con la cenestesia. Se trata de percibir la sensación interna de tu propio cuerpo. Tendrás que enfocarte en él —dijo la doctora—. Pueden ser sensaciones de pesadez o de ligereza, cosquilleos, vibraciones o puedes centrar la atención en la temperatura o en los puntos de apoyo corporales. Es importante que no busques esas sensaciones, sino que observes si se producen. Tal vez no ocurra nada o no percibas nada anormal.

—Repetirás este ciclo varias veces, primero de manera breve deteniéndote cuatro o cinco segundos en cada fase. Lo harás entre cuatro y seis veces. Después, repetirás el ciclo de forma más pausada. Te detendrás unos treinta segundos en cada fase y repetirás el ciclo tres o cuatro veces.

—¿Y si me distraigo y pierdo la concentración? —preguntó Cleo.

—Eso no importa. Si eso ocurriera limítate a empezar el ciclo de nuevo. Cuando acabes, ponte en tu posición habitual de dormir y descansa hasta quedarte dormida.

—¿Y qué pasará luego?

Harris se apresuró a responder a su duda.

—Hay cuatro cosas que pueden suceder. Que entres en hipnagogia. En ese caso debes aprovechar esa circunstancia para acceder a la lucidez mediante la técnica WILD, que ya conoces. También puede ocurrir que se produzca la lucidez mediante la técnica DILD, que también conoces, es decir, que te des cuenta de que estás soñando y alcances la lucidez; o bien que experimentes un falso despertar o un despertar real.

—Así que ahora presta atención a las imágenes que van a salir en la pantalla, fíjate en ese hombre y cuando alcances la lucidez ve a por él. Es un enemigo de Lucid Temple y queremos saber qué oculta.

Cleo miró hacia la pantalla y vio a un hombre calvo y gordito con gafas. Su rostro parecía un poco alargado, igual que los de Harris y la doctora, seguramente debido a la infusión que había ingerido en la cena.

Como casi siempre, había imágenes en movimiento. Daba la impresión de que el hombre hubiera sido grabado realizando alguna actividad cotidiana. Pero la mayoría de las imágenes que se mostraban eran fotografías estáticas en distintos momentos de su día a día. Cleo fijó toda su atención en él y procuró memorizar sus rasgos. Luego se acostó a dormir, esta vez sin las gafas especiales, ya que la iban a despertar con un timbre, y se dejó llevar.

Cleo avanzaba por un camino de tierra en un día luminoso y sin nubes. Iba despacio, observando el terreno. Al poco tiempo empezaron a aparecer lápidas a los lados del sendero. Se hallaba en un cementerio antiguo y desconocido para ella. La hiedra y el musgo estaban adheridos a las tumbas, y configuraba un panorama decadente y añejo. Al final de la avenida se extendía un acantilado y más allá el mar. Cleo se aproximó al acantilado y poco después se fijó en una mujer vestida de negro que lloraba junto a una de las lápidas.

Al aproximarse más comprobó que se trataba de su propia madre.

—¿Mamá? ¿Qué haces aquí? —preguntó extrañada.

La mujer se volvió lentamente y la miró con ojos acuosos.

—¿Hija? ¿Dónde estás?

—Estoy aquí, mamá. ¿No me ves?

—No estás aquí. Hace mucho que no estás. Me tienes abandonada.

—Mamá, pero ¿qué dices? Ya te comenté que estoy trabajando.

—¿Trabajando? ¿Qué trabajo es más importante que tu madre? ¡Te necesito!

—¿Has hablado con Ginés? Él sabe en qué ando metida y lo que estoy haciendo. Le pedí que cuidara de ti.

—¿Y qué estás haciendo? —Sin esperar respuesta añadió—: ¿Qué estás haciendo con tu vida?

—Estoy practicando la lucidez e intentando darle un sentido a mi vida.

Su madre se giró hacia la lápida sobre la que había estado llorando y sentenció:

—¿Ves lo que pasará? Antes tenía una hija.

Cleo miró también hacia la lápida y descubrió que el nombre que aparecía en ella era el suyo. ¿Estaba muerta? No era posible.

—Mamá, no he muerto. ¡Estoy aquí!

—¿Aquí? ¿Dónde? Si de verdad no has muerto, ven a verme. Llámame, dime algo. No puedo estar tanto tiempo sin ti.

—Lo haré, mamá. Lo haré.

Cleo se echó a llorar al tiempo que sonaba el timbre en Lucid Temple.

La periodista se enjugó una lágrima que resbalaba por su mejilla derecha. Aquel sueño no lúcido había conseguido perturbarla más de lo que imaginaba. Quizá su madre la necesitaba o al menos precisaba tener noticias suyas y ella estaba en un lugar donde no podía tener contacto.

¿No podía realmente? Ellos dijeron que si era necesario podría hacer una llamada. Quizá era hora de reclamar esa posibilidad.

Cuando la doctora Cassi accedió a la habitación, Cleo disimuló. Aún tenía que cumplir con el protocolo de la técnica SSILD. No podía permitirse llorar, aunque era lo que le pedía el cuerpo.

—¿Te ocurre algo? —preguntó la doctora. Quizá había notado algo anormal en su rostro.

—No, no. Estoy bien.

—En ese caso, ten tu diario de sueños. Lee un rato su contenido y después inicia la técnica que te hemos explicado.

A continuación, se retiró y la dejó a solas en el templo.

Pero pese a su empeño, Cleo ya no pudo centrarse convenientemente en la técnica SSILD ni tampoco fue capaz de alcanzar la lucidez esa noche, como se le demandaba. Necesitaba hablar con su madre, decirle que estaba bien y comprobar si ella también lo estaba.

Por la mañana, las caras de fastidio de Harris y de la doctora lo decían todo. No les había sentado nada bien que Cleo no hubiera sido capaz de acceder a la lucidez. Y ella no podía mentirles. Mejor dicho, sí podía, pero habría sido descubierta enseguida. Tal vez podría haberse inventado algo, pero no habría servido de nada, ya que lo que se le pedía eran datos concretos sobre el individuo de la pantalla.

No podía inventarse nada creíble, y más teniendo en cuenta que, de algún modo, lo iban a verificar. Ahora era su madre quien realmente le preocupaba. En ese instante pensó que sería contraproducente mencionar la llamada que pretendía hacer. Luego probaría suerte con Nuria. Quizá ella fuera menos estricta ante su demanda.

41

Antes del desayuno la doctora Cassi se retiró a dormir y Cleo aprovechó para abordar a Nuria, que acababa de llegar. Quería hacer su llamada. El sueño de la noche anterior había conseguido inquietarla en extremo y en esos momentos su prioridad era hablar con su madre.

Los únicos teléfonos fijos que había en el centro —o que al menos Cleo había visto— estaban en la secretaría y en el despacho de Harris. Tuvo que entregar su móvil al comienzo de su entrenamiento especial, aunque aún le quedaba el teléfono de repuesto que había escondido en la habitación que compartía con Ana. Cleo sopesó utilizarlo, pero valoró que, antes de incumplir las normas, era mejor solicitar la llamada por las buenas.

Sin embargo, su demanda no fue atendida como ella hubiera deseado. Nuria más bien se mostró inquisitiva.

—¿Una llamada? ¿Para qué? ¿Y a quién?

—A mi madre. Necesito hablar con ella y decirle que estoy bien. No tiene noticias mías desde que estoy en Lucid Temple.

Entonces, tras un breve silencio, comenzaron las excusas.

—Creo que la línea telefónica está estropeada. De todas formas, tendré que consultarlo con Harris.

—Harris me dijo que si era necesario podría hacer una llamada al exterior. Bien. Pues quiero hacerla.

—Lo consultaré cuando acabe la clase y te diré algo, si es que funciona el teléfono.

Cleo insistió. Lo del teléfono estropeado sonaba a pretexto y por muy obnubilada que estuviera no coló.

—No puedo esperar. ¡Necesito llamar ya! Préstame tu teléfono móvil y acabaremos antes.

La periodista estaba convencida de que si dependía de Harris, esa llamada no se produciría. Y más después de ver sus últimos resultados en cuanto a lucidez se refería.

—No puedo darte acceso al teléfono sin consultarlo. Espera a que hable con Harris, por favor.

Cleo se marchó contrariada al comedor. Estaban a punto de servir el desayuno. Allí se sentó junto a Ana y trató de averiguar si alguna vez, desde que estaba allí, había tenido un teléfono en sus manos. Su respuesta no pudo ser más desalentadora.

—Es que nunca he tenido la necesidad de hacer una llamada al exterior. Ya te conté mi vida —le dijo—. ¿A quién podría llamar?

—No sé. ¿No te parece extraño? Es solo una llamada lo que estoy pidiendo, no entiendo que no quieran dejarme hacerla.

—Va contra las normas —contestó Ana antes de llevarse una cucharada de avena cocida a la boca.

Estaba claro que Ana no se planteaba según qué cosas y que acataba todo lo que le decían sin cuestionarse nada.

Por un momento, Cleo tuvo una chispa de raciocinio.

«No sé qué esperabas si esto es una secta».

Al fin había reparado en esa palabra: secta. Fue entonces cuando cayó en que se había desviado de su objetivo. Había entrado allí para investigar y conseguir su gran reportaje y descubrir qué le había pasado a Conchita. Y ahora estaba atrapada hasta el punto de no poder hacer una simple llamada a un familiar.

Sin embargo, las cosas aún se complicaron más. El día fue transcurriendo y nadie le dijo nada acerca de la llamada, pero después de la sesión de meditación y antes de la cena fue convocada para mantener una pequeña charla con Harris. Cleo se temía lo peor cuando llamó a la puerta del despacho del líder de Lucid Temple.

—Pasa, pasa —le dijo Harris.

Cleo entró y cerró la puerta tras de sí.

—Siéntate, Cleo.

Ernesto también estaba allí, de pie junto a Harris, como fiel guardián que era. Cleo apenas lo miró.

—Nuria me ha dicho que quieres hacer una llamada a tu madre.

—Sí. Eso es.

—Sé que, en su momento, te dije que si era necesario podrías llamar al exterior y no voy a incumplir mi promesa. Pero tu nivel de lucidez ha bajado. No sabemos qué te ha ocurrido. Has pasado de ser una alumna ejemplar a perder la lucidez. Convendrás conmigo en que eso no es lo que esperábamos de ti cuando te ofrecimos formar parte de nuestro programa. Se ha convertido en un problema.

—Sí. Pero si pudiera hacer esa llamada me quedaría tranquila y seguramente recobraría la lucidez —argumentó Cleo en un vano intento por convencerlo.

—Aquí los «seguramente» no cuentan. Cuentan los resultados. Y contigo, lejos de obtenerlos, los estamos perdiendo. Así que me temo que esa llamada no se producirá ahora. No queremos que te distraigas con más cosas del exterior.

Con «más cosas del exterior» se estaba refiriendo claramente a su relación con Adrián.

—Pero necesito hablar con ella.

—Y hablarás… cuando mejore tu lucidez. Por ahora, hemos pensado que lo mejor es que visites la recámara de nuevo. Es un método un tanto expeditivo, pero necesario y aleccionador. Así podrás centrarte en lo realmente importante.

Cleo no supo qué decir. Su mente estaba anulada y apenas le quedaban fuerzas para protestar. Solo se le ocurrió argumentar algo a la desesperada.

—Si mi madre no sabe de mí en mucho tiempo empezará a hacerse preguntas y es posible que acuda a la policía pensando que he desaparecido.

Pero la amenaza velada no surtió efecto.

—Oh, no te preocupes por eso. Ya le hemos mandado un mensaje para que esté tranquila.

—¿Cómo? ¿Cuándo?

—Recuerda que tenemos tu teléfono móvil. Ya nos hemos encargado de eso, así que no debes preocuparte por nada más excepto por tu lucidez.

Cleo recordó que ella misma les había hecho entrega de su teléfono personal. Posiblemente, con malas artes, habían accedido a su PIN, ¡no iban a hacerlo si eran capaces de chantajear a personas de toda condición! O puede que aquello solo fuera un farol de Harris. En ese instante no había forma de comprobarlo.

—Y ahora, por favor, acompaña a Ernesto. Se te servirá la cena ya en la recámara.

«¡¿Cómo he podido ser tan idiota?!».

En ese instante, Cleo se dio cuenta del engaño que había vivido en los últimos meses. Ginés tenía razón: no era tan fuerte mentalmente como había imaginado. En su afán por conseguir su gran exclusiva había minusvalorado los poderes de Lucid Temple y de Harris, y ahora estaba atrapada sin posibilidad de avisar a su amigo. No podía hacer nada en absoluto. Si lo que Harris había dicho era cierto, ¿quién le decía que no pudieran tener acceso a su madre para presionar a Cleo? Revolverse no conduciría a nada bueno y puede que fuera en detrimento de su madre. No le quedaba más remedio que acatar las órdenes de Harris y adentrarse de nuevo en la recámara. Y puede que cuando saliera de allí, si es que salía alguna vez, su mente se hubiera fraccionado para siempre.

No había nada que pudiera hacer. Al menos a ella no se le ocurría nada excepto obedecer.

Ernesto le hizo un gesto con la mano invitándola a abandonar el despacho de Harris para acompañarla a la recámara. En su rostro se adivinaba la satisfacción por haber logrado su objetivo.

Cleo le hizo caso y le siguió hasta la recámara. Una vez allí, Ernesto le dedicó unas palabras, la puntilla final.

—Has sido muy indisciplinada, Cleo. —Su comentario iba acompañado de una sonrisilla cínica—. Pero créeme cuando te digo que aquí aprenderás a comportarte como una auténtica alumna de Lucid Temple. Enseguida te traerán la cena.

La puerta se cerró tras de sí con un sonoro portazo y Cleo se quedó completamente a oscuras.

TERCERA PARTE

Sueño rem

42

Pese a que aún faltaban algunos días para la Navidad, la ciudad ya se había llenado de color y de luz. Los adornos navideños y las luces se habían encendido en todas partes. La gente caminaba frenética por el centro de la villa, cargada con bolsas en busca de sus regalos, y Ginés continuaba sin tener noticias de Cleo. Esa era ahora su máxima preocupación y lo peor es que se sentía atado de pies y manos.

El viejo policía condujo a toda velocidad por la vía en dirección a la comisaría del distrito desde la que su amigo Lucio González le había telefoneado. Algo había pasado en las últimas horas.

Un chico llamado Marcos Prieto se había presentado en la comisaría, en un evidente estado de alteración emocional, y había pedido hablar con Ginés Acosta. Al principio no le hicieron mucho caso. El joven parecía trastornado y contó una historia inverosímil acerca de un grupo al que, según refirió, había pertenecido durante un tiempo.

Ginés aparcó en los estacionamientos reservados para la policía. Él ya no lo era, pero seguramente le perdonarían su falta debido a la urgencia de la situación. Luego se ajustó el cordón de su bota derecha. Daba igual lo fuerte que lo apretara al vestirse por la mañana, que al cabo del día se veía obligado a colocarlo bien al menos un par de veces.

—He quedado con Lucio González —dijo cuando llegó al agente que estaba en la recepción leyendo el periódico. De fondo se escuchaba la radio sintonizada en la frecuencia de la policía.

—¿Su nombre, por favor?

—Ginés Acosta.

—Espere aquí un momento.

El agente marcó la extensión correspondiente y preguntó por su amigo.

—Enseguida le atiende —le informó tras colgar. Luego regresó a su lectura como si Ginés no estuviera.

El expolicía daba golpecitos en el suelo con el tacón de su bota, como si con este gesto pudiera desprenderse de una hipotética lasca de barro. En realidad, era un gesto nervioso que evidenciaba su estado anímico. Intuía que algo no iba bien y se sentía intranquilo.

Pocos minutos después apareció su amigo con una carpeta en la mano.

—Ginés, pasa, por favor —dijo mostrando una gran sonrisa al verle.

Se conocían desde hacía años e incluso durante un tiempo, cuando Ginés aún era policía, habían trabajado juntos.

El viejo policía se apresuró a pasar al tiempo que se despojaba de su abrigo. Lo tenía desde hacía al menos diez años y aunque ya estaba un poco raído, continuaba abrigando como el primer día.

—Hace frío fuera —comentó Lucio frotándose las manos. Luego se acercó a su antiguo compañero y le dio un abrazo.

—Ha pasado mucho tiempo desde la última partida de mus —comentó Ginés—. Hay que repetir con los chicos del bar.

—Tienes razón. A ver si organizo algo y te aviso.

—Bueno, tú dirás para qué querías verme. —Ginés estaba expectante por lo que pudiera decirle.

Ambos atravesaron la comisaría y llegaron al diminuto habitáculo que era el despacho de Lucio.

—Siéntate, por favor.

Ginés le hizo caso.

—¿Qué ha ocurrido?

Su amigo abrió la carpeta marrón que aún tenía en

las manos y consultó los papeles que había en su interior.

—Verás, posiblemente es una locura, pero ante la duda he preferido avisarte.

—Por supuesto —repuso Ginés—. ¿De qué se trata?

—Anoche un joven se presentó en la comisaría. Un tal Marcos Prieto —dijo leyendo el dato en el informe—. Y preguntó por ti.

—¿Por mí?

—Sí. ¿Lo conoces?

—Pues no. No sé quién es.

—Sí. Ya sé que suena raro, pero dijo que solo hablaría contigo. Parecía como si desconfiara de todo el mundo.

—¿Explicó algo más?

—Habló de un grupo y de un lugar en el que, según él, había estado recluido durante el último año y medio. También dijo que había escapado de allí. Pero, si te soy sincero, el agente que estaba de guardia no le hizo demasiado caso. Parecía ido, ya sabes, o tal vez drogado. Y estaba un poco temeroso. No le dio demasiada credibilidad. ¿Tienes alguna idea de por qué preguntó por ti?

Ginés tardó unos segundos en contestar. Valoró la opción de la discreción que le había pedido el padre de Conchita, pero luego pensó que era mejor decir la verdad, aunque sin ofrecer demasiados detalles.

—Verás, Lucio, hace unos meses que investigo, a título personal, un grupo extraño que está ubicado a las afueras de la ciudad. Pero por ahora no tengo pruebas de actividades ilícitas. ¿Mencionó en algún momento un lugar llamado Lucid Temple?

—Creo que no. Realmente parecía desconfiar de nosotros y no quiso contar mucho más hasta hablar contigo. Luego, al ver que no obtenía la respuesta que quería, se fue.

—¿Le tomaron los datos?

—Me temo que no llevaba el DNI encima, ni tampoco tenía una dirección conocida... Dijo que volvería a pasar por la comisaría hoy, pero lo cierto es que no lo ha hecho.

—¡Me cago en la leche! —masculló Ginés—. ¿Y cómo voy a localizarlo entonces?

—No lo sé. Cuando llegué esta mañana tenía el informe encima de mi mesa. Al ver tu nombre, pensé en llamarte. Mira, Ginés, ese chico no estaba bien. El agente insistió en acompañarlo a un hospital para que valoraran su estado mental, pero él se negó. ¿Qué otra cosa podía hacer si el compañero no sabía de tu existencia?

—Ya...

—Hay gente muy loca por ahí, lo sabes perfectamente. De hecho, pensé en no molestarte con esta cuestión. Me fío de mis hombres y si parecía ido es que lo estaba.

—Ya, pero es que alguien que acaba de escapar de una secta puede estar traumatizado o trastornado y no por ello estar loco o ser un desequilibrado. —No había reproche en sus palabras. Era más bien una exposición de la cuestión.

—Cierto. Y sabes que, si hubiera estado yo, te habría llamado enseguida, pero entiende la situación: un tipo, descolocado, digámoslo suavemente, se presenta en la comisaría a las tantas de la madrugada pidiendo hablar contigo, que ni trabajas aquí y los nuevos no te conocen. No da detalles ni quiere abrirse y luego se marcha sin más diciendo que volverá hoy... Y no lo hace. No es lo habitual.

—Lo entiendo. Pero es una faena. En fin, si aparece, por favor, llamadme enseguida. Ya sabes dónde puedes localizarme. Ah, y necesitaré una descripción del chico.

—Claro. Aquí la tienes —dijo tendiéndole un pósit amarillo con unas líneas escritas con letra apretada.

—Gracias, Lucio.

—Esto... Ginés, ¿podrías darme algún detalle más de ese grupo que has mencionado?

El viejo policía dudó unos instantes.

—Verás, sospecho de un grupo sectario, pero no tengo pruebas. Creo que por el momento es mejor que no comparta mis dudas. Es solo una sospecha, pero te mantendré informado en caso de que sea necesario.

—Bien. Entiendo. Si aparece el chico, te avisaremos cuanto antes —comentó estrechando la mano de su amigo.

Ginés abandonó la comisaría preocupado. No podía ser una casualidad que ese joven hubiera preguntado por él y que afirmara haber pertenecido a una secta. Aunque no hubiera dicho el nombre, tenía que tratarse de Lucid Temple. Por su trabajo, Ginés estaba acostumbrado a trabajar con hechos e indicios y había comprobado que las casualidades muchas veces no eran tales.

La falta de noticias de Cleo le inquietaba. Si llegara a ocurrirle algo no se lo perdonaría. Él la había metido en todo eso y quizá —empezaba a valorar— había sido un error. Cleo era una gran periodista de investigación, comprometida con sus lectores y con su trabajo, pero había temas que incluso con su experiencia podrían volverse en su contra. Este parecía ser el caso. Tal vez su afán por perseguir la exclusiva podía hacer que se perdiera por el camino. Demasiado compromiso, demasiada implicación. Él había hecho lo que consideraba oportuno, pero tal vez era el momento de reconocer que se podía haber equivocado.

Por otra parte, la madre de Cleo estaba preocupada

y con razón. No había recibido noticias de ella desde que ingresó para hacer el entrenamiento avanzado en el centro. Él había estado pendiente de la mujer, como le pidió Cleo, pero su ausencia empezaba a notarse y hablaba abiertamente de ello reprochándole que le hubiera ofrecido a su hija esa investigación. ¿En qué clase de tema turbio andaba metida esta vez?, insistía. De algún modo le culpaba de su falta de noticias, y tenía razón.

Tras abandonar la comisaría fue a casa de los padres de Conchita. Se preocupó muy mucho de que nadie le siguiera esta vez. Quizá ella recordara al tal Marcos Prieto. La joven aún vivía con ellos. Físicamente estaba bien, pero no había progresado mucho en lo que se refiere a sus recuerdos.

No obstante, había que intentarlo.

En la comisaría le habían proporcionado una descripción física del chico y puede que Conchita lo conociera.

Entre sus vagos y quizá distorsionados recuerdos estaba aquel asunto del exjuez Emeterio, que Ginés no había podido aclarar ya que este se había negado a contestar a sus preguntas al tiempo que afirmaba no conocer a Conchita. Estaba convencido de que ocultaba algo.

Asimismo, la joven había recordado algunos espacios, lugares desconocidos, que el viejo policía no podía ubicar. ¿Serían estancias de Lucid Temple? Pero

¿qué tenía que ver el exjuez con Conchita? ¿Por qué no era capaz de recordar a personas como Harris y sí, en cambio, a un exmagistrado que aparentemente no guardaba relación con el grupo que estaba investigando? ¿O acaso el exjuez sabía más de lo que decía?

Sin embargo, cuando Ginés le preguntó a la joven por Marcos Prieto, ella no supo contestar de manera fiable. Le sonaba el nombre de Marcos, según dijo, pero no podía estar segura de que se tratara de la misma persona que ella recordaba porque había olvidado sus facciones.

—Es un chico alto, desgarbado, con barba de varios días. Tiene el pelo rizado y oscuro, y vestía un chándal gris claro —apuntó Ginés.

—No lo sé… Es posible que le conozca, pero no estoy segura.

De nuevo la nebulosa de su mente se interponía en la investigación. Ginés empezaba a desesperarse y a estar preocupado por el destino de su amiga Cleo.

De momento no podía hacer nada más. Cleo había entrado allí de manera voluntaria y Ginés no disponía de prueba alguna para achacarles un delito. No le quedaba más remedio que esperar acontecimientos y cruzar los dedos para que su amiga estuviera bien, y volviera —como había prometido— sana y salva por Navidad.

43

Después de comer en el bar próximo a su antigua comisaría, Ginés salió a la terraza y, pese al frío, se sentó a una de las mesas para poder fumar. Pidió un café solo y se encendió un cigarrillo. No dejaba de mirar el pósit que le había proporcionado su amigo Lucio, como si al hacerlo pudiera desentrañar el misterio que tenía entre sus manos.

—¿Quién eres, Marcos? ¿Y por qué querías verme? —masculló mientras le servían su café.

—¿Has dicho algo, Ginés? —El camarero lo conocía bien y le había oído decir algo entre dientes. Tal vez deseara una magdalena, que le gustaban mucho. Pero eso estaba lejos de su pensamiento.

—Oh, no… nada. Cosas mías —contestó con la vista fija en el papel amarillo.

El camarero se retiró y Ginés se sumió en sus preocupaciones.

Llevaba unos veinticinco minutos dándole vueltas a

todas sus dudas cuando sonó su teléfono móvil. Era su amigo Lucio.

—¿Ha vuelto el chico? —preguntó Ginés expectante y algo esperanzado.

—No. Bueno, sí y no. —La voz de su amigo sonaba abatida.

—¿Qué quieres decir, Lucio?

—Es que no sé cómo explicarlo, pero Marcos Prieto ha muerto.

—¿Qué? —El viejo policía no daba crédito a lo que escuchaba. Tenía que tratarse de un error.

—Nos avisaron después de marcharte esta mañana. Por lo visto anoche, después de estar en la comisaría, el chico debió de dirigirse a una parada de autobús, a coger un búho. Los pocos testigos presentes saben que estaba esperándolo porque les pidió dinero para subirse a él. Al parecer lo vieron tan mal que le facilitaron el dinero para coger el transporte. Les dio pena. Estaba ido, dicen ellos, igual que el compañero lo vio aquí cuando vino anoche.

—¿Y qué pasó? ¡Por Dios!

—Pues lo que sabemos es que se sentó a esperar el autobús y se debió de quedar dormido. Al menos, los testigos dicen que tenía los ojos cerrados. Estuvo así durante unos minutos. El autobús por la noche tarda más, ya sabes.

—Ve al grano.

—Pues, en un momento dado, lo vieron levantarse con los ojos cerrados y los brazos extendidos. Y sin que pudieran hacer nada para evitarlo, de repente se arrojó ante un camión que se aproximaba a la parada a cierta velocidad. Debió de morir en el acto. Lo siento, Ginés.

—¿Me estás diciendo que se tiró al paso del camión?

—Sí, eso han declarado los testigos.

—Pero si estaba dormido, ¿cómo pudo suceder?

—No lo sé. Eso es lo extraño, Ginés. Parecía dormido, pero cuando el camión se acercó a la parada, el chico se levantó y fue hacia él sin abrir los ojos. El conductor no pudo esquivarlo. Tal vez se despertó de golpe y aún estaba medio dormido cuando se desorientó.

—¿Cómo es posible?

—Aún estamos recabando toda la información del incidente. Los testigos se encuentran muy impactados, pero eso es lo que han declarado.

—Pero me parece increíble.

—Ya. Y a mí. El agente que estaba de guardia anoche ha identificado el cuerpo por sus ropas, ya que el pobre estaba muy desfigurado. ¿Estás seguro de que no sabes quién era ese chico ni por qué quería hablar contigo?

—Completamente. Ya te lo dije. —Tras unos segundos añadió—: Lucio, quiero tener acceso a la autopsia.

—Están en ello. No te preocupes, te mantendré informado.

—No puedo esperar. Déjame ir para enterarme de primera mano.

—Como prefieras, Ginés. Te espero en el Anatómico Forense —dijo su amigo antes de colgar.

Ginés pagó la cuenta de la comida, se montó en su coche y salió a toda velocidad para encontrarse con su antiguo colega. Al llegar preguntó por él y juntos esperaron a que terminaran de realizar la autopsia. Se trataba de un informe preliminar, ya que aún era pronto para tener los resultados definitivos, como las pruebas toxicológicas que le practicaron para saber si había consumido drogas en las últimas horas. Debido a su estado y a cómo se desarrollaron los hechos, era una posibilidad que había que barajar.

Ginés pidió hablar con los dos testigos presentes durante el atropello. Y, mientras esperaba los resultados de la autopsia, pudo conversar por teléfono con ellos. Estos le confirmaron punto por punto la versión que anteriormente le habían dado a la policía. El chico parecía dormido o drogado en el asiento de la marquesina del autobús y cuando se tiró al paso del camión tenía los ojos cerrados y los brazos extendidos, como si hubiera «visto» algo que hubiera alterado su descanso haciéndole levantarse.

Ginés también pidió ver sus pertenencias, que no eran muchas. No portaba ni teléfono móvil, cosa rara hoy en día, ni DNI, ni cartera con identificación alguna. Pero de entre las cosas que llevaba en los bolsillos algo terriblemente familiar llamó la atención del viejo policía. Era un botón de oro muy similar al que habían encontrado la noche en la que Conchita se arrojó desde el balcón del hotel. Obviamente, eso no podía ser casual. Ese chico había estado en Lucid Temple.

Todo esto consiguió alterar el ánimo de Ginés, que se temía lo peor. El viejo policía le dio vueltas a una hipótesis: tal vez el chico había preguntado por él a petición de Cleo. No se le ocurría otra explicación. Ambos se habrían conocido en Lucid Temple y habrían mantenido algún tipo de contacto. Marcos no había preguntado por él en la comisaría por azar, su nombre tenía que haber salido de alguna parte. Y la posible fuente emisora debía de ser Cleo.

Tampoco le pasó inadvertido el hecho de que tanto Marcos como Conchita habían acabado realizando una acción aparentemente autolítica. Aunque Conchita lo negara, la realidad es que se había arrojado por el balcón del hotel y ese pobre chico había muerto bajo las ruedas de un camión. ¿Qué les hicieron allí dentro para que cometieran acciones tan destructivas?

Sin desearlo sus pensamientos se trasladaron a su malograda hija Elisa y la culpa volvió a adueñarse de su alma. Ginés se mortificaba por ello, por no haber estado más atento a las necesidades de su hija. Si en vez de dedicar tanto tiempo a su trabajo se hubiera centrado más en su niña tal vez habría podido impedir tan trágico desenlace. Pero por aquella época trabajaba demasiado y siempre estaba pendiente de todo menos de lo que realmente importaba.

Ginés llevaba esa pena a cuestas desde entonces. El psiquiatra del cuerpo, al que había visitado después de su muerte, le insistía en que debía dejar de echarse la culpa. Pero le resultaba imposible. Por eso se había tomado lo de Cleo como una cruzada personal. Si ahora le pasaba algo a la periodista sería como revivir todo aquel doloroso proceso que había tenido que atravesar con Elisa. A fin de cuentas, Cleo era como una hija para él.

Pero ¿qué podía hacer? De momento no tenía pruebas de nada. Harris continuaba siendo un enigma. En Harvard no habían contestado a sus demandas y no sabía lo que podía esperar de aquel hombre. Tampoco Conchita —si es que era capaz de dar testimonio de algo turbio— había hecho demasiados progresos.

Y cada vez que se le sacaba el tema se inquietaba hasta el extremo de echarse a llorar. Su amigo Ricardo le había pedido que, en la medida de lo posible, procurara no hacerlo.

Todas las pistas que había seguido, si bien le conducían hacía Lucid Temple, no terminaban de aclarar lo que ocurría allí dentro. Cleo aún no había utilizado el teléfono de repuesto que había escondido en su mochila, algo que no sabía si era buena o mala noticia, y cuando Ginés había intentado llamarla estaba siempre apagado. En ese momento valoró contárselo todo a su amigo Lucio, pero luego desechó la idea, no tanto por discreción (a esas alturas la discreción ya no era lo más importante), sino porque tenía claro que ningún juez autorizaría un registro en Lucid Temple sin pruebas sólidas de que allí sucedía algo anómalo y delictivo. En consecuencia solo le restaba esperar acontecimientos y luego determinar, si era preciso, un plan de actuación.

44

En completa oscuridad es cuando pueden surgir los monstruos más terribles en nuestra mente, pero también es posible divisar la claridad del alma, la promesa de algo por venir que nos servirá para desprendernos del miedo más absoluto. El problema radica en que para alcanzar dicho albor es trascendental que la prueba a vivir sea escogida, no forzada, como era el caso de Cleo en la recámara.

Además, para llegar a este estado de claridad en la vigilia y ser consciente de la situación en toda su plenitud es preciso atravesar una ordalía mental marcada por el temor y la culpa. Y no se puede olvidar que Cleo sentía una fuerte dependencia de la secta que despertaba en ella sentimientos encontrados.

El contexto de la periodista en la recámara no era nuevo, si bien esta vez resultaba aún más terrorífico por dos motivos: el primero es que ya sabía lo que le esperaba; el factor sorpresa había dejado de formar parte del experimento. Y el segundo es que en esta ocasión desconocía cuánto iba a durar el calvario.

Todavía recordaba el rostro de satisfacción de Ernesto al acompañarla a aquel habitáculo que muchos de sus compañeros temían. Ninguno con quien hubiera hablado, ni siquiera Ana, deseaba volver o estar por vez primera en la recámara. Allí no solo se perdía la noción del día y de la noche, sino que se disolvía el yo de manera alarmante. Nadie volvía a ser la misma persona después de pasar por la recámara una segunda vez. Y Cleo no constituía una excepción.

Sin embargo, en esta oportunidad tenía una motivación diferente a la que había experimentado la vez anterior que visitó aquel oscuro habitáculo. Ahora sus pilares habían caído y se hallaba en medio de una tormenta mental, próxima al despertar. Todo por lo que había luchado dentro de Lucid Temple, propiciado por Harris, había dejado de tener sentido. Ni el director era la persona que aparentaba ser, ni la doctora Cassi era la bondadosa psicóloga que se desvivía por sus alumnos. Ellos, junto a Ernesto y Nuria, formaban parte de un engranaje movido por la mentira y el engaño. Luego había otros trabajadores que no estaban al tanto de las actividades del centro, como el jardinero o las cocineras. Y Cleo fue una ingenua al pensar que aquel centro era una simple escuela donde aprender a tener sueños lúcidos. Se había dejado atrapar como un conejo y ahora estaba encerrada entre cuatro paredes para supuestamente recobrar la lucidez onírica perdida.

Pero la culpa era suya, de nadie más, no paraba de repetirse a sí misma. No podía decir que su amigo Ginés no la hubiera advertido del peligro que corría, pues lo había hecho cuando le comunicó que se iba a vivir con ellos. Sin embargo, lo cierto es que para descubrir la verdad de todo aquel entramado tenía que entrar en él, era la única forma, aun a riesgo de perder la cordura. Y ahora no sabía si un reportaje, por muy relevante que fuera, merecía tantos quebraderos de cabeza. Desde luego, había conseguido su gran exclusiva, pero se preguntaba si alguna vez podría llegar a contarla al mundo.

No obstante, para no perder el poco equilibrio psicológico que aún le restaba, esta vez trazó un plan. Tan pronto como abandonara la recámara llamaría a Ginés con el teléfono de repuesto y todo acabaría. Terminarían los engaños, las mentiras, las posibles drogas, la sumisión, la coartación de la libertad y todos los tejemanejes a los que había sido sometida. Y, de paso, salvaría a sus compañeros, aunque ellos no fueran capaces de vislumbrar la telaraña en la que se hallaban envueltos.

Ahora veía muy claro lo que le había ocurrido a Conchita: la joven se había dejado seducir por las trampas de Lucid Temple hasta quedar enganchada, igual que ella. En algún instante había pasado algo que le hizo despertar de la oscuridad en la que estaba inmersa, como ahora le sucedía a ella, y al ver que no era posible abandonar el centro por su propia voluntad, no tuvo más remedio que huir, igual que su compañero Marcos. Y hablando de este, ¿habría podido contactar con Ginés? ¿Estaría su viejo amigo al tanto de lo que pasaba en aquel lugar? Eso suponiendo que hubiera llegado a escapar y no hubiera tenido un encontronazo con Ernesto o con alguno de los adeptos utilizados como espías por Harris.

Cleo estaba segura de que el acto cometido posteriormente por Conchita tenía que ver con su alterado estado mental propiciado por las drogas y el lavado de cerebro. No era descabellado que hubiera confundido la noche con el día y la vigilia con los sueños. Tal vez había saltado por propia voluntad de ese balcón, no podía asegurar que no fuera así, pero quizá la joven había pensado que estaba en medio de un sueño lúcido en el que todo era posible, incluso volar. O tal vez Harris había sido capaz de entrar en su mente y propiciar el caos en su interior, forzándola a hacer algo terrible. ¿Quién podía saberlo?

Conchita era una víctima y ella, que había entrado en el centro con la intención de averiguar lo que allí ocurría, se había dejado apresar. ¡Cómo podía haber sido tan estúpida de no darse cuenta de que se estaba enganchando! Los sueños lúcidos tenían un componente adictivo, al menos tal y como estaban planteados en Lucid Temple. La promesa de ver a su padre, que nunca se había materializado, había sido el señuelo utilizado por Harris y sus secuaces, no en vano le habían hecho todos esos «inocentes» test de personalidad, para conocer sus puntos flacos.

Allí, en medio de la oscuridad, se juró a sí misma que nunca más permitiría que sometieran su voluntad, por muy atractivas que fueran las propuestas de quienes pretendieran lograrlo.

Tuvo mucho tiempo para pensar, siempre y cuando la claridad de su mente se lo permitiera. Eso la llevó a su madre, quien quizá estaba en peligro. ¿Sería cierto que le habían mandado un mensaje desde el corazón de la propia secta o se trataría de un farol? Aquello la intranquilizaba.

También pensó en Adrián. ¿Qué habría sido de él? ¿La habría olvidado? ¿Cómo habrían justificado su ausencia a sus ojos? Tal vez le habían dicho que Cleo había abandonado el centro por su propia voluntad, igual que argumentaron cuando desapareció Marcos, con la burda excusa de una enfermedad que Cleo sabía perfectamente que no era cierta. ¿Se habría tragado Adrián el engaño? En esos momentos resultaba imposible tener certezas.

¿Y qué habría ocurrido con Ginés? Si el viejo policía no había acudido en su auxilio era porque no disponía de información sospechosa de la que tirar. Así que dedujo que Marcos y él jamás habían hablado.

El problema de las sectas es que en principio son completamente legales. Hay que demostrar con pruebas y no solo indicios que en su interior ocurre algo ilegal. ¿Y qué se le podía achacar a una, en teoría, respetable escuela de aprendizaje de sueños lúcidos? A priori, lo único era el tema de las drogas. Que estuvieran drogando a sus seguidores sin su consentimiento. Pero había que demostrarlo y no resultaba tan sencillo. Los adeptos, como su compañera Ana, nunca declararían en contra de Harris. Y era muy posible que ni siquiera tuvieran consciencia de estar siendo drogados.

Cleo recordaba otros casos en los que una secta había salido impune o con una simple sanción administrativa, algunos de los cuales se habían producido en España. Demostrar las técnicas coercitivas a las que eran sometidos era lo más difícil de todo. Los adeptos tenían que prestar testimonio y ni siquiera personas como Conchita, que habían pertenecido al oscuro grupo, podían hacerlo al no recordar prácticamente nada. La situación no era fácil, concluyó la periodista. Aunque lograra escapar de Lucid Temple, sería complicado demostrar que había estado sometida a coacciones y lavados de cerebro; al final era solo su testimonio. ¿Cuántos grupos sectarios operaban impunemente en el mundo sin que se pudiera hacer nada para desmantelarlos? En España había libertad de culto y de creencias. Eso garantizaba la supervivencia de muchos de estos grupos. Y ¿cuántas veces se habían reorganizado tras un conveniente lavado de cara? Tras la denuncia de algunos adeptos y viendo que se ponía en entredicho sus métodos, habían cambiado de nombre y de sede, pero las actividades siguieron siendo las mismas. Es más, numerosas denuncias habían quedado en agua de borrajas y la secta había contraatacado denunciando a los exadeptos por calumnias y difamación. Todo eso suponiendo que los antiguos miembros no estuvieran demasiado aterrorizados para declarar en contra del grupo. No, no era tan fácil combatir a las sectas.

Con tales pensamientos, Cleo era incapaz de concentrarse. Sentía que su cabeza iba a estallar. Necesitaba olvidarse de todo por un momento y recobrar el equilibrio psicológico perdido. Y la única forma que halló para hacerlo fue a través de los sueños lúcidos, que habían vuelto con más fuerza si cabe. En ellos aprovechaba para escapar de su situación, para volar a lo largo del firmamento a fin de recobrar la libertad que le había sido arrebatada y para estar con Adrián y su madre. Por la mañana escribía sueños inventados en el diario, algo con lo que mantener calmados a Harris y a la doctora Cassi. No describía sus propios sueños, sino unos a medida de ellos, para que la dejaran en paz mientras pensaba en lo que iba a hacer una vez que saliera de la recámara. Tenía que convencerlos de que había pasado por el aro, de que había vuelto al redil y estaba de nuevo en sus manos.

45

La noche había sido agitada en casa de Ginés.

El viejo policía se despertó bañado en sudor, convencido de que Cleo estaba en peligro o de que al menos estaba experimentando dificultades dentro de Lucid Temple. El causante había sido un sueño muy vívido que lo asaltó la noche anterior.

Mientras esperaba en el bar de debajo de su casa a que le trajeran su café con magdalenas, abrió el periódico, pero no pudo concentrarse en la lectura de las noticias del día. Aún se sentía inquieto debido a ese perturbador sueño. En él aparecía su hija Elisa. Tenía el rostro demacrado y lucía grandes ojeras de color negro. No era algo nuevo. Desde hacía años, cuando el expolicía recordaba sus ensoñaciones, casi siempre eran pesadillas con su hija fallecida, algo que le llenaba de amargura. Así de poderosos son los sueños; capaces de alterar nuestro estado de ánimo en la vigilia y de chafarnos el día o, por el contrario, de llenarnos de alegría y vitalidad.

En sus pesadillas intentaba salvarla de la muerte. Otras veces el argumento pasaba por hacerla regresar desde el otro lado, si es que algo así existía. Siempre sin éxito. Desde que murió se había preguntado infinidad de veces si había un más allá. Durante un tiempo, en secreto, se centró en lecturas poco convencionales intentando hallar una respuesta que nunca llegó e incluso participó en una sesión de espiritismo con la promesa de contactar con su hija fallecida. Nada ocurrió hasta que asimiló esos sueños como algo que indefectiblemente formaría parte de su vida. Al menos ese cordón umbilical le mantenía unido a Elisa y podía volver a verla, aunque siempre fuera en un contexto negativo.

Sin embargo, esta vez había sido diferente por la presencia de Cleo, quien también mostraba el rostro demacrado y mal aspecto general. Había adelgazado mucho y el color de su piel era mortecino.

En la acción del sueño, Elisa le instaba a ayudar a la periodista, que se hallaba al borde de un precipicio, pero Ginés no encontraba la manera de hacerlo y al final las dos caían al abismo. Tal era la angustia sufrida, que Ginés se despertó sobresaltado para descubrir que se había caído de la cama.

Sí, solo era un sueño.

Cualquier especialista en la materia le diría que la aparición de su hija suponía un trauma no superado debido a su prematura y trágica muerte, y que al unirse Cleo a la ensoñación se ponía de manifiesto su preocupación por la suerte que habría corrido la periodista. Ambos conceptos se entremezclaban para dar paso a esa terrible pesadilla. El expolicía era una persona analítica y también lo había sopesado, pero no podía evitar pensar que tal vez fuera un aviso de que Cleo no estaba bien dentro de Lucid Temple y que eso interfiriera en su ánimo.

Tras mojarla en el café con leche, mordisqueó la primera magdalena y trató de concentrarse nuevamente en la lectura del periódico en un intento por olvidar esos oscuros presagios, pero justo entonces sonó su teléfono móvil. Era Antonio Pérez, compañero en su antigua comisaría.

—Antonio, ¿cómo te va?

—Bien. Como siempre. Deseando jubilarme, ya sabes.

Antonio tenía una edad avanzada y estaba ansioso por disfrutar de la vida sin tener que acudir a la comisaría todos los días.

—Cuéntame… ¿Hay novedades?

—Sí, verás, te llamo porque tengo noticias de tu «amigo» Eduardo Harris.

Ginés pegó un brinco en la silla.

—¿En serio? ¡Por fin!

—Sí. Te cuento lo que he podido averiguar. Sabes que hice un requerimiento a Harvard para pedir información sobre este tipo y también a la Interpol.

El expolicía extrajo su libreta y un bolígrafo del abrigo, dispuesto a tomar nota, y le hizo un gesto al camarero para que bajara el volumen de los villancicos que sonaban en el interior del bar. No quería perderse detalle.

—¿Y qué han dicho?

—Eduardo Harris. Padre estadounidense y madre española. Adinerados. Doble nacionalidad. Estudió efectivamente Neurociencia en Harvard. Más tarde se incorporó al equipo docente y dirigió un proyecto llamado *Lucid Dreaming Awakening* (Proyecto Despertar de Sueños Lúcidos). Un proyecto que estudiaba los sueños raros, ya sabes. —En realidad Antonio no sabía qué significaban los sueños lúcidos, así que empleó la palabra «raros» por definirlos de algún modo—. Al principio todo iba bien, pero al parecer comenzó a utilizar drogas alucinógenas con los participantes, por supuesto sin su conocimiento ni el de la institución. Era algo totalmente prohibido. Harvard no se enteró hasta pasados varios meses, cuando un participante del estudio entró en coma debido a estas prácticas. Lo echaron, claro.

El policía hizo una pausa para tomar aire y Ginés aprovechó para meter baza.

—¿Me estás diciendo que drogaba a los sujetos sometidos a estudio?

—Así es. Fue acusado por las autoridades de varios delitos: contra la salud pública, tentativa de homicidio... Pero salió airoso de todos ellos. El *pájaro* debía de tener buenos abogados. Finalmente, aunque pasó unos meses en la cárcel, todo quedó en agua de borrajas. Después de eso, Harris abandonó el país. Se marchó a México y se le perdió la pista.

—Hijo de puta.

—Un cabrón con pintas.

—Y ahora ha reaparecido aquí, en España —masculló Ginés.

—No sé si todo esto te sirve.

—¡Claro que me sirve, Antonio! Y te lo agradezco sinceramente.

—¿Qué andas husmeando, Ginés? ¿Por qué te interesa este tipo?

Se hizo un silencio al otro lado de la línea telefónica.

—Es pronto para hablar de ello, Antonio. De momento son solo sospechas... ¿Nos vemos el domingo para comer con tu mujer?

—No podré ayudarte si no me lo cuentas —insistió Antonio.

—Por ahora prefiero seguir investigando. No tengo pruebas de nada. ¿Qué me dices de la paella?

—Sí, estoy deseando meterme entre pecho y espalda esa paellita que tenemos pendiente. Pero no me cambies de tema, que eres un experto. Si necesitas ayuda, por favor, avísame.

—Puede que lo haga más adelante.

De modo que Harris había drogado con alucinógenos a los participantes en sus experimentos. ¿Lo estaría haciendo ahora con sus alumnos de Lucid Temple? La autopsia de Marcos Prieto había revelado que antes de su muerte había consumido una mezcla de varias plantas.

La primera era la *Silene capensis*, más conocida en Europa como «raíz africana del sueño», que se podía adquirir en diferentes formatos. Al parecer sus efectos provocaban sueños más vívidos y lúcidos. Era una planta autóctona de la provincia oriental del Cabo de Sudáfrica empleada por los chamanes de la tribu indígena Xhosa en sus ceremonias, aunque se podía encontrar en Europa sin problema.

La segunda hierba era la *Calea zacatechichi*, asimismo conocida como «hierba de los sueños», una especie de planta de flor de Centroamérica. También recibía nombres como «pasto amargo» u «hoja madre». Era una planta relacionada con las culturas indígenas de

México, como la Chontal de Oaxaca, que la usaban para los sueños con fines adivinatorios.

Ambas estaban consideradas onirógenos. ¿Y qué eran los onirógenos? Ginés se había informado. Se trataba de inductores y potenciadores de los sueños. Con ellos se propiciaba un cambio del estado de vigilia por el del sueño, aunque manteniendo la consciencia. La mayoría eran plantas, raíces o cortezas de árboles. Los onirógenos producían somnolencia y procesos de imaginería hipnagógica además de incrementar el caudal de ensoñaciones y su recuerdo.

Y eso, que él supiera, no era constitutivo de delito, aunque sí podría explicar la desorientación que, según los testigos, presentaba Marcos Prieto.

¿Les suministrarían alguna hierba más u otro preparado que no aparecía en la autopsia?

Aquello tenía toda la pinta de que Harris estaba repitiendo o continuando sus experimentos iniciados en Harvard en su nueva formación, es decir, en Lucid Temple. Pero ¿con qué fines? ¿Era un paranoico que se creía iluminado, como muchos de los líderes de las sectas a lo largo de la historia? ¿Era plenamente consciente de sus actos y se trataba de un desalmado dispuesto a experimentar pasara lo que pasase? Imposible saberlo en esos momentos. Solo había una cosa segura. Era un tipo peligroso.

Tras el desayuno, Ginés decidió dar una vuelta por Lucid Temple, es decir, por fuera de sus instalaciones. No quería que identificaran su coche, si es que alguien lo veía, así que pidió uno prestado a un amigo. Si Cleo se hallaba en el interior, por fuerza su Yamaha SR250 debía de estar aparcada fuera. Sin embargo, la visita resultó infructuosa ya que no la vio por ninguna parte. ¿Qué significaba eso? ¿La periodista ya no se encontraba en el centro? ¿Habría sido trasladada a algún otro lugar? ¿Estaba dentro, pero ocultaban su presencia escondiendo su moto?

Todo aquello era cada vez más inquietante y para un hombre como él, acostumbrado a trabajar con pruebas, el hecho de no tenerlas le causaba un profundo vértigo en la boca del estómago.

46

A Ginés le costó encontrar aparcamiento. El doctor Jaime Romero vivía en Moratalaz, una zona en la que era difícil estacionar y más aún un vehículo largo como su viejo Volvo.

Llevaba detrás del doctor Romero mucho tiempo y por fin iba a recibirle para hablar sobre sectas. Romero era un doctor en Psicología especializado en grupos sectarios destructivos, posiblemente uno de los más reputados del país. Pero eso le hacía estar en constante movimiento. Daba charlas por todo el territorio nacional y a veces fuera de él. Por teléfono ya le había adelantado que Lucid Temple no estaba dentro de su amplio catálogo de sectas peligrosas, por lo que, de tratarse de un grupo sectario de esas características, era una formación relativamente joven.

Ginés llamó al telefonillo. Una voz profunda le respondió casi de inmediato.

—Dígame.

—Buenas tardes. Soy Ginés Acosta.

—Ah, sí. El expolicía. Pase —dijo al tiempo que se escuchaba un ruido en la puerta invitándole a entrar.

El doctor Romero vivía en un quinto piso. Ginés dio gracias por que tuviera ascensor. Romero ya le estaba esperando en la puerta cuando Ginés alcanzó la quinta planta.

—Ginés, bienvenido —dijo Romero tendiéndole la mano.

—Gracias por recibirme.

Romero era un hombre alto y delgado, no muy mayor, tendría unos sesenta años, aunque su pelo lucía completamente blanco. Además, llevaba barba, también blanca y bien cuidada. En su boca portaba una pipa apagada. Ambos pasaron a su despacho, una estancia repleta de libros sobre sectas y técnicas psicológicas coercitivas, y a Ginés le inspiró confianza en cuanto a sus conocimientos sobre el tema que les ocupaba.

—Siéntese. ¿Quiere un café?

—Sí, gracias. —Ginés se quitó el abrigo y se acomodó en una de las butacas.

—María, ¿podrías traernos dos cafés? —preguntó en un tono un poco más alto para que su mujer pudiera oírle.

—Claro, cariño —respondió María.

Mientras su mujer preparaba las bebidas, Jaime se sentó en la butaca de enfrente.

—Deberá disculparme por haber demorado tanto este encuentro. Pero últimamente no me da la vida —dijo mientras preparaba su pipa.

—No se preocupe. Lo importante es que al fin podemos hablar. Verá, hay varias cosas que me inquietan y que quería consultarle.

—Usted dirá…

María llegó con los cafés y los depositó sobre una mesa auxiliar próxima a la ventana. Luego se retiró dejándolos a solas. Romero le alcanzó una de las tazas al viejo policía y se sirvió la suya con leche y azúcar.

—Ya le hablé de Lucid Temple, una especie de escuela donde se prepara a los alumnos para tener sueños lúcidos. Al menos, eso es lo que venden de puertas afuera. Yo estuve allí en una ocasión y parecía un lugar de lo más común. Le parecerá una pregunta obvia, pero ¿es posible que un sitio aparentemente normal esconda detrás un grupo sectario peligroso? Es decir, que logren pasar inadvertidos.

Romero dio un sorbo a su bebida antes de contestar.

—Si son de nueva creación, sí. Por supuesto. Muchos de estos grupos han ido evolucionando con el tiempo y ya ni siquiera parecen sectas a la vieja usanza.

Algunos no hacen proselitismo, cosa que antes sí ocurría con frecuencia. En los años sesenta y setenta del siglo pasado eran más detectables porque en muchas ocasiones promulgaban conceptos religiosos de dudosa procedencia, una suerte de mezcolanza de creencias en seres divinos y mesías llegados a la Tierra para cumplir un cometido casi siempre en un contexto milenarista. Pero luego se fueron adaptando hacia cultos espirituales más cercanos al movimiento *new age* (o nueva era) hasta hacerse casi invisibles con enseñanzas de tipo piramidal, coaching, empresarial, de salud, de bienestar espiritual, esotérico y un largo etcétera.

Ginés no perdía detalle y empezó a tomar notas de las explicaciones del doctor. Mientras, este hizo el amago de encender su pipa.

—No le importa, ¿verdad?

—En absoluto. Adelante —dijo Ginés sacando sus cigarrillos del bolsillo del abrigo, también dispuesto a fumar durante la entrevista.

—Actualmente te pueden captar por diferentes vías y no siempre son fáciles de detectar —matizó el psicólogo tras encender su pipa.

—Me decía por teléfono que Lucid Temple no está catalogada como secta.

—¡Aún! —matizó Romero tras dar una bocanada al tabaco. Un olor dulzón se extendió por la habitación—. Tenga en cuenta que muchos de estos grupos quedan al descubierto tras la denuncia de algún exmiembro. No es fácil llegar a ellos de primeras ni saber lo que ocurre tras sus muros.

—He investigado el pasado de su fundador, un tal Eduardo Harris. Estudió y dio clases en Harvard, pero fue expulsado debido a que drogaba a sus alumnos en un proyecto para potenciar los sueños lúcidos. Uno de ellos quedó en coma, pero Harris se fue de rositas. Después viajó a México, al parecer, también a Colombia y ahora está viviendo en España. Tiene doble nacionalidad.

—Su historia me está recordando a la de Timothy Leary. ¿Le suena?

Ginés negó con la cabeza.

—Pero le sonará la canción *Come Together*, de los Beatles.

—Claro. ¿Cómo olvidarla? Una maravillosa composición.

—Pues le sorprenderá saber que esta canción, en su origen, era un encargo de Leary a John Lennon para su campaña electoral a fin de convertirse en gobernador de California, donde competía contra Ronald Reagan. Una especie de eslogan: *Come Together and Join the Party*, un juego de palabras con *Party*, que puede significar «fiesta» o «partido». «Vengan juntos y únanse al partido».

—¿Y quién es Timothy Leary?

—Era un psicólogo que estudió entre otros lugares en Harvard, por eso me ha recordado a Harris. Leary fue expulsado de la universidad por mala praxis. Él estaba convencido de que el LSD y otras sustancias alucinógenas podían ser empleadas para facilitar la readaptación de los criminales, que podía ser una terapia beneficiosa para ellos y, por tanto, para la sociedad. En esos años, le estoy hablando de la década de los sesenta, el LSD y otras sustancias parecidas no estaban prohibidas, pero sus métodos crearon un revuelo tal que fue acusado de violar el código ético de la universidad.

—Interesante. ¿Y qué ocurrió con él?

—Siguió defendiendo sus métodos y el empleo de drogas psicoactivas. Fundó una especie de religión a la que acudieron numerosas personalidades y tuvo contacto no solo con Lennon, sino con personajes relevantes como el escritor Aldous Huxley, el compositor Charles Mingus, la propia Yoko Ono y muchos otros.

—Pero ¿sus ideas no estaban mal vistas después de su expulsión?

—Por una parte de la sociedad. Para otra, Leary era un gurú capaz de mover masas. Creó una especie de culto llamado Liga para el Descubrimiento Espiritual, que proclamaba el uso del LSD como su principal sacramento.

—¿Y qué pasó?

—Fue detenido en numerosas ocasiones e incluso llegó a escapar de la cárcel para refugiarse en países donde no existía tratado de extradición con Estados Unidos, hasta que fue apresado en un descuido. El presidente Nixon llegó a decir de él que era el hombre más peligroso de su país. Y, no se lo pierda, tuvo como compañero en la cárcel a Charles Manson, fundador de la Familia Manson, otro grupo sectario que acabó con la vida de, entre otras personas, Sharon Tate, la esposa del director de cine Roman Polanski y el hijo que ambos esperaban, pues ella estaba embarazada. En fin —carraspeó—, es una vieja y larga historia… Pero volvamos al tema que le preocupa: Lucid Temple.

—Verá, tengo una amiga periodista infiltrada en el grupo. Pero no he sabido nada de ella desde hace meses y estoy preocupado, muy preocupado por ella. Temo que la hayan captado y que ahora sea una adepta más. Cleo quería investigar para hacer un reportaje. Yo le pedí que me ayudara a saber lo que pasaba allí dentro y ahora me siento responsable de su suerte.

—Y su preocupación me parece fundada. No hay que menospreciar el poder de las sectas. No es una cuestión de inteligencia, cualquiera puede caer en ellas si se dan las condiciones adecuadas. También es posible que no esté enganchada, pero que le impidan el contacto con el exterior.

—¿Qué puedo esperar entonces?

—Puede hallarse ante dos escenarios: que sea una adepta convencida, en cuyo caso será muy difícil sacarla de allí dentro. La otra opción es que su amiga abra los ojos y decida escapar, y denunciar a Harris. Piense que la mayoría de los casos de los adeptos que llegan a nosotros son porque, o bien han logrado escapar del grupo o bien porque el líder muere y la secta se disuelve, al menos temporalmente hasta que alguien toma el relevo.

—¿Me está diciendo que a menos que ella escape de allí por sus propios medios la única forma de traerla de vuelta es llevar a cabo un «secuestro»?

—Sí. No es legal, claro. Pero no sería la primera vez. A no ser que se le puedan achacar delitos concretos al líder y a sus colaboradores. Si todo es legal, en España existe la libertad de culto y de creencias. Si esa periodista está enganchada, es probable que no quiera regresar por voluntad propia. Dese cuenta de que es como si la hubieran abducido los extraterrestres. O puede que su mente haya hecho clic y ahora se encuentre atrapada. Lamento decirle que los dos escenarios son perfectamente posibles.

La cara de Ginés era de terror.

—Pero no se preocupe —dijo el experto advirtiendo su turbación—. Llegado el caso yo podría ayudarle a desprogramar a su amiga, no a secuestrarla, pues eso va contra la ley. Si está enganchada experimentará sentimientos encontrados y puede que «secuestrarla» para ella sea lo peor que le pueda ocurrir, una intromisión en su intimidad. Posiblemente aún guardará reminiscencias de lo que ha aprendido en el grupo. Habrá que actuar con mucha cautela hasta que por fin vea la luz. ¿Confía en la profesionalidad de esa mujer?

—Absolutamente.

—Entonces será más fácil, o eso espero.

—No me deja mucho margen para la esperanza.

—No dé todo por perdido. Confíe en su buen hacer. Si esa persona ha tenido una fuerte motivación para entrar allí, es posible que no haya olvidado su objetivo. Una vez que salga y vea la realidad lo denunciará y quizá Harris acabe entre rejas, aunque puede que, como ocurrió en Harvard, las cosas se salden con una sanción administrativa. Su testimonio podría ser muy valioso. No desespere. Si usted encuentra el modo de sacarla de ahí, yo puedo ayudarle con su recuperación. Quizá sea la única opción en este caso. Esa gente suele estar muy bien conectada con las altas esferas de la opinión pública. A veces son mucho más poderosos que el presidente de un partido político porque tienen ramificaciones profundas en la sociedad.

Automáticamente, a Gines le vino a la cabeza el juez Emeterio. Esa cuestión siempre le había intrigado. ¿Tendría algo que ver con Lucid Temple o con Harris? ¿Por qué Conchita lo había reconocido al verlo en el periódico?

—¿Cuántas sectas operan en España?

—Es difícil saberlo. Se calcula que unas trescientas cincuenta.

—¿Y no se pueden parar de algún modo?

—Es complicado. Si no hay delitos de por medio… Muchas operan desde hace años en nuestro país y no hay forma de detenerlas. Algunas pasan por ser inocentes asociaciones, centros culturales o espirituales. Todo eso en sí mismo no es constitutivo de delito.

Ginés abandonó la casa del psicólogo bastante inquieto. Aquello cada vez se enmarañaba más. No estaba por la labor, pero tal vez fuera necesario ir en contra de la ley para salvar a su amiga.

47

Cleo continuaba encerrada en la recámara. El tiempo pasaba lentamente allí dentro. La periodista intentaba, en la medida de lo posible, no tomar las infusiones que le llevaban. Pero no siempre podía zafarse. A veces, cuando se las servían, el adepto de turno se quedaba hasta que se la bebía y no tenía más remedio que hacerlo.

Realmente, a pesar de que había visto cómo era su elaboración, desconocía qué contenían esos brebajes que les suministraban. Tal había sido su grado de sometimiento que ni siquiera se le había ocurrido preguntárselo a Diego, el Chamán. Era como si su instinto periodístico hubiera quedado anulado durante su estancia en el centro y no sintiera curiosidad por cosas que antes consideraba fundamentales. Así era el poder que Lucid Temple había ejercido sobre ella. De todas formas, de haberlo preguntado, pensó, era muy posible que no le hubieran dicho la verdad.

No siempre, pero en algunas ocasiones le producían náuseas, mareos o dolor de cabeza; otras le hacían caer en una especie de sopor. En cualquier caso, Cleo estaba convencida de que, de algún modo, influían en sus patrones de sueño y los alteraban. Cuando saliera de ahí debería someterse a un reconocimiento médico para saber qué es lo que había estado tomando todo ese tiempo y hasta qué punto era malo para su organismo.

Por otra parte, con la punta del bolígrafo que tenía para anotar sus sueños en el diario, había comenzado a hacer pequeñas muescas en la pared. Llevaba seis. Era la única forma que tenía de ser consciente del tiempo transcurrido desde su llegada, pues en el interior de la recámara se solapaba la noche con el día y se hacía difícil mantener la cordura. Y ella más que nunca necesitaba estar cuerda para que, al salir de aquel agujero, pudiera hacer la llamada a su amigo Ginés y acabar con todo de una vez. Ese era al menos su pensamiento.

Un día se le ocurrió que ella también podía plantearse misiones al margen de Harris. Se dijo a sí misma que la próxima vez que tuviera un sueño lúcido intentaría entrar en las mentes de Harris y de la doctora Cassi para averiguar qué tramaban, si es que tal cosa era posible. Para ello trazó un plan de acción, como le habían enseñado. En este caso no sería necesario utilizar imágenes suyas, ya que las tenía memorizadas en su cabeza igual que sus gestos y actitudes.

No estaba garantizado acceder a la lucidez cuando quería, pero lo cierto es que desde que estaba en la recámara lograba tener sueños lúcidos con mucha frecuencia. Por intentarlo no perdía nada.

No obstante, pese a que su intención estaba clara, las dos primeras noches desde que tomó esa determinación no tuvo ningún sueño lúcido y, por tanto, no pudo llevar a cabo su plan. Parecía como si la lucidez, cuando la necesitaba, se escabullera entre sus dedos. Sin embargo, la tercera noche pudo acceder a ella.

Cleo estaba tumbada en su celda, dentro de la recámara. Una fina sábana recubría su cuerpo. Era de noche. Lo sabía porque calculaba que le habían servido la cena hacía al menos un par de horas. No obstante, permanecía despierta. Se le hacía difícil conciliar el sueño. Tenía demasiados pensamientos en la cabeza y valoró que si no era capaz de dormirse se le avecinaba una noche larga y tediosa.

De pronto se escuchó un ruido. Alguien estaba abriendo la puerta del habitáculo. Aquello era infrecuente. Lo más normal es que, una vez que le hubieran servido la cena, nadie asomara por allí hasta el día siguiente. ¿Podría aquel ruido ser solo producto de su imaginación? Aguzó el oído y se concentró en aquel sonido hasta comprobar que no se trataba de una falsa impresión. Realmente alguien estaba abriendo su celda.

Quien fuera portaba una pequeña linterna o algo parecido, porque se entreveía luz por detrás del marco de la puerta. Cleo se temió lo peor. Cuando finalmente la puerta se abrió la luz deslumbró sus pupilas. No podía distinguir quién estaba al otro lado. Sus ojos, acostumbrados a la penumbra, se resintieron.

—Soy yo —dijo una voz.

«¿Ana? ¿Mi compañera de cuarto?».

—¿Quién? —preguntó Cleo.

—Soy Ana.

—¡Ana! ¿Qué haces aquí? Podrías ser castigada por esto.

—Lo sé, pero ahora no me importa. Solo quiero saber cómo estás.

En ese instante Cleo se percató de lo extraño de aquella situación. Los adeptos tenían prohibido internarse en la recámara a menos que recibieran órdenes expresas de hacerlo para llevarle comida o agua, y no parecía el caso. La periodista volvió a plantearse lo insólita que resultaba esa visita y más sabiendo que su compañera nunca se saltaba las órdenes de los líderes.

En consecuencia, decidió hacer una prueba de verificación de la realidad e intentó atravesarse la palma de su mano derecha con su dedo índice izquierdo. No lo logró. Pero aquello, por fuerza, debía de tratarse de un sueño, así que optó por emplear otra táctica. Esta vez se miró ambas manos y descubrió que en vez de tener cinco dedos tenía seis, luego sí era un sueño. Gracias a esa comprobación entró en lucidez e ignorando a su compañera salió de la recámara para buscar a Harris. Tenía que averiguar qué tramaba.

Atravesó el corredor y tomó el ascensor. Harris y la doctora, cuando pernoctaban en el centro y no se hallaban en el templo, dormían en la planta superior. Solían hacerlo por turnos. Cuando uno estaba en el templo, la otra dormía y viceversa. Ella nunca había estado allí, pero no le costó dar con la habitación de Harris.

Pese a tratarse de un sueño, abrió la puerta con cautela. No sabía qué le esperaba al otro lado. Cuando lo hizo, al fondo vio a Harris dormido en una gran cama. Se aproximó a él, pero se dio cuenta de que no podía avanzar del todo. Un haz de luz bañaba su posición, como si fuera una cortina luminosa. Era como si alguien hubiera colocado un foco encima de su cama y se tratara de una barrera infranqueable, al menos para Cleo.

Intentó atravesar el muro de luz sin éxito. Sin embargo, cuando se aproximó a él, recibió una especie de descarga eléctrica que le impidió el acceso.

Cleo se concentró y pidió atravesar la barrera de luz, pero no fue capaz. Eso no era normal. En los sueños lúcidos siempre le había sido posible entrar en cualquier lugar, por muy cerrado que estuviera. Podía atravesar paredes, ventanas, puertas… Todo era factible. ¿Por qué con Harris no? Cleo desconocía la respuesta, pero imaginó que se trataba de una suerte de protección que Harris había establecido en torno a sí mismo. Un escudo para evitar que nadie perturbara su sueño.

Decidió bajar al templo para ver a la doctora Cassi. Tal vez con ella fuera más sencillo. Regresó por donde había venido y bajó al templo. Allí estaba ella con uno de sus compañeros realizando una misión. La doctora tomaba un café al otro lado del espejo, en la habitación secreta desde la cual los espiaban durante las prácticas nocturnas.

Sin embargo, comprobó que ella también irradiaba ese impenetrable haz de luz que impedía acercarse a cierta distancia. Trató de meterse en su cabeza, pero tampoco fue capaz. Ambos estaban protegidos por una barrera invisible que imposibilitaba acceder a ellos.

¿Qué estaba pasando? ¿Por qué había ese muro inquebrantable?

En ese momento lo único que se le ocurrió fue recurrir a un guía. Eso es lo que necesitaba. La ayuda de un guía que le asistiera para entender lo que ocurría. Pidió encontrarse con uno en la recámara. Fue allí corriendo, pues no sabía el tiempo que le quedaba hasta que acabara el sueño lúcido y volviera al sueño común o se despertara.

Cleo retrocedió sus pasos hasta alcanzar la recámara. Ana había desaparecido. En cambio, sentado en el suelo con las piernas cruzadas, halló a un anciano. Calculó que tendría al menos cien años. Su pelo y sus largas barbas eran blancos y vestía una túnica también blanca. Su rostro estaba cuajado de arrugas, pero se le veía ágil y fuerte. Tenía los ojos entrecerrados, pero al entrar Cleo los abrió, como si acabara de salir de una profunda meditación.

—¿Eres tú mi guía espiritual? —preguntó Cleo.

—Me has llamado y aquí estoy. ¿Qué necesitas?

—Tu consejo.

El hombre se incorporó y se puso en pie. Su estatura era baja. Junto a una de las paredes del habitáculo había un cayado, que cogió entre sus manos.

—Tú dirás.

—¿Por qué no puedo acceder a la mente de Harris ni de la doctora Cassi?

—Porque están protegidos. ¿No pensarías que iban

a poner todo su conocimiento al alcance de vosotros? Son conscientes de lo peligroso que sería.

—¿Y no hay forma de acceder a ellos?

—Con más conocimiento del que tienes. Si no, resultará imposible.

—¿Cómo puedo salir de aquí?

—Mañana saldrás de la recámara, pero no te quedará más remedio que escapar por tus propios medios. Tu amigo Ginés tampoco va a poder ayudarte.

—Dime algo que me sirva, por favor.

—Confía en ti y en tu fuerza. Has estado en lugares peores que este —fue su escueta respuesta.

Cleo quería seguir hablando con él, pero el sueño empezó a desestabilizarse.

—¿Cuál es tu nombre? —acertó a preguntar antes de que se desvaneciera.

—B-A-K-U.

Luego la visión lúcida terminó por difuminarse y el guía desapareció.

«¿Baku? ¿De qué me suena este nombre?».

Cleo se despertó para descubrir que efectivamente continuaba recluida en la recámara y que el guía ya no estaba allí. Tampoco Ana. Acto seguido comprobó que la puerta permanecía cerrada igual que de costumbre. Tenía la respiración agitada y se hallaba bañada en sudor. La visita de su guía espiritual, por una parte, le había infundido ánimo, pero por otra presagiaba que llegado el caso, suponiendo que la información que le había proporcionado fuera cierta, no sería fácil abandonar Lucid Temple. Y había dicho que no podría contar con la ayuda de Ginés, cosa de la que dudaba ya que tan solo tenía que hacer una llamada telefónica.

O eso pensaba ella.

48

Ginés había llamado a Dimas, el exnovio de Cleo, que además era policía. Llegado el caso, solo él podría ayudarle. Le costó tomar la decisión, pero había concluido que la única forma de sacar a la periodista de Lucid Temple era mediante un secuestro, aunque se jugara todo por ella.

¿Los motivos?

Para empezar, no tenía pruebas de nada. Eso constituía un escollo. Como pasa con muchas sectas, ningún juez autorizaría una orden de registro en el centro sin tener evidencias sólidas de que en su interior se estaban cometiendo actos delictivos.

Cleo era mayor de edad, había entrado por su propio pie allí y no había indicios de que estuviera retenida en contra de su voluntad. Que él supiera, no se le podían achacar delitos a Harris. Ni siquiera el asunto de las drogas, pues los onirógenos que había consumido aquel desdichado joven no estaban prohibidos en España y tampoco disponía de un hilo que conectara a Cleo con Marcos Prieto.

Si la periodista estaba enganchada, tampoco serviría de nada presentarse en el centro para salvarla de Harris y compañía. Se negaría a abandonarlo, tal como le había indicado el psicólogo experto en sectas. Entonces ¿qué se podía hacer? Secuestrarla en contra de su voluntad.

Sí, no había otra opción y la única persona que podía prestarle ayuda era el exnovio de Cleo ya que, pese a que su historia no acabó bien, le constaba que él aún no la había olvidado del todo y solo Dimas podría comprender la terrible magnitud de su situación. Su relación había terminado mal, sí. Pero Ginés sabía que la seguía queriendo y que sería capaz de cualquier cosa con tal de ayudarla.

La cuestión era cómo planteárselo. Dimas era un policía comprometido con la ley y el orden, y lo que Ginés pensaba proponerle iba en contra de todos sus principios y del reglamento al que se hallaba sometido al convertirse en policía.

Ginés apuró su cigarrillo en espera de la llegada de Dimas. Habían quedado en el bar de siempre, junto a la comisaría. Lo vio doblar la esquina y acercarse hacia él con paso firme. Llevaba una cazadora de cuero negro y unos pantalones vaqueros de color gris. Botas también de cuero y un jersey gris de cuello vuelto. Dimas era alto y musculado, aunque no en exceso. Por eso Cleo se había fijado en él en su día. Tenía el pelo oscuro y peinado hacia atrás y sus facciones eran armónicas.

—Dimas, gracias por venir.

—Ya sabes que para ti siempre estoy disponible —dijo Dimas esbozando una gran sonrisa.

«Veremos si estás tan disponible cuando te cuente lo que tengo en mente».

Dimas pidió un café. Cuando se lo trajeron y se quedaron a solas en la terraza, Ginés comenzó a hablar. Con ese frío nadie estaba sentado a las mesas exteriores del bar, excepto el viejo policía que no renunciaba a su hábito de fumar.

—No me andaré con paños calientes —comenzó diciendo—. Cleo necesita nuestra ayuda.

—¿Cleo? ¿Qué le ocurre? Hace mucho que no sé nada de ella. La he llamado varias veces y siempre tiene el teléfono apagado, y tampoco me ha devuelto las llamadas. Aunque viniendo de ella tampoco me extraña —dijo encogiéndose de hombros.

—No sé si te devolvería las llamadas, si pudiera hacerlo, pero el caso es que está infiltrada de una secta y no creo que pueda. Y me temo que yo tengo la culpa.

El problema es que lo que empezó como un trabajo de investigación puede haberse convertido en un serio aprieto para ella.

—Pero ¿de qué me hablas? —preguntó Dimas arqueando una ceja. Su rostro reflejaba la extrañeza que sentía.

Ginés empezó a desgranar su historia.

—Todo comenzó hace unos meses. Me encargaron una investigación sobre una chica que, aparentemente, había intentado suicidarse. Es largo de contar, pero todas las pistas me condujeron hacia un lugar llamado Lucid Temple. De puertas afuera es un centro de enseñanza de sueños lúcidos. Yo mismo estuve allí preguntando por la chica objeto de mi investigación, aunque no sirvió de nada porque negaron conocerla.

—¿Sueños lúcidos? ¿Qué es eso?

Ginés se lo explicó brevemente.

—El caso es que le pedí ayuda a Cleo. Pensé que le vendría bien hacer un reportaje que la devolviera a la actualidad del panorama periodístico. La veía muy triste en su trabajo de teleoperadora, y a mí me venía bien averiguar cosas sobre ese centro. Pero han pasado varios meses y no sé nada de ella. Es como si se la hubiera tragado la tierra. Me consta que se llevó un teléfono adicional escondido para llamarme cuando pudiera, pero lo cierto es que no lo ha hecho y siempre está apagado. Me dijo que, como tope, volvería para Navidad y mira en qué fecha estamos.

Luego le refirió lo ocurrido con Marcos Prieto, el chico que acabó bajo las ruedas de un camión. También le habló de Conchita y de sus confusos recuerdos, de las coincidencias con los botones de oro que portaban ella y Prieto, y de cómo alguien le había seguido. Finalmente, terminó poniendo sus sospechas sobre la mesa.

—En definitiva, creo que ha sido captada por la secta y que ahora está abducida o puede que simplemente no pueda salir de allí y se halle en peligro. No encuentro otra explicación para su silencio.

La cara de Dimas era de sorpresa mezclada con horror.

—¿Y qué podemos hacer si no hay pruebas de todo lo que me acabas de contar?

—Planear un secuestro. Así de cruda es la situación. Fue idea de un experto en sectas al que le consulté el caso. Por lo visto, la mayoría de estos procesos relacionados con sectas destructivas acaban así, si es que queremos volver a verla algún día.

—Pero ¿te has vuelto loco? ¿Cómo vamos a hacer eso?

—Ya sé cómo suena, pero no me he vuelto loco. Es la única opción que se me ocurre. Sacarla de allí cuanto antes.

—Y ¿no sería mejor consultarlo con el inspector jefe?

—¿Tú qué crees? ¿Que no lo he valorado?

—Imagino que sí.

—Si es que decides ayudarme, estamos solos en esto, Dimas. Desgraciadamente no se puede hacer nada por ella a menos que nos salgamos de la ley. Luego, cuando se recupere, Cleo podrá dar testimonio y presentar una denuncia formal contra Lucid Temple. Vete a saber lo que estará viviendo allí dentro. Pero si ahora levantamos la liebre, lo máximo que harán será pasarse por el centro y hacer cuatro preguntas, no podrán hacer más. Eso solo servirá para ponerles en alerta y complicar nuestro plan. Puede que incluso se trasladen a otro lugar y nunca más volvamos a saber de ellos.

—¡Un secuestro no es tan fácil, Ginés! Necesitamos una infraestructura, horarios, costumbres, información... ¡Todo!

—Lo sé, lo sé. Por eso hay que trabajar rápido. Tengo un plan que, creo yo, no puede fallar pero necesito tu ayuda. Yo solo no puedo hacerlo.

Dimas se quedó en silencio unos instantes, sin saber qué responder. Luego expuso sus dudas.

—Verás, Ginés: tengo que darle una vuelta. Me juego mi trabajo y puedo meterme en un lío de cuidado. Yo quiero a Cleo, eso no es un secreto, y si has acudido a mí es porque lo sabes, pero hay demasiados contras. Tendré que pensarlo bien.

—Lo entiendo perfectamente, pero piénsalo rápido. El tiempo apremia y puede que luego sea demasiado tarde.

49

Diez semanas en Lucid Temple

Al día siguiente de tener el sueño con su guía espiritual, a Cleo se le permitió abandonar la recámara. En ese punto, pensó que por el momento su guía no se equivocaba. Pero ¿de dónde procedía esa información que le había facilitado Baku? ¿De su propio subconsciente? Tal vez, al haber hecho un cálculo con las muescas de los días que llevaba en la recámara, la periodista —de manera inconsciente— había determinado que una semana era el tiempo estipulado para su castigo y había coincidido con el lapso planeado por Lucid Temple para su encierro. ¿Se trataba de una simple coincidencia o esa información le llegaba por cauces desconocidos y que se le escapaban?

Por otra parte, ¿servía de algo la información que obtenían en las misiones? Si era válida, ¿por qué utilizaban a varios adeptos para el mismo fin? Es decir, si, por ejemplo, empleaban a Cleo para investigar a un banquero y su misión tenía éxito, ¿por qué someter a la misma misión a sus compañeros? La respuesta más lógica para Cleo era que no siempre acertaban y lo que Harris y compañía hacían era pulsar la visión general de los sueños de los participantes antes de decantarse en conseguir pruebas sólidas con las que chantajear a los personajes que aparecían en las imágenes que les mostraban en el templo. Por fuerza, aunque las informaciones que consiguieran fueran certeras, Harris debía buscar pruebas para poder chantajear a los afectados. Y ahí entraba en juego Ernesto, un auténtico esbirro.

¿Con qué fines practicaban los chantajes y las extorsiones? ¿Obtener más poder y peso en la sociedad? ¿Ganar dinero? ¿Un conjunto de ambas cosas? Esas cuestiones intrigaban a Cleo, pero en aquellos instantes tenía cosas más importantes en las que pensar. La llamada a Ginés era lo único en lo que podía centrar sus exiguas fuerzas.

Era la hora del desayuno, así que se reunió con sus compañeros en el comedor. Allí se hallaba Ana. Cleo se sentó junto a ella sin decir nada. Se sentía agotada. Su rostro estaba demacrado y su ánimo, apático.

—¿Cómo estás? —le preguntó, preocupada, su compañera de habitación.

—Como si me hubiera pasado una apisonadora por encima —fue su sincera respuesta.

La periodista se sirvió un poco de avena en un cuenco.

—Te hemos echado de menos —dijo Ana.

Cleo la miró con incredulidad.

—No me mires así. Yo, al menos, lo he hecho.

Tenía tantas cosas que decirle que prefirió callar. No olvidaba que, llegado el caso, su compañera tomaría partido por Harris. No podía confiar en ella. Por muy bien que le cayera, no era su amiga. *Nadie* allí lo era.

—¿Sabes qué es Baku? —preguntó de repente. Acababa de acordarse del nombre de su guía y, aunque le sonaba de algo, no era capaz de recordar su significado.

—¿Baku? Hum, sí. Me parece que nos lo explicó Harris hace tiempo. Los baku son seres de las mitologías japonesa y china.

—¿Y qué se supone que hacen o para qué sirven?

—Muchas veces son descritos como híbridos con cuerpo de león, cabeza de elefante y cosas así de locas. Son «comedores de pesadillas».

—¿Comedores de pesadillas? ¿Qué quieres decir?

—Se les invoca cuando la persona tiene pesadillas,

para que la libere de ellas. Sobre todo, lo hacen los niños. Las madres les piden a los pequeños que los llamen en momentos de apuro para que acudan y devoren sus malos sueños. Son seres protectores. ¿Por qué me lo preguntas?

—Creo que he visto uno —dijo con naturalidad tras remover su avena.

—Por experiencia sé que la recámara puede hacernos ver cosas que no existen —repuso Ana en un intento de darle una explicación racional.

—Sí, será eso —comentó Cleo con resignación.

En realidad, le importaba poco la opinión de su compañera. Ella sabía lo que había visto y eso no se lo podía negar nadie. Otra cosa es que ese ser que se le había aparecido fuera real, y lo dudaba seriamente. Sin embargo, había venido para darle consuelo en un momento de desesperación. Eso resultaba innegable.

Tras el desayuno, Cleo y el resto de los adeptos abandonaron el comedor y la periodista aprovechó que su compañera se fue a las duchas para continuar con su plan. Entonces extrajo el teléfono de repuesto que había escondido detrás de la pata de la cama y comprobó que la batería se había descargado por completo. Lo puso a cargar. La batería estaba a cero y le costó encenderlo. Cuando al fin se iluminó la pantalla intentó llamar a Ginés, pero descubrió con horror que allí no había cobertura. Intentó una y otra vez obtener algo de señal, sin éxito, hasta que no tuvo más remedio que volver a esconder el teléfono, esta vez en el bolsillo de su sudadera, pues escuchó sonidos de pasos en el corredor anunciando el regreso de Ana.

Cuando acudía a clase, al principio de su ingreso en la escuela, aquel tiempo en el que todavía no era una prisionera, nunca había hecho uso de su móvil, así que realmente desconocía si había o no cobertura. Quizá en la zona de los dormitorios había un inhibidor o quizá se hiciera extensible a más zonas del centro. Tenía que comprobarlo cuanto antes.

Le dijo a Ana que se iba a la ducha, pero no lo hizo. Corrió con cautela por el centro hasta alcanzar el jardín. Sacó el teléfono con cuidado de no ser vista y con la escasa batería que había conseguido cargar intentó, a escondidas, realizar una llamada a Ginés, pero allí tampoco había señal.

Luego se dirigió a las duchas y volvió a intentarlo, pero el teléfono no funcionaba. Su desesperación iba en aumento. Aun a riesgo de ser descubierta, probó en otras zonas comunes, pero fue imposible. En realidad, no sabía de qué se extrañaba. Conociendo a Harris, cualquier cosa era posible. Así que llegó a la conclusión de que allí dentro había inhibidores.

¡Inhibidores!

Estaba atrapada.

Estar tan cerca de la libertad y a la vez tan lejos la desmoralizó.

Eso significaba que estaba sola.

No podía contar con la ayuda de Ginés ni de nadie.

¿Qué podía hacer?

Por unos instantes estuvo a punto de hundirse. Llevaba demasiado machaque encima, físico y psicológico. Su mente se hallaba al borde del colapso y aquel descubrimiento la había descolocado del todo. Además, se sentía débil físicamente. No poder estirar las piernas ni hacer ejercicio le estaba pasando factura y en aquellos momentos tenía vahídos. No se esperaba ese revés.

Para infundirse ánimos se dijo que si otros, como Conchita y Marcos, habían logrado escapar de ese siniestro abismo, también ella lograría hacerlo. En realidad, la libertad estaba más cerca de lo que pensaba. ¿Qué le impedía abrir la puerta del centro a pleno día y huir? Nada. Tan fácil como eso, aunque debía reconocer que había estado tan mediatizada que era incapaz de pensar con claridad y ni siquiera había valorado esa posibilidad.

Sin embargo, cuando se acercó con sigilo a la puerta principal se topó con una desagradable sorpresa. ¡Estaba cerrada! Preguntó disimuladamente a un compañero y este le dijo que las clases se habían cancelado por la Navidad. El centro permanecería cerrado durante las vacaciones y no habría clases excepto para los internos del centro.

¿Navidad? Ya era casi Navidad, la fecha que se había puesto como tope para su estancia en Lucid Temple. ¿De verdad había pasado tanto tiempo?

Tenía que salir de allí cuanto antes. Estaba tan agotada mentalmente que en esos momentos reaccionó como un autómata.

Baku, su guía, el espíritu protector, le había dicho que confiara en sí misma. Pero ahora no podía pensar en eso. Se sentía exhausta y con sus fuerzas al límite. Así que se duchó, regresó a su habitación y se tumbó en la cama sin permitirse pensar en nada más.

Después de comer, Cleo se sintió con más energía, así que acudió a la sesión de meditación, pero lejos de seguir los ejercicios que se le planteaban, dedicó ese tiempo para pensar en su huida.

Cuando no tienes la necesidad de escapar de un lugar, no te fijas en determinadas cosas, como los puntos de salida, las alarmas, las puertas y las llaves. Sin embargo, si estás planeando una fuga, como era el caso de la periodista, empiezas a tomar consciencia de los pequeños detalles. Salir de allí no resultaba imposible, pero lo mejor era hacerlo por la noche, pues llegó a la conclusión de que a plena luz del día sería mucho más arriesgado y podría ser descubierta.

Para empezar, tenía que enterarse de cómo Nuria introducía la clave de la alarma que activaba por las noches antes de irse. Debía hacerse la encontradiza y memorizar los números que la mujer marcara. Además, debía prestar atención a dónde se guardaban las llaves, aunque estaba casi segura de que se custodiaba una copia en la recepción. Esta quedaba cerrada por la noche, así que tendría que conseguir una horquilla de las que usaba Ana para franquear esa puerta, cuya cerradura por suerte no parecía muy complicada. No sería un gran problema, o eso esperaba.

Si conseguía abrir la puerta de la secretaría, hacerse con las llaves y desconectar la alarma antes de salir, alcanzaría la libertad. No podía ser tan difícil. Pero debía hacerlo por la noche, cuando Harris durmiera o estuviera en el templo.

También comprobó que su moto ya no estaba aparcada en la puerta del centro, donde la había dejado. Alguien se la había llevado. En cualquier caso, tampoco podía contar con ella. Seguramente, después de tanto tiempo, lo más probable es que ni siquiera arrancara.

Estaba decidida a salir de allí como fuera. Además, había comprobado que faltaba poco para Navidad, la fecha que se había impuesto como tope para salir de Lucid Temple. Se había percatado de que Nuria llevaba un jersey con motivos navideños, así que, si quería pasar las Navidades con su madre, tendría que darse prisa en preparar bien su plan.

50

Cleo dedicó los siguientes días a preparar su plan de fuga. Ya tenía la horquilla y, en un descuido de Nuria, había conseguido memorizar el número de la clave que servía para desactivar la alarma. Además, disimuladamente, evitó consumir las infusiones que les daban en la cena para no estar atontada después. Al fin, cuando pensó que lo tenía todo previsto, decidió que esa sería la noche propicia para llevar a cabo su plan.

En aquella ocasión les sirvieron pollo en la cena y dulces, algo nada habitual en Lucid Temple, así que dedujo que las fiestas estaban muy próximas. Allí dentro procuraban no informarles de nada del exterior. No fuera a ser que algunos adeptos sintieran nostalgia de su antigua vida y tuvieran la necesidad de salir del centro. Estaba todo calculado y bien medido. En teoría todos habían entrado voluntariamente allí, igual que Cleo, pero ¿qué pasaría si alguno decidía que no quería continuar en Lucid Temple? Entonces se encontraría atrapado, igual que ella. Por eso era mejor mantener las tentaciones alejadas de los adeptos. Si nada sabían, nada echarían en falta. Eso y cerrar el centro a cal y canto para que nadie saliera o entrara. No había podido ver a Adrián y le echaba de menos. ¿Cómo se habría tomado la noticia del cierre del centro durante las vacaciones de Navidad? ¿La extrañaría como ella a él? Ni siquiera había podido despedirse de su amigo, puesto que la última vez que lo vio Ernesto se interpuso. En esos momentos desconocía lo que iba a pasar y en cierto modo sentía que le había fallado al no plantarle cara a Ernesto. Quizá debió de decir algo, hacerle ver que no estaba conforme con las reglas del centro. Bueno, eso ya no tenía solución. ¿Se habría enfadado con ella? Desechó esos pensamientos perturbadores. Ahora tenía que estar atenta a otras cuestiones.

La noche fijada no tuvo la suerte de que convocaran a Ana para ir al templo, algo que complicaba su situación, pues tendría que esperar a que su compañera se durmiera para emprender la huida. Parecía que una vez más los astros, la casualidad o la fortuna no la favorecían.

Pese a los dulces que les habían ofrecido, dedujo que aún no debía de ser Nochebuena. De serlo, lo normal es que no convocaran a nadie, pero le constaba que había un compañero citado esa noche, así que no podía ser festivo. Sin embargo, al menos sabía que Harris o la doctora estarían allí entretenidos. El que estuviera de guardia. El otro permanecería durmiendo en su habitación.

Antes de la cena vio cómo Nuria se marchaba dejando conectada la alarma, pero no le importó ya que tenía la clave memorizada en su cabeza.

Las horas previas a materializar su plan, Cleo sentía un nudo en la boca del estómago y tenía miedo. Por qué no reconocerlo. Le daba un miedo cerval lo que pudiera pasar. Su proyecto podía funcionar, al menos así lo creía ella, pero no podía olvidar que iba a asumir un gran riesgo y que cabía la posibilidad de que algo fallara. Y si eso ocurría no sabía de lo que era capaz Harris.

Cuando Ana y ella se retiraron a dormir, su compañera parecía tener dificultades para conciliar el sueño. La oía dar vueltas en la cama, signo de que no estaba dormida, al menos no del todo. Decidió esperar un poco más. Ella no podía enterarse de lo que iba a hacer. Llegado el caso, Ana se pondría de parte de Harris y compañía. Era una fiel adepta y, aunque sentía lástima por ella, lo cierto es que en esos instantes tenía que valorarla como una oponente más. Tanto era así que en los últimos días había presentado síntomas de estar enferma con algunas hemorragias que la chica se negaba a tratarse. No quería acudir a un ginecólogo al exterior. Decía que le daba miedo lo que pudiera pasarle en la calle. Cleo había intentado convencerla para que hablara con la doctora Cassi, pero Ana se había negado y le había pedido que guardara silencio ella también. No quería convertirse en un problema para el grupo.

Allí, en completa oscuridad, el tiempo se le hacía eterno. Al fin oyó a su compañera dormitar. No era la primera vez que la escuchaba hablar en sueños y ahora lo estaba haciendo de nuevo. Parecía estar teniendo un sueño complejo en el que suplicaba algo a un interlocutor invisible.

Cuando Cleo consideró que estaba metida de lleno en el sueño, se levantó y cogió su mochila. No había tiempo para vestirse. Llevaba un chándal gris con capucha. Se puso su cazadora y se dispuso a abandonar la habitación. Pero justo entonces Ana gimió algo y Cleo se asustó. Se quedó quieta, de pie, en la habitación, dispuesta a utilizar una excusa si era necesario. Pensó deprisa, pero en ese momento no se le ocurría ninguna. Permaneció escuchando unos segundos.

Falsa alarma. Ana seguía dormida.

Abrió la puerta de la habitación con cuidado para que no emitiera ningún ruido y salió de allí.

Tan pronto lo hizo encendió la linterna de su móvil, que había cargado a ratos, cada vez que había tenido ocasión de quedarse a solas. Pero aun así la batería no estaba completa.

Recorrió con sigilo el pasadizo donde estaban las habitaciones hasta alcanzar el ascensor. Aquel era un punto crítico, ya que metía ruido y eso no podía aplacarlo de modo alguno. Entró en el elevador y accionó el botón para subir un nivel.

Al ascender un piso, abrió la puerta del ascensor con cautela y salió. Oteó el terreno por si había alguien, pero por suerte todo estaba en completa quietud. Después tuvo que atravesar el comedor, ahora en silencio y en absoluta oscuridad, y las aulas donde se impartían las enseñanzas que había recibido hasta que por fin alcanzó la secretaría.

La puerta en realidad era bastante enclenque, pensó. Esperaba recordar los consejos que le había proporcionado un ladrón cuando investigó robos en viviendas para un reportaje de investigación y ser capaz de franquear la estancia para hacerse con las llaves del centro.

Dobló la horquilla y, con manos temblorosas, introdujo el hierro en la cerradura. En las películas parecía muy fácil, pero no lo era. Con una mano se iluminaba a través de la linterna de su móvil mientras que con la otra trataba de abrir la cerradura. Era de las de pomo redondo. No podía ser tan difícil, pero entre los nervios, el miedo, que no veía muy bien y que se hallaba débil por todo el machaque de la recámara, empezó a sospechar que no sería tan sencillo como había imaginado.

La periodista comenzó a sudar y las manos cada vez le temblaban más. Para infundirse valor pensó en su madre, en Ginés y en Adrián. Tenía que abrir esa maldita puerta como fuera, si es que deseaba volver a verlos. Sopesó la idea de pegarle una patada, pero aquello habría sido como emitir un grito en la noche. Todos se alertarían y eso era lo último que necesitaba.

Sin embargo, cuando estaba enfrascada en la tarea que se había propuesto, ocurrió algo.

De pronto saltó la alarma.

Un sonido atronador, como el que había escuchado la noche en la que se fugó Marcos, se extendió por todo el recinto.

«¡Joder! ¡La alarma! ¿Por qué ha saltado?».

No halló respuesta, pero eso solo significaba una cosa: en breve aquello se iba a llenar de gente… Ernesto, la doctora Cassi o el mismo Harris. Si la descubrían allí todo habría acabado y su futuro sería incierto. ¿La harían desaparecer como a otros miembros de la secta? Sospechaba que esta vez no sería suficiente con mandarla a la recámara.

Tenía que regresar a su habitación cuanto antes y esperar otra ocasión para emprender la huida. Y en ello estaba cuando sorpresivamente aparecieron Ernesto y la doctora Cassi.

—¿Quién anda ahí? —gritó Ernesto.

La doctora Cassi encendió la luz del pasillo y Cleo quedó al descubierto como una polilla bajo un foco de luz.

Ya no había escapatoria.

Ambos la habían visto.

51

—¿Estás seguro de lo que vamos a hacer? —preguntó Dimas.

—No, pero ya no nos podemos echar atrás —contestó Ginés apagando su enésimo cigarrillo en el cenicero. El gesto en su rostro era más serio de lo habitual. Resultaba evidente que él también estaba preocupado.

Agazapados entre las sombras de la noche, los dos hombres esperaban en el coche de Dimas a las puertas de Lucid Temple. Habían evitado desplazarse en el Volvo porque alguien podría reconocerlo.

—Ya no puede tardar en salir —dijo Ginés.

Estaban esperando a Nuria, la secretaria. Sabían que ella controlaba la llave del centro y la alarma. La habían vigilado varias noches antes de ejecutar su plan.

Ginés conocía a Nuria, pues fue ella quien le atendió el día que se personó en el centro para preguntar por Conchita. Ahí estaba la clave. Con su ayuda —voluntaria o no— lograrían entrar en la secta.

—No sé cómo me he dejado liar —refunfuñó Dimas cerrando la ventanilla del coche. Pese al frío reinante, la había abierto para que saliera el humo que Ginés había esparcido por todas partes.

El expolicía le miró con gesto sombrío.

—Recuerda, Dimas. No estás aquí por mí. Estás haciendo esto por Cleo. Y Ella nos necesita.

Dimas no contestó, pero asintió.

A su pesar, era cierto. Cleo había estado con él en sus peores vicisitudes, incluso cuando a su hermano, también policía, le dispararon y murió en acto de servicio. Aquello fue un trago horrible para Dimas y su familia, y ella había estado presente en todo momento.

Al principio a Dimas todo aquello le pareció una locura, pero, tras explicarle su plan, empezó a verlo de otro modo. Por eso accedió. De hecho, había cogido su arma. La iban a necesitar.

—Parece que hay movimiento. Alguien está saliendo —anunció Ginés poniéndose en guardia.

—Sacaré mi arma.

—Sí. Tenla preparada —dijo Ginés cogiendo una barra de acero que había traído con el mismo fin.

Tras conectar la alarma y cerrar la puerta principal, Nuria salió del centro como cada noche. Estaba deseando llegar a casa y darse una ducha. No es que le gustara demasiado su trabajo, pero allí le pagaban bastante más que en otros empleos a los que había accedido con anterioridad.

Esa noche no tenía ningún plan especial. Lo único que había previsto era cenar, tal vez ver una película en alguna plataforma y acostarse temprano.

Se disponía a ir hacia su coche cuando dos individuos la interceptaron. Uno de ellos le colocó un arma en la sien. El otro llevaba una barra de acero en la mano derecha.

—Y ahora, bien calladita, nos vas a acompañar —dijo el que no portaba el arma de fuego.

—¿Qué… qué quieren? ¿Dinero? ¿El móvil? —titubeó a causa de los nervios.

—Lo que quiero es que te calles y subas al coche —dijo Ginés con voz firme.

Nuria obedeció. Le temblaban las piernas y estaba aterrorizada, tanto que estuvo a punto de orinarse encima, aunque afortunadamente pudo contenerse y sobreponerse.

Una vez dentro la secretaria pensó que se trataba de un secuestro o de una violación, y que iban a poner el coche en marcha para llevársela a un descampado sabe Dios con qué intenciones. Pero nada de eso ocurrió. El que tenía el arma de fuego se sentó en el asiento de atrás junto a ella, sin quitarle el ojo de encima. El otro se sentó al volante. Estaba oscuro, pero por el espejo retrovisor creyó intuir un rostro conocido. Sin embargo, no sabía de qué le sonaba esa cara.

—¿A qué hora se acuestan?

—No entiendo.

—Me entiendes perfectamente. No me hagas perder los estribos. ¡Que a qué hora se acuestan en Lucid Temple! —dijo Ginés alzando un poco la voz.

—Hacia las diez y media.

—Eso está mejor. Y ahora, los tres juntitos, vamos a esperar un poco aquí. Estate tranquila, obedece y no te pasará nada.

—¿Qué… qué es lo que quieren? No entiendo nada. —La voz de Nuria sonaba temblorosa.

—Ni falta que hace. Tú solo obedece y mantén el pico cerrado.

Y así fue transcurriendo el tiempo.

Nuria estaba atrapada con esos hombres sin poder decir nada y muerta de miedo. No sabía por qué permanecían ahí haciendo tiempo en lugar de llevársela a otro lugar a menos que lo que pretendieran fuera otra cosa, que se le escapaba.

Pasado un rato prudencial, sus captores decidieron que ya era hora de internarse en Lucid Temple.

—Escúchame bien —le dijo Ginés—, solo tienes

que abrir la puerta y desconectar la alarma. Es así de sencillo. Si sigues las instrucciones no te pasará nada, de lo contrario esto acabará mal para ti.

En ese momento, a la luz de una farola, Nuria pudo ver bien su cara y recordó de qué lo conocía. Era el hombre que fue hacía unos meses preguntando por Conchita. Se relajó un poco porque sabía que no era un simple atracador o un violador, sino un investigador privado, o eso dijo el día que se presentó en el centro. Ignoraba quién era el que portaba la pistola, pero, desde su punto de vista, si estaba con él aquello significaba que no sería capaz de dispararle a sangre fría.

—¡Conchita no está aquí! —dijo Nuria en un intento por zafarse de la situación.

—Eso ya lo sé —respondió el viejo policía con sarcasmo—. Menos charla. Abre la puerta.

Nuria obedeció. Con las manos todavía temblorosas abrió la puerta para que pudieran pasar y ambos entraron con ella a punta de pistola.

—Ahora la alarma. Desconéctala.

Nuria asintió. Pero en ese instante ya no sentía tanto miedo como al principio. Desde que descubrió de quién se trataba su captor, se había relajado un poco. Sopesó qué hacer y finalmente decidió jugárselo todo a una carta. Cuando fue a introducir los números para desactivar la alarma, tecleó otros adrede. Eso en lugar de desactivarla, la activaría. Ernesto la oiría y sabría qué hacer. Y Harris la recompensaría por ello. No lo pensó más. Ya estaba hecho.

Segundos después la alarma empezó a sonar. Con el desconcierto que suscitó, Nuria aprovechó para zafarse de Ginés y de Dimas, y corrió a esconderse debajo de una mesa.

Ambos hombres se quedaron paralizados. De todos los escenarios que habían barajado, ese era el último que esperaban. No pensaron que la secretaria pudiera ser una kamikaze y saltarse sus instrucciones de manera temeraria.

Ambos se miraron con rostro interrogante.

«¿Qué hacemos ahora?».

Antes de que pudieran reaccionar, oyeron gritos no muy lejanos.

«¿Cleo?».

Parecía la voz de su amiga.

Sin miramientos decidieron acudir hacia la dirección de donde provenían los gritos. Estaban seguros de que Nuria, por la cuenta que le traía, no llamaría a la policía. Así que se desentendieron de ella y corrieron hacia el lugar.

Atravesaron un corredor y alcanzaron el pasillo que desembocaba en la secretaría. Allí estaban Cleo, el hombre que había despachado a Ginés el día que fue al centro y una mujer de mediana edad. Ernesto tenía agarrada a Cleo por la cintura mientras ella intentaba deshacerse de él.

Se produjo un cruce de miradas. La de Cleo era de estupor al ver allí a Ginés y sobre todo a su exnovio, al que no esperaba encontrarse en absoluto. No daba crédito, aunque lo cierto es que sintió un gran alivio. Sin embargo, la situación seguía siendo comprometida para todos.

Ginés advirtió que el hombre que tenía retenida a Cleo no portaba armas y él tampoco quería usar la de Dimas, así que, sin plantearse las consecuencias, se acercó a él y le golpeó con la barra de hierro en la rodilla a fin de que soltara a su amiga, momento que Cleo aprovechó para zafarse de sus manos y empujar a la doctora Cassi. Esta cayó y se golpeó la cabeza contra la pared, quedando tendida en el suelo. Un hilo de sangre empezó a brotar de su nuca. Estaba inmóvil. Desvanecida, malherida o muerta. Era imposible saberlo en ese instante.

Ernesto profirió un grito de dolor y también cayó momentáneamente de rodillas al piso. No tuvo más remedio que soltar a Cleo, y Dimas, Ginés y la periodista aprovecharon esos segundos de desconcierto para huir corriendo en dirección a la salida de Lucid Temple.

Ernesto se incorporó y aún dolorido extrajo un

arma que portaba en la parte trasera de su pantalón y disparó hacia ellos, pero no fue capaz de acertar el blanco. Cojeando fue detrás, esperando a tener mejor ángulo de tiro.

Ginés, Cleo y Dimas llegaron a la salida a trompicones. Nuria todavía estaba debajo de la mesa, pero al oír el disparo, que no sabía quién había efectuado, no se atrevió a moverse o impedir de algún modo la huida.

Los tres pasaron delante de ella sin dedicarle apenas una mirada y salieron del recinto a toda prisa. Ernesto los seguía de cerca. Los tres alcanzaron el coche y se subieron tan rápido como pudieron con Ernesto pisándoles los talones. Sin embargo, Ginés arrancó el vehículo y metió la primera.

Ernesto se quedó en medio de la carretera, con la pierna renqueante, pero tratando de impedir que se marcharan mediante el uso de su pistola. Efectuó varios disparos y en uno de ellos acertó a dar al cristal de atrás del vehículo, que estalló en mil pedazos.

—¿Estáis todos bien? —preguntó Ginés tras echar el freno.

Dimas y Cleo asintieron con la congoja metida en el cuerpo y con las cabezas agachadas.

Sin embargo, en ese instante llegó un coche a gran velocidad que no pudo evitar la maniobra de choque. El conductor no esperaba encontrarse a un hombre en medio de la carretera. Ernesto solo vio sus faros e igual que una liebre pillada en la oscuridad de la noche se quedó paralizado. No logró impedir que se lo llevaran por delante. Debido al fuerte impacto, su cuerpo voló literalmente por encima del vehículo que lo había atropellado y quedó tendido en la calzada, inmóvil.

Después se hizo el silencio en la noche. Tras unos segundos de incertidumbre, Ginés arrancó y salió de allí a toda velocidad.

Epílogo

Despertar

Cleo, satisfecha, accionó el botón de off en el mando del televisor. Ginés, sonriente, se incorporó en la butaca y le dio un abrazo. La madre de Cleo, emocionada, solo podía contener las lágrimas al ver a su hija sana y salva.

Acababan de emitir la última entrevista que le habían hecho para un importante canal nacional donde Cleo había desgranado, en parte, sus vivencias en Lucid Temple. Había recuperado su posición en el periodismo de investigación y ya nadie recordaba el incidente por el que había pasado al ostracismo tiempo atrás.

—¿Qué vas a hacer con lo del libro? —preguntó Ginés.

—He decidido aceptar la oferta.

A Cleo le habían ofrecido un sustancioso anticipo por escribir un libro contando sus peripecias dentro del grupo. Ya no había nada que se opusiera para que continuara su carrera tal y como la había dejado. O mejor aún. Su teléfono no había parado de sonar para solicitarle reportajes y artículos en periódicos y revistas en los que antes era una apestada, e incluso le habían propuesto incorporarse como tertuliana habitual en un exitoso programa de radio.

—Me alegro mucho por ti. Te lo mereces.

—Sin tu ayuda no lo hubiera logrado —dijo Cleo dedicándole a Ginés una de sus mejores y francas sonrisas.

Habían pasado apenas dos meses desde que se produjo la huida de Lucid Temple. Conchita había recuperado algunos de sus recuerdos al tener más información de todo lo ocurrido y ahora sabía, por la reconstrucción de los hechos, que había caído en manos de una secta. Que nunca intentó suicidarse, que solo intentó «volar» en un sueño lúcido o quizá, sugestionada por las ideas que Harris había introducido en su mente, se había despertado en mitad de ese sueño y había confundido la vigilia con los sueños. Ya que lo cierto es que recordaba haber oído la voz de Harris diciéndole: «¡Salta!». Todo ello seguramente producto del lavado de cerebro y la confusión que había experimentado durante el tiempo que estuvo recluida. Aún le quedaba mucho trabajo por delante, pero se encontraba mejor. El punto de inflexión que la había llevado a escapar del centro fue el instante en el que le mostraron unas imágenes de su propio padre. Querían que ella averiguara si tenía trapos sucios para impedir una importante fusión de su cadena hotelera con otra. Conchita entonces experimentó un «despertar» en su confusa mente y decidió huir. También había recordado de qué conocía al exjuez Emeterio. Era otro de los chantajeados por Lucid Temple; de eso le sonaba su rostro. Aunque el exjuez jamás se pronunció al respecto.

Pero no todo había sido perfecto.

Ernesto murió como consecuencia del atropello que había sufrido durante la persecución después de la huida, pero la doctora Cassi y Harris habían escapado del país la misma noche de los sucesos. Sin duda, la doctora no estaba tan malherida como había parecido en un primer momento.

Harris era perro viejo y supo jugar sus cartas para planear su fuga aquella misma noche, o tal vez disponía de ese plan desde hacía mucho tiempo por si las cosas se torcían.

Nuria había sido detenida, aunque con cargos menores, igual que Diego el Chamán, el señor de las hierbas, que se demostró que no usaba drogas ilegales, únicamente onirógenos. No tardó en salir a la calle. Así que aquella era una victoria parcial. Al final, aquel hombre y la doctora, los máximos responsables de Lucid Temple, estaban libres sabe Dios dónde, igual que había sucedido con otros muchos líderes de grupos destructivos a lo largo de la historia. Pero al menos esa secta en España había quedado al descubierto y había sido desmantelada.

Sus fines radicaban en la extorsión para conseguir más poder y hacerse un hueco en el panorama social y bursátil del país. Conseguían secretos a través de los adeptos, que luego eran empleados para extorsionar, chantajear o para lograr alianzas. Sin embargo, no se pudo probar nada de esto porque los extorsionados, que tenían mucho que callar, decidieron no presentar denuncias contra Lucid Temple ni contra Harris. Temían que estando, como estaba, libre, pudiera revelar lo que sabía sobre ellos. En definitiva, se trataba de conseguir poder, dinero y una posición aventajada.

Tampoco se podía obviar el perfil que el experto en sectas trazó de Harris, una vez que tuvo más detalles. Pensaba que se trataba de un ególatra y un narcisista ávido de poder, igual que otros muchos líderes de sectas como el reverendo Moon, líder de la Iglesia de la Unificación, también conocida como secta Moon. La diferencia con Harris es que este último era un científico acomplejado que quería jugar a ser Dios, por eso se empeñaba en adornar sus estrambóticas enseñanzas con un halo científico. Pensaba que algún día recuperaría el prestigio que le había sido arrebatado injustamente en Harvard. Había que reconocer que sus tejemanejes, ayudado por Ernesto y la doctora, habían dado sus frutos y había logrado hacerse con una considerable fortuna. Sin duda, sería difícil dar con él para poder juzgarle. A esas alturas podía estar en cualquier parte del mundo en la que no hubiera tratado de extradición con España.

La mayoría de los adeptos habían regresado a sus casas. Otros, como Ana, estaban en centros de acogida hasta que decidieran qué hacer. Cleo había ido a visitarla en dos ocasiones. Su compañera, lejos de agradecerle el haber destapado la trama, se hallaba perdida sin saber qué sentido encontrarle a su propia vida. Ella había sido feliz dentro de la secta, era ahora cuando no veía su futuro claro.

Cleo confiaba en el buen hacer de los psicólogos especializados en desprogramación de sectas y estaba segura de que dentro de un tiempo le daría las gracias por lo que había hecho por ella y sus compañeros. Y seguramente encontraría un nuevo horizonte para su existencia.

Por fortuna, Dimas había salido airoso y lo ocurrido no había tenido repercusión negativa en su carrera policial. Sin embargo, Cleo estaba saliendo con Adrián.

En eso había perdido… Al finalizar todo, ella le había buscado y el joven se había quedado de piedra al descubrir que era una periodista infiltrada. Aunque veía cosas raras en Lucid Temple, y en la propia Cleo, no podía imaginar lo que había detrás de todo ese entramado disfrazado de escuela de sueños lúcidos.

—Os dejo. Adrián me está esperando —dijo Cleo tras consultar un mensaje en su móvil.

—Llámame cuando lleguéis, por favor —rogó su madre.

—Por supuesto, mamá. Solo estaremos fuera el fin de semana. No te preocupes.

—Te lo mereces, después de todo lo que has pasado —apuntó Ginés.

Tenían reserva en una pequeña cabaña rural en medio de la montaña. Un fin de semana solos que ambos se habían prometido cuando acabara el revuelo.

Al volver, a Cleo le esperaba una nueva ilusión. Aunque pensaba que los había perdido, hacía una semana que había vuelto a tener un sueño lúcido… esta vez con su padre. Había podido verlo tal y como era —o eso al menos es lo que intentaría descubrir— y este le había proporcionado una pista, un nombre, para que ella tirara del hilo y pudiera reencontrarse con él en persona. Sobre este encuentro onírico no había contado nada a nadie. Ni siquiera a Adrián. Ni mucho menos a su madre. No quería hacerle un daño innecesario. Había tardado una semana en decidir qué hacer. Mientras se había guardado aquel sueño como si fuera un tesoro, únicamente para ella. Nadie más tenía que estar al tanto. Al volver del viaje investigaría, como ella sabía hacerlo, para comprobar si esa pista tenía algún viso de ser real o aquello formaba parte de una fantasía bien elaborada por su subconsciente.

Al llegar al portal, Adrián la estaba esperando con una sonrisa cómplice. La besó y le ayudó a acomodar su mochila en el maletero. Ambos se subieron a su coche para emprender el viaje hacia la casa rural.

Antes de llegar, pararon en un pueblecito y se metieron en un colmado para comprar algunas cosas para la cena. Adrián había llevado velas y las colocó por todo el salón junto a la chimenea.

—Eres un romántico de mierda —dijo Cleo entre risas. Su vena sarcástica siempre estaba presente, pero esta vez salía en un tono meloso y amable.

—¿Tiene algo de malo? —inquirió Adrián ladeando la cabeza.

—No. Me encanta. En *ti*, me encanta —puntualizó.

Luego, tras la cena, ambos se sentaron en un sofá marrón frente a la chimenea. La casa era pequeña pero acogedora. De piedra y madera, pero decorada con mucho gusto. Pensaron que había sido una buena elección.

—¿Cómo te encuentras ahora que todo ha pasado?

—Estoy en una nube. No imaginé que esta investigación pudiera desembocar en algo tan *bonito*. —Hizo énfasis en la palabra «bonito» refiriéndose a ellos, a su relación, más que al boom por lo ocurrido con su carrera profesional, que había tomado una proyección ascendente.

Luego lo besó y él le devolvió el beso.

Ambos se dejaron llevar y acabaron tumbándose en la cama, con la única iluminación de las velas y el fuego de la chimenea.

Hicieron el amor y después Cleo se recostó sobre su hombro para quedarse dormida a su lado.

Las velas se fueron apagando una a una.

El fuego en la chimenea perdió fuerza hasta convertirse en rescoldos. Cleo y Adrián dormían plácidamente en la cama de la pequeña cabaña de la montaña.

De pronto sonó un ruido en la estancia, aunque no inquietó a ninguno de sus habitantes. Ambos estaban dormidos.

—Hola, Cleo. Soy yo. ¡Despierta!

Cleo despertó de su sueño para descubrir una sombra al pie de su cama.

—¿Me recuerdas?

Cleo estaba somnolienta, aunque acertó a entreabrir los ojos. Pero ¿qué estaba pasando? ¿Estaba despierta o aquello formaba parte de un sueño?

—Despierta… despierta dentro de tu sueño. Hazte lúcida —susurró la voz.

Cleo se incorporó un poco en la cama y acertó a ver la sombra con más claridad y esos ojos inconfundibles teñidos de ira.

—Estás soñando, Cleo. Esto es un sueño lúcido y yo estoy dentro de él, dentro de tu cabeza. Igual que hice con Marcos y con Conchita. Fui yo quien les impulsó a hacer esas cosas horribles.

«¿Qué… qué demonios?».

Cleo realizó una verificación mirándose las manos. Observó que se veían deformes y con seis dedos en cada una de ellas en lugar de cinco.

—Has ganado, sí… —dijo la voz—. Has vencido. Bien por ti.

—¿Quién eres? —acertó a preguntar, aunque sospechaba de quién se trataba.

—¿No me reconoces? Soy yo, Eddie. ¿Tan pronto me has olvidado?

Cleo se estremeció al escuchar ese nombre.

—Has vencido. Pero solo por el momento. ¿Y sabes por qué? Te lo voy a decir. He venido hasta aquí solo para esto. Disfruta mientras puedas las horas de luz porque lo cierto es que nunca más podrás volver a dormir tranquila. Sigo aquí… y siempre estaré a tu lado hasta que una noche de estas, cuando más te confíes, volarás.

»Descansa ahora… si puedes.

La pérdida de la libertad

Esta obra aborda dos grandes temas: los sueños lúcidos, de los que ya he dado cuenta en la introducción, y la problemática de las sectas, de la que hablaré ahora.

A lo largo de estos años he podido entrevistarme con personas que han pertenecido a sectas. La mayoría eran exadeptos, todavía muy temerosos, que apenas se atrevían a desgranar lo que habían vivido durante su estancia en el grupo. Una mezcla de vergüenza y baja autoestima se lo impedía. Eran personas destruidas psíquicamente. Muchas de ellas procedían de sectas de corte esotérico, pero también de algunas inspiradas en el movimiento *new age* (nueva era), el coaching, las técnicas piramidales, el ecologismo o las terapias naturales. Y es que las tapaderas de las sectas han dado un vuelco considerable en cuanto a sus intereses. Conscientes de que la religión, el principal motor en los años setenta y ochenta del siglo pasado, cotizaba a la baja, derivaron sus raíces a temas más sencillos y atrayentes, para así pasar inadvertidas y tener la oportunidad de captar a más personas para sus cuestionables causas.

Y lo han conseguido.

Los métodos de captación también han cambiado. Anteriormente, organizaban conferencias gratuitas o te ofrecían la realización de un test psicológico con la excusa del autoconocimiento que eso te reportaría. Tertulias, reuniones, invitaciones a sus sedes eran las fórmulas más empleadas por estos grupos sin escrúpulos. Sin embargo hoy, por increíble que parezca, puedes caer en una secta sin moverte de tu domicilio, vía internet. El lavado de cerebro se realiza sutilmente, poco a poco, sin que te des cuenta, en especial con los jóvenes.

Si al hablar de los sueños lúcidos comenté que con su práctica pocas veces me he sentido tan libre, quiero remarcar que caer en las redes de una secta es justo lo contrario.

¿Qué es lo que nos arrebatan las sectas y por qué pueden ser tan peligrosas? La libertad de ser nosotros mismos. Los adeptos pasan de tener opinión propia a pensar como el grupo, o mejor dicho: *como el líder del grupo dicta* que deben pensar. Los canales de información son siempre la propia secta o derivados de ella. De este modo, el pensamiento crítico queda relegado y escondido bajo llave en un cajón. Allí no se cuestiona lo que ocurre, por muy extraño que nos parezca a los que lo vemos desde fuera.

El líder puede ser una persona convencida de lo que predica o un auténtico farsante que únicamente busca lucrarse a nuestra costa. Quizá el más peligroso es el primer tipo. Sobran los casos en los que un líder fanatizado ha acabado conduciendo a la muerte a sus adeptos, persuadido de que se iba a desencadenar el fin del mundo o la llegada del apocalipsis y que con sus acciones salvaría el espíritu de sus acólitos.

Así que prestemos atención a los signos de alarma que puedan presentar las personas de nuestro entorno, especialmente si estas son jóvenes. Cambios de comportamiento, de lecturas, de gustos, de compañías e incluso en la forma de alimentarse o de vestirse pueden ser señales que nos alerten de que algo extraño está pasando. Y si descubrimos que alguien de nuestro entorno ha caído en una secta, armémonos de paciencia y no nos enfrentemos a él con prohibiciones, porque eso solo servirá para reforzar los lazos con el grupo y que se aparte de nosotros.

Se calcula que en España operan más de trescientas cincuenta sectas, aunque seguramente sean más, ya que muchas aún no están catalogadas y cada poco tiempo nacen grupúsculos en los que no hay demasiados adeptos; muchos de ellos son grupos reducidos y no tan proselitistas como antes.

En esta novela he intentado hacer un retrato de cómo son los entresijos de las sectas y de la problemática que se desencadena para quienes se tienen que enfrentar a ellas.

Espero haberlo conseguido.

Agradecimientos

Quiero dedicar esta sección a las personas que han estado ahí de manera incondicional.

A David Zurdo, por hacerme ver el camino cuando este estaba demasiado oscuro y enmarañado.

A Javier Sierra, por estar presente en todos mis libros con su sabiduría y su buen hacer.

A Nacho Ares, por su aura protectora que siempre sobrevuela mis textos.

A Iker Jiménez y Carmen Porter por dejarme hacer, y a todos mis compañeros en la Nave del Misterio: Javier Pérez Campos, Francisco Pérez Caballero, Carlos Largo, Pablo Villarrubia, Gerardo Peláez, Cristian Lorente, Diego Marañón y Guillermo León.

A Miguel Gasca, Enrique Ramos y Javier García Campayo, fundamentales en mi investigación, con sus obras sobre los sueños lúcidos, para el avance de esta novela.

A Belén Cañadas, Elena G. Cardona y Daniela Cañadas por estar siempre ahí.

A Silvia Bastos, mi agente, por saber comprender mis tiempos y darme el espacio que necesitaba. Agradecimiento que hago extensivo a Pau Centellas y Gabriela Guilera de Riquer, piezas fundamentales de su agencia.

Y finalmente a Clara Rasero, mi editora, por permitirme desarrollar mis ideas locas en esta novela.